Claire Harcup

Hattie Brown und das Verlorene Siegel

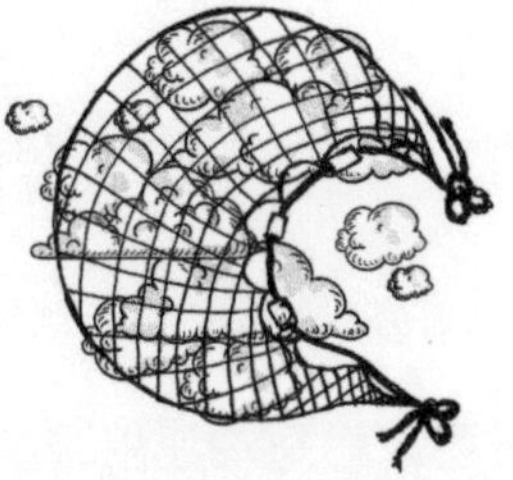

Claire Harcup begann ihre Karriere in einem Sachbuchverlag, bevor die digitale Welt sie auf andere Wege lenkte. Fünf Jahre lang beauftragte sie Kunst- und Kulturprojekte, die neue Technologien verwenden. Dann rief sie für die Royal Botanic Gardens in Kew, Großbritannien, ein Projekt ins Leben, das Menschen dazu anhält, einheimische wilde Pflanzen zu säen. Heute lebt Claire Harcup in London. Tagsüber entwirft sie Texte für Firmen und abends schreibt sie zum Spaß.

Claire Harcup

HATTIE BROWN
UND DAS VERLORENE Siegel

Aus dem Englischen
von Karen Gerwig

you & ivi

Bücher für coole Mädchen.
www.piper.de/youandivi

Von Claire Harcup liegen im Piper Verlag vor:
Hattie Brown und die Wolkendiebe
Hattie Brown und das Verlorene Siegel

FSC
www.fsc.org
MIX
Papier aus verantwortungsvollen Quellen
FSC® C014496

Deutsche Erstausgabe
ISBN 978-3-492-70462-5

Titel des englischen Originalmanuskripts:
»Hattie Brown and the Lost Seal«

Umschlaggestaltung: zero-media.net, München
Umschlagabbildung: FinePic®, München
Satz: Satz für Satz, Wangen im Allgäu
Gesetzt aus der Adobe Garamond
Druck und Bindung: GGP Media GmbH, Pößneck
Printed in Germany

Für Joy und Hugh

Kapitel 1

Als Hattie Brown das zweite Mal durch den Kühlschrank gezogen wurde, war das Wetter gerade schlechter geworden. Viel, viel schlechter.

Der Wind war das Problem. Sobald Hattie das Haus verließ, kam er von hinten und gab ihr einen bösen Schubs. Er ließ ihre Mantelzipfel flattern wie einen Vogel, der verzweifelt wegfliegen wollte. Er schnappte sich Blätter, Zweige, Papierchen und alte Zeitungen vom Boden und schleuderte sie ihr ins Gesicht. Und er schrie ihr in die Ohren und tanzte um sie herum, wohin sie auch ging. Ständig dachte sie, bald würde alles ruhiger werden. Doch wenn sie aus dem Fenster schaute, hatte sich nichts verändert. Der Wind war immer noch wütend.

Es war Morgen, und Hatties Mutter war auf und starrte aus dem Küchenfenster auf die Scharen von Sachen, die unerlaubt durch die Luft flogen. Pappbecher, Chips- und Plastiktüten sausten am Haus vorbei, als wäre ihnen plötzlich eingefallen, dass sie noch irgendwo hinmussten. Und jedes Mal schnalzte Hatties Mutter missbilligend mit der Zunge.

Hattie schaute auf die Uhr. Ihre Mutter musste sich beeilen. Wenn sie nicht bald aus dem Haus kam, würde sie es nicht rechtzeitig zu ihrer Schicht im Supermarkt schaffen.

Und sie konnte es sich nicht leisten, schon wieder zu spät zu kommen. Beim nächsten Mal würde Mr Jackson seine Drohung vielleicht wahr machen und sie ein für alle Mal nach Hause schicken. In solchen Momenten wünschte sich Hattie, sie wären nicht allein. Wenn sie einen Vater, einen Bruder oder eine Schwester hätte, könnte ihr jemand helfen, wenn es ihrer Mutter nicht gut ging.

»Solltest du nicht langsam gehen, Mum?« Hattie versuchte, nicht so besorgt zu klingen, wie sie war, nur für den Fall, dass ihre Mutter davon noch langsamer wurde.

»Ich weiß nicht, was in das Wetter gefahren ist«, sagte ihre Mutter, klang aber nicht so, als würde sie mit jemand Bestimmtem reden. »Es hört einfach nicht auf.«

Nicht, seit ich aus Irgendwo-Nirgendwo zurückgekommen bin, dachte Hattie. So teilte sie inzwischen alles ein – in ein Vor und in ein Nach ihrem Ausflug nach Irgendwo-Nirgendwo. Und seit sie von diesem merkwürdigen Ort zurück war, der irgendwo hinter dem Kühlschrank in ihrer Küche lag, benahm sich der Wind so. In allen Wettervorhersagen im Fernsehen sah der Ansager verwirrt aus, während Bilder von entwurzelten Bäumen und umgestürzten Mülltonnen über den Bildschirm flimmerten. Niemand konnte es sich erklären. So windig dürfte es eigentlich nicht sein. Und weil es nicht so sein dürfte, wusste keiner, wann es aufhören würde.

»Du musst zur Arbeit. Du willst doch nicht wieder zu spät kommen.« Hattie stellte sich neben ihre Mutter und hoffte, das würde sie dazu bringen zu gehen.

»Hast du bemerkt, dass da keine Wolken sind?« Hatties Mutter hatte sich nicht gerührt, aber wenigstens sprach sie direkt mit Hattie. »So viel Wind und keine Wolken. Das ist sehr seltsam.«

Hattie blickte in den Himmel vor dem Fenster. Ihre Mutter hatte recht. Er war völlig wolkenlos.

»Sie sagen, in Worcester und Manchester sei es am schlimmsten. Am schlimmsten im ganzen Land.«

Manchester? Hattie erstarrte. Dort wohnte Arthur. Irgendwo in Manchester sah er wahrscheinlich aus dem Fenster und sprach mit seinen Eltern über das Chaos, das der Wind anrichtete, genau wie sie hier.

»Hier bei uns und in Manchester?«, fragte sie. »Wann hast du das gehört?«

»Es war heute Morgen in den Nachrichten. Sie sagten, an beiden Orten würden seltsame Dinge passieren.« Die Augenbrauen von Hatties Mutter zuckten. »Vielleicht sollte ich nicht rausgehen.«

»Doch, du musst.« Hattie legte ihrer Mutter die Hand auf den Arm. »Denk daran, was Mr Jackson gesagt hat, was passieren würde, wenn du noch mal zu spät kommst. Du willst doch deine Arbeit nicht verlieren.«

Ihre Mutter antwortete nicht.

»Mum.« Hattie spürte, wie ihre Kehle enger wurde. Es war furchtbar, wenn *Die Düsternis* ihre Mutter im Griff hatte. Wenn es ihr so schlecht ging, drang anscheinend nichts zu ihr durch. Und es konnte Tage, sogar Wochen dauern, bis sich ihre Stimmung wieder hob. Vorhersehen konnte man es nicht, und sie glaubte auch nicht, dass ihre Mutter es selbst vorhersehen konnte. Wenn die Düsternis sie im Griff hatte, konnte sie nicht kontrollieren, wie sie sich fühlte. Hattie dachte sich, sie sollte froh sein, dass heute wenigstens nicht einer der Tage war, an dem man ihre Mutter überhaupt nicht aus dem Bett bekam. Immerhin war sie heute aufgestanden und hatte sich angezogen.

»Hast du dein Mittagessen eingepackt?«, fragte Hattie. »Es ist im Kühlschrank. Ich habe es gestern Abend für dich gemacht.«

Aber sie kannte die Antwort schon. Natürlich hatte ihre Mutter es nicht eingepackt.

»Ich hole es dir, dann kannst du zur Arbeit gehen.« Hattie betonte die letzten Wörter, während sie zum Kühlschrank ging. Sie öffnete die Tür und machte dann schnell einen Schritt rückwärts. Im zweiten Fach, genau über der Stelle, wo sie immer die Joghurts stapelte, saß ein winziger Elefant.

»Vict…«, begann Hattie, unterbrach sich aber rasch. Sie musste sich normal verhalten. Ihre Mutter durfte nicht wissen, dass etwas Seltsames vor sich ging.

In Hatties Kopf purzelten die Gedanken durcheinander, während sie vorsichtig die Brotdose herausnahm und die Kühlschranktür wieder schloss. Victor war hier. Das konnte nur bedeuten, dass er gekommen war, um sie wieder nach Irgendwo-Nirgendwo mitzunehmen. Aber warum? Letztes Mal, als sie mit ihm in Irgendwo-Nirgendwo gewesen war, hatte er gewollt, dass sie wieder ging, denn er hatte gesagt, sie sei dort in Gefahr. Warum sollte er seine Meinung ändern? Hattie hoffte, ihre Mutter würde nicht merken, wie laut ihr Herz klopfte, während sie ihr die Brotdose hinhielt. »Es ist Nudelsalat«, sagte sie und versuchte, ruhig zu sprechen.

Ihre Mutter nahm die Brotdose entgegen, bewegte sich aber nicht. »Du solltest mal die ganzen Sachen aus deinen Taschen räumen. Du hast da viel zu viel drin. Ich könnte dir helfen, sie zu sortieren«, sagte sie.

Das erklärte sie ständig, aber es gab jetzt keinen Grund, darüber zu sprechen. Ihre Mutter suchte mal wieder eine Ausrede, um das Haus nicht verlassen zu müssen. »Du musst los. Du darfst nicht zu spät kommen«, sagte Hattie freundlich, auch wenn sie am liebsten geschrien hätte: »Geh schon! Sofort! Ich will mit Victor reden!«

Ihre Mutter blinzelte langsam, dann setzte sie sich in Bewegung. Wenigstens würde sie wirklich gehen.

»Tschüss!«, rief Hattie von der Tür aus, als ihre Mutter das Haus verließ. Sie sah ihr nach, während sie sich schräg gegen den Wind stemmte, wie die lange Kante eines Dreiecks. *Schneller, warum gehst du nicht schneller?*, dachte Hattie, während sie jeden mühsamen Schritt beobachtete. Ihre Mutter kam nur langsam voran. Noch ein Schritt. Dann noch einer. Bis sie schließlich nicht mehr zu sehen war. Endlich konnte sie gefahrlos die Kühlschranktür öffnen. Jetzt würde Hattie herausfinden, warum Victor zurückgekommen war.

Kapitel 2

Als Hattie die Haustür schloss, vibrierte das Handy in ihrer Tasche.

Der Wind hier ist schrecklich. Dad wurde schon dreimal umgepustet.

Hattie lächelte, als sie Arthurs Nachricht las.

Hier auch, tippte sie. *Mum sagt, in Worcester und Manchester ist das Wetter am schlimmsten im ganzen Land.*

Arthur schrieb ihr, seit sie aus Irgendwo-Nirgendwo zurückgekommen waren. Dieser eigenartige Ort war ihr Geheimnis. Selbst wenn sie Freunde in der Schule hätte – was nicht der Fall war –, dann hätte sie ihnen trotzdem nicht davon erzählen können. Sie hätten niemals geglaubt, dass sie durch einen Kühlschrank in eine andere Welt gezogen worden war. Sie hätten sie für verrückt erklärt. Aber sie wusste, sie war nicht verrückt, und Arthur wusste es auch, denn ihm war das Gleiche passiert. Er war genauso wie sie von einem winzigen Elefanten durch seinen Kühlschrank gezogen worden. Irgendwo-Nirgendwo hatte sie zusammengebracht. Er war an ihrer Seite gewesen, als sie gemeinsam eine Armee von entführten Kindern gerettet hatten, und er war dabei gewesen, als sie die gestohlenen Wolken freigelassen hatte, damit alle Einwohner von Irgendwo-Nirgendwo Wasser bekamen. An diesem Ort hatten sie eine Verbindung geschmiedet, die niemand brechen konnte.

Wir sind Stadt-Zwillinge. Lächelnd tippte sie auf »Senden« und ging in die Küche zurück. Aber als sie eintrat, brachte irgendetwas sie dazu, stehen zu bleiben. Sie war sich sicher, dass sie das Buch mit dem Gesicht nach unten auf dem Tisch hatte liegen lassen, damit sie sich merken konnte, wo sie war. Jetzt jedoch lehnte es aufrecht seitlich an der Mikrowelle.

Bevor sie länger darüber nachdenken konnte, vibrierte ihr Handy. Eine neue Nachricht von Arthur blinkte auf. *Hab dir so viel zu erzählen!!!!*

Ich auch, tippte sie. *Du glaubst nie, wen ich gerade gesehen habe.*

Sobald sie es abgeschickt hatte, begann sie eine neue Nachricht. *Rate.*

Ohne vom Display aufzublicken, streckte sie die Hand aus, um ihre Wasserflasche zu nehmen, aber sie war nicht da. Das war seltsam. Sie war sich sicher, sie neben den Herd gestellt zu haben. Hattie runzelte die Stirn. Das und das Buch. Sie wurde hoffentlich nicht so vergesslich wie ihre Mutter.

Hattie begann eine neue Nachricht. *Habe beschlossen, ich kann nicht warten, bis du irgendwas rätst. Victor ist zurückgekommen!!! Mum war da, deshalb konnte ich nichts sagen. Sie ist jetzt weg. Gehe zu ihm. Kannst du das fassen? Victor! Ich sollte mal besser mehr Butter kaufen gehen. Du weißt ja, dass er davon tonnenweise verdrücken kann.*

Warte, bis er das liest!, dachte sie, während sie es abschickte und die Kühlschranktür öffnete.

»Hallo, Victor …«, begann sie. Doch sie bekam nicht die Gelegenheit, noch mehr zu sagen, denn sie wurde von den

Füßen gerissen. Ihr Handy flog ihr in hohem Bogen aus der Hand, als sie durch den Kühlschrank gezogen wurde. Auf dem Bildschirm leuchtete genau in dem Moment, als es auf dem Boden aufschlug, eine Nachricht auf.

Aber Victor ist doch hier!

Kapitel 3

Hattie machte sich auf alles gefasst, während sie durch den Kühlschrank gezogen wurde. Beim ersten Mal war sie in alle Richtungen geschleudert und gezogen worden, und ihre Halskette hatte sich immer wieder um ihren Hals gedreht. Diesmal sagte sie sich also, sie sollte vorbereitet sein. Doch der Moment, als ihr die Augäpfel in die Höhlen gedrückt wurden, kam trotzdem überraschend. Und der Moment, als sich ihre Knie anfühlten, als würden sie in die falsche Richtung durchgebogen. Und der Moment, als es ihr vorkam, als würde ihr Bauchnabel entknotet.

Als sie anfing, Saltos zu schlagen, begann ein Zischen in ihren Ohren wie ein summendes Insekt, das sich ein Nest baut. Es wurde noch summiger, als sie auf den Boden fiel, und zwar voll aufs Hinterteil. Durch das Summen meinte sie, von sich selbst ein leises Quieken zu hören. Aber es war nicht die Art von Quieken, die sie erwartete. Es war die Art Quieken, die man ausstößt, wenn man gleichzeitig ein bisschen Angst hat und aufgeregt ist.

Hattie öffnete die Augen gerade so weit, wie sie jemand öffnen würde, der ein bisschen Angst hat und ein bisschen aufgeregt ist. Sie saß mitten in einer roten Staubwolke. Das reichte, um zu wissen, dass sie eindeutig in Irgendwo-Nirgendwo gelandet war. Dann kniff sie die Augen wieder zu, damit die Welt aufhörte, sich zu drehen. Sie entschied, dass sie ein wenig warten musste, bevor sie aufstand. Victor würde das wissen. Er wusste immer alles. Und sie war sich ziemlich sicher, dass er mit ihr sprechen würde, während sich ihr Körper daran gewöhnte, wieder hier zu sein, genau wie beim letzten Mal, als er sie durch den Kühlschrank gezogen hatte. Ihrer Berechnung nach müsste er jetzt jeden Moment etwas sagen. Er würde »Hallo« sagen, und dann würde er ihr Bescheid geben, wann es in Ordnung war, die Augen zu öffnen.

Aber Victor sagte nichts. Also musste sie irgendwann selbst entscheiden, dass die Welt wahrscheinlich aufgehört hatte, herumzuwirbeln wie ein Karussell, und dass es ungefährlich war, die Augen zu öffnen. Und als sie es tat, hätte sie sie beinahe wieder zugekniffen. In Worcester hatte sie ganz vergessen, wie grell das Licht in Irgendwo-Nirgendwo war und dass sie das Gefühl hatte, blind zu werden, wenn sie direkt in die Sonne schaute. Zumindest dann, wenn sie nicht vom Umriss eines großen Elefanten verdeckt wurde wie jetzt.

Sie lächelte, als ihr wieder einfiel, wie verwirrt sie das erste Mal gewesen war, als sich Victor so verwandelt hatte. Wie er im einen Augenblick ein winziger Elefant war, der in ihrem Kühlschrank Butter in sich hineinschaufelte, und im nächsten ein riesiger Elefant, der größer war als ein Auto und genauso stark. Aber jetzt erschien ihr diese Veränderung ganz normal. Es war erstaunlich, wie schnell man sich an die merkwürdigsten Dinge gewöhnen konnte.

»Victor.« Ihre Stimme klang benommen, als wäre sie gerade erst aufgewacht. Sie stemmte sich hoch und rückte ihre

Kette gerade, und ihre Knie, die jetzt wieder in die richtige Richtung zeigten, waren weich. Es würde schwierig werden, damit zu gehen, bis sie sich wieder daran gewöhnt hatten, normale Beine zu sein, aber das würde sie nicht davon abhalten, ihren Freund zu begrüßen, selbst wenn ein kleiner Teil von ihr fand, er könnte ein bisschen hilfreich sein und ihr entgegenkommen. Sie stolperte die wenigen Schritte auf Victor zu und schlang ihm die Arme um den Hals. »Ich hab dich ver…«, begann sie. Doch sie beendete den Satz nicht, denn in ihrer Umarmung zuckte Victor zurück.

Warum? Wenn sie ihn früher umarmt hatte, hatte sie das Gefühl gehabt, er wollte sich fest an sie lehnen, als versuchte er, sie noch dichter zusammenzubringen. Und dass er, wenn er gekonnt hätte, seine raue Haut weicher gemacht hätte, damit es an ihrer Wange nicht so kratzte, wenn sie sie auf sein Bein legte. Er war vorher noch nie zurückgezuckt. Sie fragte sich, was nicht stimmte.

»Bist du verletzt?«

Victor sagte nichts.

»Ich habe gefragt, ob du verletzt bist.«

»Nein, es geht mir gut.« Victors Stimme klang ungeduldiger als in ihrer Erinnerung. In so einem Tonfall begrüßte man keine Freundin. Aber sie wusste, es musste einen Grund geben, dass er so mit ihr sprach. Victor tat nie etwas ohne Grund.

»Warum hast du mich zurückgeholt?« Sie freute sich, dass ihre Stimme wieder fast normal klang.

Einen Moment lang runzelte Victor die Stirn, und seine Augen sahen gemeiner aus, als sie sie in Erinnerung hatte. Waren sie nicht dunkler und runder gewesen? Waren die Hautfalten unter seinen langen Wimpern nicht tiefer? Sie erinnerte sich nicht, dass seine Augen je grausame graue Schlitze gewesen wären.

»Wir gehen mal besser.« Victor stampfte zu einem Baum und löste eine Efeuranke davon ab.

»Das ist nicht nötig«, sagte Hattie, als er anfing, ihr ein Ende der Efeuranke ums Handgelenk zu wickeln. Und während sie es sagte, hörte sie in der Ferne ein Geräusch. Es war hoch und durchdringend, als würde weit entfernt jemand kreischen.

Victor wickelte den Efeu noch schneller um ihr Handgelenk.

»Victor, du musst das nicht tun!« Sie merkte, dass sie langsam böse wurde. Und während sie sich noch sagte, dass der Ärger, der an ihrem Gehirn nagte, nur daher rührte, dass sie von ihrer Reise durch den Kühlschrank noch ganz durcheinander war, kam das Geräusch näher. Jetzt gab es keinen Zweifel mehr daran, dass es eine Stimme war. Und obwohl sie hauptsächlich kreischte, kam sie ihr bekannt vor.

»Sir Gideon«, quiekte Hattie. »Er ist irgendwo in der Nähe.«

»Dieser Drache muss überall seine Nase reinstecken«, schnaubte Victor, schlang den Rüssel um Hatties Taille und setzte sie mit Schwung auf seinen Rücken. Und dann trabte er, so schnell er konnte, den roten, staubigen Pfad entlang.

Kapitel 4

Victor rannte schnell. Sehr, sehr schnell. Er rannte so schnell, dass nichts von dem, was aus Hatties Mund sprudeln wollte, herauskonnte, was bedeutete, dass sie es stattdessen denken musste. Sie dachte daran, dass Victor und Sir Gideon das letzte Mal, als sie sie gesehen hatte, so gute Freunde gewesen waren. Sie hatten gemeinsam Lady Serena befreit, eine Drachin wie Sir Gideon, die von Lord Mortimer eingesperrt worden war. Sie dachte daran, dass Victor nie so vor Sir Gideon davonlaufen würde, es sei denn, etwas Schreckliches war passiert. Und sie dachte darüber nach, was dieses Schreckliche wohl sein könnte.

Sie kauerte sich dicht an Victors Rücken und zog sich daran entlang nach oben, damit sie nicht abgeschüttelt wurde. »Warum laufen wir vor Sir Gideon davon?«, fragte sie, als sie nahe genug an seinem Ohr war, um reden zu können.

»Dieser Drache darf uns nicht erwischen.«

»Aber er ist unser Freund.«

Victor schnaubte.

»Ich verstehe das nicht«, sagte Hattie. Sie wünschte, sie könnte Victors Gesicht sehen, falls es etwas verriet, aber sie klammerte sich in seinem Nacken fest, und von hier aus war das unmöglich.

Neben ihrem Kopf schwirrte etwas wie ein kleiner Hubschrauber. Sir Gideon schwebte direkt hinter Victors linkem Ohr.

»Bleib stehen! Lass sie runter!«, schrie Sir Gideon ihn wütend an. »Hattie, ich will, dass du ihn zum Anhalten bringst.«

»Er kann wollen, was er will. Ich bleibe nicht stehen, nur weil er es sagt.« Victor hob den Rüssel wie einen Baseballschläger und schlug damit nach Sir Gideon.

»Nein!«, schrie Hattie. Aber Victors Rüssel traf.

Der winzige Drache wirbelte durch die Luft und krachte gegen einen Baumstamm. Während sich Sir Gideon noch von dem Schlag erholen musste, straffte Victor den Hals und rannte nur noch schneller. *Wenn ich mir je vorgestellt hätte, dass ich nach Irgendwo-Nirgendwo zurückkehre – so hätte ich es mir garantiert nicht vorgestellt*, dachte Hattie.

Sie hob den Kopf, so hoch sie es wagte, während sie beschleunigten, damit sie sich umschauen konnte. Der rote Staub um sie herum musste bedeuten, dass sie in dem Teil von Irgendwo-Nirgendwo waren, in dem es kein Wasser gab – irgendwo außerhalb der Stadt. Aber das hieß, es müsste Wolken geben. Zumindest, wenn ihr Plan funktionierte, denn kurz bevor sie gegangen war, hatte sie die Wolken aus dem Turm befreit. Sie hatte eine Menge riskiert, damit dieser Teil von Irgendwo-Nirgendwo Regen abbekam. Warum also war es immer noch so trocken?

Langsam wandte sie den Blick von dem wolkenlosen Himmel ab. Alles um sie herum war ihr vertraut. Die Bäume im Wald links von ihr sahen aus wie in ihrer Erinnerung. Die Blätter der Bäume, die ihr am nächsten standen, waren mit der gleichen dicken roten Staubschicht bepudert, die alles in der Nähe der Pfade außerhalb der Stadt bedeckte. Dies war das Irgendwo-Nirgendwo, an das sie sich erinnerte. Nur das Verhalten von Victor und Sir Gideon war irgendwie anders.

Weiter vorn sah es genauso aus: Alles wirkte sehr so wie beim letzten Mal, als sie hier gewesen war. Es gab sogar einen Haufen Schilder am Wegesrand, genau wie damals. Lange, bevor sie es lesen konnte, wusste sie, was darauf stand. NICHTS IST VERGESSEN – Lord Mortimers Art, die Einwohner von Irgendwo-Nirgendwo zu warnen, was mit ihnen passieren würde, wenn sie ihn verärgerten. Und unter den Warnungen starrten die Gesichter von Hasen, Eichhörnchen, Schuppentieren und Menschen sie an, genau wie früher. Sie wusste sogar, mit welchem Ausdruck – Angst.

Ihr wurde innerlich ganz kalt, genau wie beim ersten Mal, als sie solche Schilder gesehen hatte. Und während die Kälte sie packte, hörte Hattie irgendwo weiter hinten Sir Gideon schreien: »Halte ihn auf! Halte ihn sofort auf, Hattie!«

»Victor, warte auf Sir Gideon!«, brüllte Hattie.

»Nein.«

»Hattie, geh runter von ihm! Spring, wenn es sein muss!«

Hattie klammerte sich noch fester an Victor. Auf keinen Fall würde sie von einem rennenden Elefanten springen.

»Jemand sollte diesen aufdringlichen Drachen aus der Welt schaffen«, zischte Victor. Und während er das sagte, bog er in den Wald ab. Und er stieß gegen etwas, das sich wie eine Ziegelwand anfühlte. Und während drei Tonnen Elefant die Füße in den Boden stemmten, um zum Stehen zu kommen, flog Hattie durch die Luft.

Kapitel 5

Hattie flog nicht sehr lange, dann war die Efeuranke an ihrem Handgelenk straff gespannt. Sie wurde mitten in der Luft mit einem Ruck angehalten und fiel in einer erstickenden roten Staubwolke auf den Boden. Sie war vielleicht nicht gesprungen, wie Sir Gideon es vorgeschlagen hatte, aber sie war trotzdem auf dem Boden gelandet.

»Autsch«, sagte Hattie.

»Oooh«, sagte eine andere Stimme, die nicht Victor gehörte. Dann folgte ein Schweigen, während dem Hattie nichts hören konnte, nur das Klopfen ihres Herzens.

Hattie riss die Augen auf. Der Staub senkte sich langsam wieder um sie herab. Über ihr starrte Victor wütend irgendetwas an. Sein Rüssel schwang wild hin und her, und er wiegte so fest den Kopf, dass sie sicher war, er würde Kopfschmerzen bekommen.

Er sieht sehr ärgerlich aus, dachte Hattie. Und dann überlegte sie: *Warum ist Victor dort? Warum ist er nicht hinter mir? Ich bin doch von seinem Rücken geflogen, als wir gegen das Ding gerannt sind, was auch immer es war, und ich bin weiter in die Richtung geflogen, in die wir unterwegs waren. Wenn Victor also nicht an mir vorbeigerannt ist, dürfte er nicht dort sein. Er müsste …*

Langsam drehte sie den Kopf. Und da sah sie Victor.

Das ergab nun überhaupt keinen Sinn. Er konnte nicht gleichzeitig hinter und vor ihr sein.

»Victor?«, sagte sie zu dem Elefanten vor ihr.

»Ja.« Zwei Stimmen antworteten gemeinsam.

»Nein, ich rede mit Victor.«

»Das bin ich«, sagten beide Stimmen.

Ist das ein Spiel?, fragte sich Hattie. Wenn ja, machte es ihr keinen Spaß.

»Nein, wer von euch ist wirklich Victor?«

»Ich.« Die Antwort kam aus zwei Richtungen.

»Einer nach dem anderen.« Hattie stand vorsichtig auf. Sie schien sich bei ihrem Sturz nichts gebrochen zu haben, also machte sie einen vorsichtigen Schritt, bis sie vor dem Elefanten stand, an dem sie festgebunden war.

»Bist du Victor?« Sie versuchte, streng zu klingen.

»Natürlich«, sagte er hochmütig, während sie gleichzeitig hinter sich gedämpften Widerspruch hörte.

Sie wandte sich dem zweiten Elefanten zu. »Wenn er Victor ist, wer bist dann du?«

»Ich bin Victor.« Der zweite Elefant stampfte mit dem Fuß auf, um seinen Standpunkt ganz deutlich zu machen.

»Ich weiß nicht recht, ob ich einem von euch glauben soll«, sagte Hattie. Und während sie das sagte, sah sie hinter dem Ohr des zweiten Elefanten eine menschliche Hand auftauchen. Dann kamen direkt über den Borsten auf dem Kopf des Elefanten wirre braune Locken zum Vorschein. Dann ein Paar weit auseinanderstehende Augen. Dann eine Nase. Dann ein Mund.

»Arthur!« Hattie zerrte an dem Knoten an ihrem Handgelenk und ihre Hand rutschte heraus.

»Hallo, Hattie.« Ein breites Grinsen breitete sich auf Arthurs Gesicht aus, und er rutschte seitlich von dem Elefanten herunter und rannte zu ihr. Kurz bevor sie sich umarmt hätten, blieben sie unbeholfen stehen. *Umarmen wir uns normalerweise?*, fragte sich Hattie. Sie wusste es nicht.

»Ich freue mich so, dich zu sehen«, sagte sie. »Aber warum bist du hier?«

Arthur zuckte mit den Schultern. »Ach, weißt du, ich dachte, du könntest mich brauchen.« Er grinste wieder. »Als du mir geschrieben hast, du hättest Victor gesehen, hatte ich ihn auch gerade gesehen. Das hieß, einer von uns musste sich irren. Und das konnte ich nur herausfinden, indem ich herkam, also ließ ich mich durch den Kühlschrank ziehen.« Er sah von einem Elefanten zum anderen. »Welcher von euch ist wirklich Victor?«

»Ich«, sagten beide.

»Nein, bist du nicht«, sagte der Elefant zu Hatties Linken zu dem auf ihrer Rechten. »Ich bin der Haupt-Victor.«

Hattie sah Arthur mit hochgezogenen Augenbrauen an.

»Ich glaube nicht, dass es wissenschaftlich möglich ist, dass ihr beide gleichzeitig Victor seid«, sagte Arthur. »Es kann von jedem nur einen geben.«

Ich bin mir nicht sicher, ob Wissenschaft in Irgendwo-Nirgendwo gilt, dachte Hattie, aber eigentlich fand sie, dass Arthur recht hatte.

»Victor hat das netteste Elefantengesicht, das ich je gesehen habe«, sagte Hattie.

Und im selben Moment, als sie das sagte, hörten die Elefanten auf, einander finster anzustarren.

»Und Victor hat die freundlichsten Augen.«

Beide Elefanten rissen die Augen auf. Dann machte der

auf Hatties rechter Seite seine noch größer, bis sie aussahen wie Untertassen auf einer knittrigen grauen Tischdecke.

»Schau dir das an«, sagte der linke. »Kein echter Victor würde sich so verstellen.«

»Ich werde gegen dich kämpfen.«

»Ich bin Victor, und ich kämpfe nicht.«

»Willst du kämpfen oder davonlaufen wie ein Feigling?«

»Nenn mich nicht Feigling!« Beide Elefanten senkten die Köpfe.

»Wir gehen einfach mal aus dem Weg«, sagte Arthur und trat zurück, als beide Elefanten mit dem Fuß aufstampften. Sie standen so dicht voreinander, dass ihre Rüssel sich beinahe berührten.

»Gib auf, bevor ich dich fertigmache!«, sagte der Elefant zur Linken und stampfte so fest auf, dass die Erde unter Hatties Füßen bebte.

»Niemals!«, sagte der Elefant zur Rechten.

Ihre Rüssel umkreisten sich. Erst im Uhrzeigersinn, dann dagegen. Der rechte Elefant trompetete, als wollte er seinen Gegner ans andere Ende von Irgendwo-Nirgendwo schicken. Dann verknoteten sie ihre Rüssel. Und was für Knoten das waren!

Zuerst ein Achterknoten.

Dann ein Schnürsenkelknoten.
Dann ein Palstek.
Als Nächstes ein Sackknoten.
Dann ein Ringknoten.
Dann ein Kreuzknoten.
Dann ein Kosakenknoten.
Und schließlich ein Sackstich, bei dem Hattie fast »Autsch« gesagt hätte, als sie ihn sah.

Arthur schaute zu ihr herüber. »Zeit zu gehen«, sagte er.

Kapitel 6

»Was glaubst du, wie lange sie noch streiten werden?«, fragte Arthur, als er und Hattie sich in den Wald davonschlichen.

»Ich weiß nicht, aber der Sackstich ist ziemlich schwer wieder zu lösen.«

»Der was?«

»Der Sackstich. Das ist eine bestimmte Art von Knoten. Ich glaube, das war der letzte Angriff, den dein Victor bei meinem Victor ausprobiert hat.«

»Wow. Woher kennst du dich mit Knoten aus?«

Hattie hätte gerne gesagt, dass man, wenn man allein war, irgendwann viele Dinge wusste, die die Leute nicht erwarteten. Und wenn man eine Mutter hatte, die nicht reden wollte, wenn sie in der Düsternis versunken war, dann wusste man am Ende sogar noch mehr. Stattdessen zuckte sie nur mit den Schultern und tat so, als würde sie sich gar nicht so sehr darüber freuen, dass sie mit ihrem Wissen vor Arthur angeben konnte.

»Wie kommt es, dass du hier bist?«, fragte Arthur. Er lief neben ihr und machte kürzere Schritte als sonst, damit er im Takt mit ihr ging, als wäre es das Normalste auf der Welt, dass sie gemeinsam durch eine fremde Welt wanderten.

»Es war in letzter Zeit irre windig.«

»Ja, der Wind. Echt seltsam.«

»Und ich habe gerade versucht, Mum aus …« Hattie unterbrach sich. Sie glaubte nicht, dass sie das, was mit ihrer Mutter los war, jemandem erzählen sollte. Nicht einmal Arthur. Es wäre wie ein Verrat. »Mum war gerade zur Arbeit gegangen«, sagte sie. »Und ich ging zum Kühlschrank und sah Victor – oder wer auch immer das war. Da habe ich dir geschrieben. Dann habe ich die Tür wieder aufgemacht und er hat mich durchgezogen.« Sie zögerte. »Aber wie bist du hergekommen?«

»Ich hatte Victor gerade in meinem Kühlschrank gesehen. Na ja, ich dachte, er sei Victor. Und ich wollte dich überraschen und es dir erzählen. Aber dann kam deine Nachricht, und ich dachte, es wäre wohl besser, wenn ich herausfinde, was los ist. Also ging ich zum Kühlschrank und ließ mich von Victor mitnehmen.«

»Egal, was sie sagen, keiner von beiden ist Victor«, sagte Hattie. »Und wenn uns nicht Victor hergebracht hat, dürfen wir vielleicht überhaupt nicht hier sein.« Ihr lief ein Schauer über den Rücken. Vielleicht war es sehr dumm von ihr gewesen, nach Irgendwo-Nirgendwo zu kommen. »Was meinst du, was sollen wir jetzt machen?«, fragte sie, und in diesem Moment kam ein Kakadu herabgeflattert. Er umkreiste Arthurs Kopf und landete auf Hatties Schulter. Dann streckte er den Kopf vor, damit er ihr ins Gesicht sehen konnte, und versperrte ihr die Sicht, weshalb sie abrupt anhalten musste.

»Warum wieder da, Hattie Brown?«, wollte er wissen.

»Du erinnerst dich an mich.« Hattie lächelte. In der Schule kam sie sich die meiste Zeit unsichtbar vor, deshalb war es ein gutes Gefühl, wiedererkannt zu werden.

Der Kakadu starrte sie weiterhin finster an. »Warum hier,

Hattie Brown?« Er stellte seine weißen Kammfedern auf dem Kopf zu einer starren Spitze auf.

Sie hatte vergessen, was für ein ernstes Geschäft es für die Kakadus war, alles zu wissen. »Victor hat mich hergebracht«, antwortete sie.

»Nicht Victor«, sagte der Kakadu, und sein Blick wurde noch grimmiger. Dann sah er ihre Haare an und wackelte missbilligend mit seiner schwarzen Zunge. »Schlimme Haare«, urteilte er.

Da wären wir ja wieder, dachte Hattie, als der Kakadu anfing, über ihrem Kopf herumzuflattern und an ihren Haaren zu ziehen und sie zu verzwirbeln. Ein Schwirren erfüllte ihre Ohren, und ab und zu ein Schnippen, als spucke der Kakadu etwas aus.

»Warum wieder da, Hattie Brown? Warum wieder da?«, murmelte der Kakadu, während Hattie spürte, wie an ihren Haaren gezupft und gedreht und sie auf ihrem Kopf aufgetürmt wurden.

Schließlich flog der Kakadu vor sie, um sein Werk zu bewundern. Als er an ihrem rechten Ohr vorbeikam, meinte Hattie, ihn murmeln zu hören: »Gefährlich, Hattie Brown. Gefährlich.«

»Was hast du gesagt?«, fragte Hattie, als sich der Vogel erst zur einen Seite und dann zur anderen lehnte, um seine Arbeit genau zu betrachten. Doch seine schwarzen Knopfaugen verrieten nichts.

»Haare besser«, sagte er und wandte sich Arthur zu.

»Mit meinen Haaren ist alles in Ordnung, vielen Dank«, erklärte Arthur. Als er sich duckte, um zu entkommen, sah Hattie, dass eines der Schilder am Straßenrand ungewöhnlich war. Es war größer, weniger ausgebleicht und wahrscheinlich neuer. Das Wesen auf dem Bild trug den gleichen ängstlichen Gesichtsausdruck. Aber nicht wie das Wesen aussah, verursachte Hattie eine Gänsehaut, sondern wer es war. Es war ein Elefant. Aber nicht irgendein Elefant. Das da unter den großen schwarzen Buchstaben, in denen NICHTS IST VERGESSEN geschrieben stand, war ihr Freund, da war sie sich sicher. Victor starrte sie an.

»Warum …?«, begann sie, aber ein Kreischen in ihren Ohren hielt sie davon ab, den Gedanken zu beenden.

»Was tust du hier? Geh zurück!« Bei dem Geflatter vor ihrem Gesicht war es schwierig, sich darauf zu konzentrieren, wer das Wesen war, aber sie kannte diese Stimme.

»Es ist schön, dich zu sehen, Sir Gideon. Ich hoffe, dein Zusammenstoß mit dem Baum hat nicht zu sehr wehgetan.«

Ein winziger Drache, ungefähr so groß wie ein Spatz, flatterte vor ihr in der Luft. Das Gesicht hatte er spitz und wütend zusammengekniffen, und seine Schuppen blinkten zwischen lila und grellrot, wodurch er aussah wie eine knallbunte Christbaumkugel. »Na ja, dich zu sehen, ist nicht schön«, sagte er. »Du solltest nicht hier sein.«

»Das ist kein sehr nettes Willkommen.«

»Das liegt daran, dass du nicht willkommen bist. Geh zurück in dein eigenes Reich.«

»Ich will nicht zurückgehen. Etwas ist passiert, und deshalb muss ich hier sein. Das spüre ich.«

»Nichts, was dich etwas angehen würde.«

»Ich glaube schon. Ich habe so ein Gefühl, dass etwas nicht stimmt.«

»Nichts, womit ich nicht fertig werden würde.«

»Also stimmt wirklich etwas nicht.«

Sir Gideon schüttelte wütend den Kopf. »Im Namen der

Gilde der Ritterdrachen befehle ich dir, in dein Reich zurückzukehren, Hattie Brown. Du hast hier nichts verloren.«

»Und warum haben uns die Victors dann beide hergeholt?«

»Beide?« Einen Moment lang erstarrten Sir Gideons Flügel, und er hing reglos in der Luft. Dann begann das wilde Geflatter von Neuem. Als er über Hatties Schulter schaute, wechselten seine Schuppen von Purpurrot zu sehr, sehr Purpurrot. Sein Blick fiel auf Arthur und er stieß einen ohrenbetäubenden Schrei aus. »Warum muss das immer mir passieren?«, heulte er.

Kapitel 7

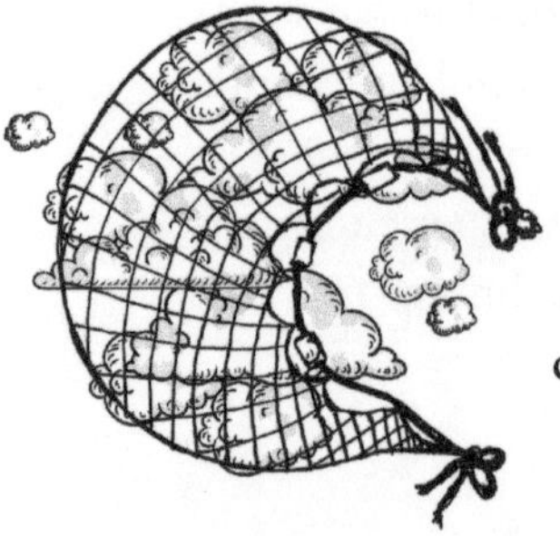

»Ihr dürftet gar nicht hier sein!« Sir Gideon flatterte so dicht vor Arthur herum, dass er mit seinen Flügeln fast Arthurs Nase traf. »Alle beide nicht.« Er spuckte die Worte geradezu aus. »Ihr solltet beide in eurem Menschenreich in Sicherheit sein. Ihr solltet beide überall sein, nur nicht hier.«

Sir Gideon umrundete sie beide jeweils zweimal, dann landete er auf einem Ast und stampfte so fest mit dem Fuß auf, dass sämtliche Blätter des Baumes erzitterten und roten Staub herabrieseln ließen. Seine Schuppen blinkten erst purpurrot, dann orange, dann wieder purpurrot. »Wie bist *du* überhaupt hier hergekommen?« Er sah Arthur finster an, die scharfen Gesichtszüge wütend zusammengezogen.

»Victor war in meinem Kühlschrank und hat mich durchgezogen«, erklärte Arthur.

»Das ist mir auch passiert«, sagte Hattie.

»Ach, ich weiß, was dir passiert ist«, knurrte Sir Gideon. »Ich war dabei. Ich war derjenige, der dir zugerufen hat, dass du dich nicht fangen lassen sollst. Aber hast du auf mich gehört? Nein. Du hast alles so gemacht, wie du wolltest.«

»Du warst in meinem Haus? Warum hast du nichts gesagt?«

»Damit deine Mutter merkt, dass ich da bin? Was glaubst du, wie sie reagieren würde, wenn einer der wichtigsten Drachen der Gilde der Ritterdrachen in ihrem Haus ist? Ich glaube nicht, dass sie besonders glücklich darüber gewesen wäre.«

»Ich glaube nicht, dass sie glücklich darüber gewesen wäre, irgendeinen Drachen zu sehen, egal, wie wichtig er ist.«

Sir Gideon schnaubte. »Also habe ich dir einen großen Gefallen getan, Hattie Brown. Im Gegensatz dazu, was du mir angetan hast, indem du dich einfach so durch den Kühlschrank hast ziehen lassen.«

Ich frage mich, ob ein Drache so wütend werden kann, dass er explodiert, überlegte Hattie. *Und wenn ja, würde dann alles, was sich aufgestaut hat, seit er gelobt hat, kein Feuer zu spucken, außer zum Schutz des Reiches, plötzlich aus ihm herausbrechen? Würde er sich in einen Feuerball der Wut verwandeln?*

»Wir haben Victor beide gesehen. Also war es nicht Victor, oder?«, fragte sie, um das Thema zu wechseln.

Einen Moment lang ersetzte Traurigkeit Sir Gideons Wut. Seine Schuppen blieben bei einem tiefen, grüblerischen Rot stehen. »Das war einer der falschen Victors«, sagte er. »Einer von denen, die losgeschickt wurden, um die Eingänge zwischen eurer und unserer Welt zu bewachen.« Sir Gideon schwieg eine Weile, als müsse er scharf nachdenken, dann leuchteten seine Schuppen auf. »Wenn der echte Victor hier wäre, würde er wollen, dass ich mich um euch kümmere. Er würde wollen, dass ich euch irgendwo hinbringe, während ihr auch seine Rückkehr wartet. Also werde ich das tun. Zum Glück müssen wir nicht weit gehen. Folgt mir.« Er flog von dem Ast und flatterte vor ihnen durch die Luft. »Schnell, hier entlang. Die Victor-Doppelgänger dürfen uns nicht finden.«

»Ich glaube, die sind noch eine Weile beschäftigt.« Arthur lächelte Hattie zu, und sie folgten Sir Gideon tiefer und tiefer in den Wald. Der erste Weg, den sie entlangrannten, war eben und gerade und von hohen, aufrechten Bäumen gesäumt. Er dehnte sich so weit vor ihnen aus, wie Hattie sehen konnte. Dann, gerade, als sie dachte, dieser Pfad würde nie enden, flog Sir Gideon nach rechts. Hattie und Arthur folgten ihm und fanden sich auf einem gewundenen Weg wieder. Der Boden war mit verknäulten Wurzeln bedeckt, so dicht wie das Gewebe eines Korbs. Sofort wurde es schwieriger, mit Sir Gideon mitzuhalten. Sie mussten aufpassen, wohin sie traten, und die Füße in die kleinen Lücken zwischen den Wurzeln setzen. Und als Hattie gerade dachte, dieser gewundene Weg würde niemals enden, bog Sir Gideon wieder ab. Sie ließen die knorrigen Wurzelknäuel hinter sich, und jetzt war der Pfad mit trockenem Laub gepolstert, das unter jedem Schritt knisterte.

»Warum ist es immer noch so trocken?«, rief Hattie Sir Gideon zwischen keuchenden Atemzügen zu, als sie an einem Baum nach dem nächsten vorbeikamen, dessen Rinde sich schuppte wie trockene Haut. Sie erinnerte sich nicht, dass die Bäume in Irgendwo-Nirgendwo aussahen, als bräuchten sie einen großen Schluck Wasser. Und diese hier sahen aus, als würden sie zerbröseln, wenn sie versuchte, sie anzufassen. »Was ist mit all den Wolken passiert, die ich freigelassen habe? Wurden sie wieder eingefangen?«

»Nein«, antwortete Sir Gideon barsch und hielt kurz an, damit Hattie und Arthur durchatmen konnten. »Sie haben nur ihren eigenen Kopf, und sie haben beschlossen, mit dem Regnen aufzuhören und sich zu verstecken.«

»Ich wusste nicht, dass Wolken denken können.«

»Natürlich können sie das. Und sie haben sehr strenge Ansichten. Jetzt beeilt euch! Ihr Menschen seid so eingeschränkt, weil ihr nur Beine habt. Ich weiß nicht, wie ihr auf die Idee kommt, ihr wärt etwas Besseres als Drachen.«

»Ich glaube nicht, dass ich etwas Besseres bin.«

»Alle Menschen aus eurer Welt glauben, sie seien besser als andere Wesen, also gehe ich mal davon aus, dass das bei dir auch der Fall ist.« Sir Gideon flitzte wieder los.

»Aber ich wollte fragen, ob das da der Baum ist, durch den uns Victor letztes Mal, als ich hier war, zu dem unterirdischen Fluss gebracht hat«, rief Hattie aus und zeigte auf einen Baum, an dem sie gerade vorbeigekommen waren.

»Zu spät«, lachte Arthur, als sie ihn in der Ferne verschwinden sahen. »Wir sollten uns besser beeilen, damit wir ihn nicht verlieren.«

Diesmal schienen sich die Bäume über den Weg zu beugen, den Sir Gideon nahm; sie drängten sich heran, als wollten sie die beiden Kinder aus der Menschenwelt genauer betrachten, die zwischen ihnen hindurchwieselten. Sprödes gefallenes Laub knirschte unter Hatties Füßen, und sie glaubte, gleich vor Erschöpfung umzufallen, deshalb hätte sie am liebsten vor Freude geschrien, als Sir Gideon endlich langsamer wurde. Seine Flügel stotterten kurz, dann zwickte er die Spitze von einem Baum ab und steckte sie sich in die Nasenlöcher.

»Warum tut er das?«, fragte Arthur, aber da rochen sie es schon.

Es war kein normaler Geruch.

Es war der Gestank eines Abflussrohrs, das tausend Jahre nicht sauber gemacht worden war.

Es war der Gestank von hundert faulen Eiern in der Mittagssonne.

Es war der Gestank unter den Achseln eines Monsters.

Es war der Gestank einer Million alter Socken.

Es war der Gestank aus dem Schnabel eines Adlers.

Es war der Gestank eines abgestandenen Tümpels.

Es war der Gestank von Fisch-Innereien.

Es war der Gestank von ranzigem Käse.

Es war all das und noch viel mehr.

»Ich glaube, ich werde ohnmächtig.« Arthur schwankte.

»Nimm ein Blatt!« Hattie streckte die Hand aus, um eines zu pflücken, aber es zerkrümelte zwischen ihren Fingern zu Staub.

Als Arthur zu taumeln anfing, sah Hattie sich um. Als ihr dieser Gestank das erste Mal begegnet war, hatte Sir Gideon ihr gesagt, sie solle sich Elefantenborsten in die Nase stecken. Aber von denen waren keine zur Hand. Was sollte sie also tun? Da fielen ihr ihre Taschen ein. Sie hatte bestimmt irgendwas dabei. Sie angelte darin und zog eine Taschenlampe heraus, dann ein Notizbuch, ein Knäuel Schnur, dann eine Kette aus Sicherheitsnadeln, die zu einer Schlaufe verbunden waren. Sie holte einen Zahnstocher heraus und eine Batterie. Dann fand sie endlich zwei Taschentücher. Eines drückte sie Arthur in die Hand und presste sich das andere vors Gesicht. Als Arthur sich ein wenig gefangen hatte, grinste sie.

»Ich glaube nicht, dass ich mich an den Geruch je gewöhnen werde«, sagte sie.

Kapitel 8

Als Hattie und Arthur aus dem Wald traten, sahen sie einen riesigen, glibberigen lila-grauen Körper vor sich aufragen. Es war Marcia der Zeitwurm. Sie schien sie nicht zu bemerken, als sie näher kamen. Vor ihrem Gesicht wurde die endlose Weite des blauen Himmels durch einen flirrend hellen Streifen unterbrochen. Ihre fleischigen Lippen bebten, dann streckte sie sich zu dem tanzenden Licht aus, als wollte sie es küssen, und zwei silbrige Spucketropfen liefen an ihrem lang gestreckten Hals herunter. Ihre Lippen schlossen sich um den Streifen, und das Flirren wurde langsamer, während der Gestank schlimmer wurde, sogar durch Hatties Taschentuch. Der Zeitwurm streckte den Hals noch weiter und sog etwas durch den Streifen. Zentimeterweise tauchten die Ränder einer Wolke auf, wie blasse Zuckerwattebäusche. Immer mehr von der Wolke erschien.

»Marcia!«, rief Sir Gideon.

Sie drehte sich um, der Rand der Wolke zog sich aus ihrem Mundwinkel. Dann sah sie Hattie und Arthur. In ihren Augen blitzte Überraschung auf und ihr Mund blieb offen stehen. Der Wolkenrand schnalzte zurück in das glitzernde Licht. Einen Moment lang wackelte der Zeitwurm. Dann fiel Marcia auf ihren Bauch. »Oh. Oh. Oh.« Während eine wellenartige Bewegung durch ihren Körper ging, hob sie den Kopf und schaute zu der Stelle, wo die Wolke verschwunden war. »Oh«, sagte sie noch einmal, und ihr Kopf plumpste wieder herunter. Während sie darüber nachdachte, was sie da sah, blinzelte sie langsam mit ihren traurigen Augen. »Hattie Brown, bist du das?« Marcia der Zeitwurm stemmte sich hoch und schwankte unsicher.

»Ja.« Hattie lächelte und überlegte dabei, ob sie aus dem Weg gehen sollte, für den Fall, dass der Zeitwurm erneut umfiel.

»Und Arthur?«

»Ja.«

Eine fette Träne schlängelte sich an Marcias Wange herab. »Ich freue mich so, euch zu sehen«, schniefte sie.

»Im Gegensatz zu uns anderen«, sagte Sir Gideon.

Der Zeitwurm blickte ihn an. »Hallo, Sir Gideon, hast du Hattie und Arthur zurückgeholt?«

»Natürlich nicht«, schnaubte er. »So etwas Idiotisches würde ich nie tun. Sie waren ganz allein so dumm.«

Die Fleischberge auf Marcias Stirn ballten sich zusammen. »Dann dürftet ihr nicht hier sein.«

»Na endlich«, sagte Sir Gideon. »Jemand, der versteht, worum es geht.«

»Aber habt ihr keine meiner Botschaften bekommen?« Frische Tränen sammelten sich in den Augenwinkeln des Zeitwurms.

»Was für Botschaften?«

»Die, die ich nach Worcester und Manchester geschickt habe. Nachdem ihr weg wart, mussten viele Wolken ersetzt werden, aber ich dachte mir, ich sollte die meisten davon in Worcester und Manchester sammeln, damit ihr wisst, dass ihr in Gefahr seid. Gab es viel Wind? Soweit ich es verstehe, passiert das, wenn ich zu viele Wolken von einem Ort wegnehme.«

»Das erklärt vieles«, sagte Arthur.

»Na ja, wir haben es auf jeden Fall bemerkt«, stimmte Hattie zu.

Marcia strahlte. »Ich habe versucht, genau aufzupassen, wo ich bohre«, sagte sie. »Es war nicht einfach.«

»Wir wussten nur nicht, dass es eine Botschaft für uns war.«

Das Lächeln des Zeitwurms fiel in sich zusammen.

»Und wir wussten nicht, was es bedeutet«, sagte Hattie. »Hast du etwas von Gefahr gesagt?«

Marcia wiegte sich vor und zurück, als würde ihr übel. »Ich habe versagt!«, stöhnte sie. »Ihr habt das Zeichen nicht verstanden. Ihr seid in größerer Gefahr als jedes Kind aus der Menschenwelt in der Geschichte von Irgendwo-Nirgendwo.« Eine Flut von Tränen strömte über ihre Wangen und fiel zu Boden. Wo sie auf den roten Staub trafen, wuchsen sofort Butterblumen.

»Aber warum sind wir in Gefahr?«

»Lord Mortimer ist hinter euch her«, blaffte Sir Gideon. »Doch das sollte eigentlich niemanden überraschen. Er würde euch ja wohl kaum ignorieren, nach allem, was das letzte Mal, als ihr hier wart, passiert ist. Also war eure Aufgabe, euch bedeckt zu halten und keine Aufmerksamkeit auf euch zu lenken, bis er vielleicht, wenn wir Glück haben, aufgibt. Und das hättet ihr möglicherweise auch geschafft, wenn sich nicht jemand absichtlich durch einen Kühlschrank hätte ziehen lassen.« Er funkelte Hattie wütend an. »Also machen wir weiter«, fuhr er fort. »Wir müssen euch so schnell wie möglich von hier wegbringen. Mach dich bereit, sie zurückzuschicken, Marcia.«

»Wohin zurück?«, fragte Arthur.

»Irgendwohin.«

Nicht das schon wieder, dachte Hattie, denn sie erinnerte sich an das letzte Mal, als Victor und Sir Gideon beschlossen hatten, sie irgendwohin in ihrer Welt zu schleudern, ohne sich darum zu scheren, wo sie landete.

»Marcia, bist du bereit?«, rief Sir Gideon.

Diese ließ den Kopf auf die Brust sinken, ihr Doppelkinn umschloss ihr eigentliches Kinn wie eine Halskrause. »Warum habt ihr die Zeichen nicht gesehen?«, jammerte Marcia. »Ich kann mich nicht mehr eure Freundin nennen. Ich kann mich niemandes Freundin nennen. Man sollte mich bestrafen. Man sollte mich bestrafen.«

Hattie legte die Hand an die teigige Seite des Zeitwurms. »Du hast uns nicht im Stich gelassen«, sagte sie sanft. »Aber vielleicht kannst du uns erzählen, was passiert ist.«

»Es ist ganz einfach«, unterbrach Sir Gideon, bevor Marcia antworten konnte. »Lord Mortimer hat gesehen, was ihr mit dem Regen machen könnt. Also glaubt er, ihr könntet sein Wasserproblem lösen. Deshalb hat er je einen falschen Victor nach Worcester und Manchester geschickt, um euch zu finden. Er war sich sicher, ihr würdet euch austricksen lassen und ohne großes Theater zurückkommen. Und er hatte recht. Ihr seid auf den einfachsten aller Tricks hereingefallen.« Sir Gideon flog direkt vor Hattie. »Da hast du es, ich habe es dir erzählt. Lord Mortimer will euch in Wassermaschinen verwandeln. Plitsch, platsch, plutsch. Da solltet ihr wirklich nicht hier herumhängen.« Sir Gideons Schuppen wurden orange. »Also schaffen wir euch von hier fort. Bereit, Marcia?«

Der Zeitwurm schniefte. »Ich glaube, ich kann die Energie aufbringen«, sagte sie schwermütig und begann, ihren Körper zu verlängern. »Wohin möchtet ihr gerne? Ich habe gehört, der Buckingham-Palast sei hübsch.«

»Ich glaube nicht, dass wir dort sehr willkommen sind.«

»Was ist mit dem Tower von London?«

»Genauso.«

»Stonehenge.«

»Dasselbe.«

»Wie wäre es mit Loch Ness? Die Geschichten von einem Monster dort sind natürlich alle Unsinn. Es gibt keine Monster.«

»Ist ja komisch«, sagte Arthur. »Warum schlägst du all diese Orte vor?«

»Das scheinen mir alles Orte zu sein, die Menschenkinder besuchen sollten. Wie wäre es mit Powis Castle?«

»Nun schick sie schon durch!«, schrie Sir Gideon.

»Aber bevor wir gehen: Wo ist der echte Victor?«, fragte Hattie. Es schien ihr nicht richtig zu sein, nach Irgendwo-Nirgendwo zurückzukommen, ohne ihn gesehen zu haben.

»Ach, das ist so traurig«, sagte der Zeitwurm. »Er ist im ...«

»Nein!« Sir Gideon versuchte, schnell vor ihren Mund zu fliegen.

»... Gefängnis«, sagte Marcia, bevor er ihr mit seinem ganzen Körper den Mund zuhalten konnte. Als ihr klar wurde, was sie getan hatte, verdrehte sie die Augen zum Himmel. »Ich sage immer das Falsche«, stöhnte sie und ließ sich flach auf den Bauch fallen.

Kapitel 9

»Ich habe das Falsche gesagt. Ich habe das Falsche gesagt.« Jedes Schluchzen schickte eine neue Wabbelwelle durch Marcias Körper. »Ich sage immer das Falsche.«

»Ja, das stimmt«, fauchte Sir Gideon. Seine Schuppen waren jetzt wieder purpurrot. »Warum kann hier niemand den Mund halten?«

»Hast du gesagt, Victor sei im Gefängnis?«, fragte Hattie.

»Ja«, weinte Marcia, während Sir Gideon zwischen ihr und Hattie herumflatterte, als glaubte er, er könne damit die Worte aufhalten.

»Nein«, beharrte er stur. »Das hat sie nicht gesagt.«

»Hat sie doch. Wir haben es beide gehört«, teilte Hattie ihm mit.

»Menschenohren hören bekanntlich nicht gut. Ihr hört ständig Dinge, die eigentlich nicht da sind. Deshalb glaubt ihr auch Politikern alles.«

»Hattie hat recht, wir haben es sie beide sagen hören«, kam ihr Arthur zu Hilfe. »Also erzählst du uns am besten, was passiert ist.«

»*Sie* ist passiert«, knurrte Sir Gideon und bohrte den Blick in Hattie.

»Ich glaube, das sollte besser ich ihnen erzählen«, sagte

der Zeitwurm leise. »Das ist besser für dein Herz, Sir Gideon. Du bist offensichtlich viel zu gestresst, deshalb wirst du wahrscheinlich wegen alledem verfrüht sterben, und es wird die Schuld der menschlichen Hattie sein.« Marcia stützte das Kinn auf einen niedrigen Felsen und begann: »Natürlich ist es eine sehr traurige Geschichte, deshalb macht es mir nichts aus, wenn ihr weint. Vielleicht weint ihr sogar gern. Hebt einfach die Hand, wenn ihr merkt, dass ihr damit anfangt. Dann mache ich eine kurze Pause, bis ihr euch wieder gesammelt habt.« Sie schniefte. »Sitzt ihr bequem?«

»Das ist kein Märchen«, sagte Sir Gideon mit zusammengebissenen Zähnen zu ihr.

»Nein, du hast recht. Natürlich ist es kein Märchen. Es ist das echte Leben und das macht es noch viel schlimmer. Weint nicht, Kinder aus der Menschenwelt, weint nicht.« Tränen kullerten über die Wangen des Zeitwurms.

»Wir weinen nicht«, betonte Arthur.

»Nein?« Der Zeitwurm schniefte. »Aber sagt Bescheid, wenn es so weit ist. Also, Folgendes ist passiert. Als ihr weg wart, war Lord Mortimer sehr wütend. Er gab den Wächtern des Reiches die Schuld, weil sie nicht da waren, um euch davon abzuhalten, die Hundertsten Kinder freizulassen. Dann fing er an, Fragen darüber zu stellen, was passiert war. Er fand heraus, dass Victor den Wächtern gesagt hatte, das Verlorene Siegel sei bei den Höhlen versteckt, also eilten sie alle dorthin, und nur einer blieb zurück, um Lord Mortimer zu beschützen.

Natürlich war Lord Mortimer fuchsteufelswild, als er das hörte. Er schickte ein paar Wächter des Reiches los, um Victor zu finden. Und sie waren nicht nett. Sie schlugen ihn mit ihren Stöcken. So lange, bis er trotz seiner dicken Haut blutete. Und dann zwangen sie alle, auf die Straßen herauszukommen, als sie ihn durch die Stadt führten und zur Schau stellten.« Die Lippen des Zeitwurms zitterten. »Sie haben allen gesagt, sie sollen ihn verspotten. Sie sagten, das passiert jedem, der Irgendwo-Nirgendwo verrät. Er wird bestraft, sogar wenn er so angesehen ist wie Victor. Und dann …« Die Stimme des Zeitwurms wurde ganz leise. »Dann haben sie ihn zum Gefängnis geführt, damit er …« Marcias Stimme verlor sich in glucksenden Schluchzern, und ein Kranz blasser Lilien wuchs, wo ihre Tränen auf den Boden fielen.

Hattie schluckte mühsam, um das Schluchzen zu unterdrücken, das sich auch in ihrer Kehle bildete. Victor musste gewusst haben, dass das wahrscheinlich die Folge sein würde, als er die Wächter von der Stadt wegführte. Er hatte ohne zu zögern diese Risiken auf sich genommen, damit sie alle Hundertsten Kinder retten konnte. Hattie warf einen Blick zu Sir Gideon. Seine Augen glänzten, als wären sie feucht. *Deshalb erlaubt er dem Zeitwurm, uns diese Geschichte zu erzählen*, dachte sie. *Er kann es nicht ertragen, sie selbst zu erzählen.*

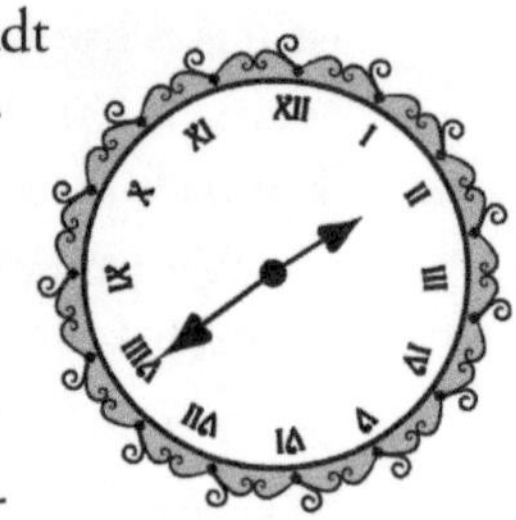

»Und wo ist das Gefängnis?« Ihre Stimme klang dünn und geknickt.

»In der Nähe der Drei Vulkane.«

Hattie nickte, auch wenn die Drei Vulkane nur ein Ort waren, von dem sie mal gehört hatte. Sie wusste nicht, ob es weit war oder nahe. In gewisser Weise war das auch egal. Das Einzige, was zählte, war, dass Victor ihretwegen dort eingesperrt war. Alles ergab jetzt einen Sinn. Sie dachte an das Gesicht, das sie von den Schildern am Weg angestarrt hatte, und drückte ihre Fingernägel fest in ihre Handflächen, damit sie keinen Weinkrampf bekam.

»Wir müssen ihn retten.« Sie brachte die Worte kaum heraus.

»*Ihr* müsst wieder zurück nach Hause!«, beharrte Sir Gideon.

»Aber Victor braucht mich.«

»Nein, tut er nicht. Niemand hier braucht dich. Wir sind alle zu beschäftigt damit, das Chaos in Ordnung zu bringen, das du beim letzten Mal angerichtet hast.«

»Das ist nicht fair.« Arthur stellte sich näher neben Hattie, als wollte er sie beschützen. »Hattie hat mich und die Hundertsten Kinder gerettet. Wenn sie nicht wäre, würde ich immer noch in einem Käfig sitzen.«

»Und wenn sie nicht wäre, hätten wir immer noch ein bisschen Wasser.« Sir Gideon drehte sich zu Hattie um. »Du hast die Wolken aus dem Turm gelassen. Das hättest du nicht tun müssen, um den Hundertsten Kindern zu helfen.«

»Ich habe es getan, damit die Stadt nicht der einzige Ort mit Wasser ist.« Während sie das sagte, konnte Hattie selbst hören, wie defensiv ihre Stimme klang. Ihre Mutter hätte das ein schuldbewusstes Quengeln genannt.

»Tja, das hat wohl nicht geklappt, was? Sie haben sich nur zerstreut. Wolken mögen es nicht, wenn man ihnen sagt, was sie tun sollen. Das müsste dir inzwischen klar sein.«

»Schwierig sind sie«, stimmte Marcia zu.

»Also habe ich nicht geholfen?« Hatties Kehle wurde noch enger.

»Du hast den Hundertsten Kindern geholfen«, beharrte Arthur.

»Aber Irgendwo-Nirgendwo habe ich nicht geholfen.«

Sir Gideon schüttelte den Kopf. »Wir brauchen deine Art der Hilfe nicht, Hattie Brown.«

Hattie warf einen Blick zum Himmel. Jeder Zentimeter dieses grenzenlosen Blaus machte sich über sie lustig. Wie hatte sie je glauben können, sie sei wichtig genug, damit in einer ganzen neuen Welt alles besser wurde? Sie schaffte es ja nicht einmal, dass es ihrer Mutter besser ging. Sie biss sich fest auf die Unterlippe und sah zu Arthur hinüber. *Denk nicht schlecht von mir*, dachte sie. *Ich weiß, ich habe etwas Dummes gemacht, aber ich wollte doch nur helfen.*

»Wer versucht, Victor herauszuholen?«, fragte Arthur. Er sprach mit Sir Gideon, aber sein Blick war auf Hattie gerichtet. Es war der gleiche Blick wie der ihrer Mutter, wenn sie sich Sorgen um sie machte. Als versuche sie, in ihren Kopf zu schauen.

»Die Gilde der Ritterdrachen arbeitet an dem Problem«, sagte Sir Gideon.

»Sie haben eines ihrer Treffen«, ergänzte Marcia.

»Es ist kein Treffen, es ist eine Gildenversammlung. Und die ist sehr wichtig. Wir diskutieren, was wir wegen des Regenmangels unternehmen sollen.«

»Und werdet ihr auch eine Lösung finden, wie ihr Victor herausholt?«, fragte Arthur.

»Wir werden darüber reden.«

»Also habt ihr keinen Plan?«

Sir Gideon schüttelte verärgert den Kopf. »Es wird eine Kommission geben und dann eine Unterkommission. Und dann werden wir abstimmen.«

»Und dann habt ihr einen Plan?«

»Wenn es eine Zweidrittelmehrheit gibt.«

»Und was passiert, wenn es keine Zweidrittelmehrheit gibt?«

»Dann wird Sir Willow-Wood eine weitere Versammlung vorschlagen.«

»Aber als Lady Serena ins Gefängnis geworfen wurde, hattet ihr extra dafür ein Sondertreffen. Und ihr brauchtet keine Kommissionen und Unterkommissionen. Warum tut ihr das nicht auch für Victor?«

»Sie ist eine von uns. Er nicht, so angesehen er auch ist.«

Arthur runzelte die Stirn. »Und wie kommt man zu dem Gefängnis, wo sie Victor festhalten?«, fragte er.

»Fliegen, natürlich«, knurrte Sir Gideon.

»Und was, wenn man nicht fliegen kann?«

»Es gibt zwei Wege. Der einfachere ist der Zockelpfad. Aber das dauert lange, und Lord Mortimer hat befohlen, dass eine Herde Elefanten das Gefängnis umstellt und mit den Füßen stampft, damit der rote Staub das verhindert – jeder, der dort entlanggeht, würde ersticken.«

»Und der andere Weg?«

»Der andere Weg führt durch die unterirdischen Tunnel. Aber dafür bräuchte man eine Karte, und die ist im Überall-Büro, und der Wissenswurm würde sie nicht so einfach hergeben.«

Arthur nickte, als verstünde er das Problem. Er wandte sich an den Zeitwurm. »Hast du gesagt, du könntest uns zum Tower von London bringen?«, fragte er. »Dort wollte ich schon immer mal hin.«

Marcias Gesicht leuchtete auf. »Ich muss nur genau berechnen, wo ich bohren muss, aber das dürfte nicht lange dauern. Während ihr wartet, könnt ihr alle etwas trinken. Ich habe Wasser aus dem Menschenreich aufbewahrt.« Und als sie zu einer Zinnflasche hinübernickte, regnete Spucke auf sie herab.

»Wenigstens einer von euch ist vernünftig genug, um zu wissen, dass ihr nach Hause gehen solltet«, sagte Sir Gideon zu Hattie, bevor er gierig aus der Flasche zu trinken begann.

Hattie spürte, wie ihr ganzer Körper heiß wurde. Wollte Arthur Victor nicht auch retten? Sie hatte gedacht, ihm würde es genauso gehen wie ihr. Aber er hatte wahrscheinlich recht, sie mussten zurückkehren. Wenn sie hierblieb, würde sie alles nur noch schlimmer machen.

Plötzlich zeigte Arthur in die Ferne. »Was ist das?«, rief er.

»Was ist was?« Sir Gideon folgte Arthurs Blick.

»Ein Kakadu!« Arthurs Stimme klang eindringlich. »Ich glaube, er hat belauscht, was wir besprochen haben. Jetzt geht er wahrscheinlich jemandem sagen, dass wir hier sind.«

Sir Gideon wurde puterrot. »Was? Nein, das darf nicht sein.«

»Willst du ihn nicht besser suchen gehen, Sir Gideon?«

»Ja.« Sir Gideon wirkte aufgeregt. »Ich will nicht, dass ein Kakadu allen erzählt, dass er euch gesehen hat.«

»Und während du unterwegs ist, gehen wir einfach ein Stückchen weg, damit wir nicht von dem Gestank ohnmächtig werden, wenn Marcia sich zum Tower von London durchbohrt.« Arthur lächelte Sir Gideon an und schenkte ihm einen Blick, der sagte: »Schau mal, wie hilfsbereit ich bin.«

»Ja, ja. Guter Gedanke. Du solltest vernünftig sein wie Arthur, Hattie«, erklärte Sir Gideon ihr. »Bleib bei ihm, während ich diesen Kakadu suche.«

Als er davonflog, zwinkerte Arthur Hattie zu. »Lass uns Victor retten gehen«, sagte er.

Kapitel 10

Hattie folgte Arthur, der zurück in Richtung Wald schlich, weg von dem Zeitwurm und weg von der Richtung, in die Sir Gideon geflogen war.

»Wo gehen wir hin?«, fragte sie, als Arthur den Weg einschlug, bei dem sie das Gefühl gehabt hatte, die Bäume bögen sich herab, um sie anzusehen. Sie fragte sich, ob sie aufgeregt oder besorgt sein sollte.

»Du willst Victor doch auch retten, oder?«, fragte Arthur.

Natürlich wollte sie das, aber das hieß nicht, dass sie es auch tun sollte. Es war, als hätte Arthur nicht gehört, was Sir Gideon und der Zeitwurm gesagt hatten. »Ich mache alles kaputt, wenn ich zu helfen versuche«, erinnerte sie ihn.

»Aber wenigstens versuchst du es. Was glaubst du, was eine Drachenkommission Victor nützen würde?«

Mehr als ein dummes Kind, das sich überall einmischt, dachte Hattie. »Das bringt doch nichts«, sagte sie. »Sir Gideon wird herausfinden, dass der Kakadu nicht existiert. Er wird schon bald hinter uns her sein und nicht lange brauchen, bis er uns gefunden hat.«

Arthur lächelte. »Deshalb gehen wir durch die unterirdischen Flüsse. Du hast gesagt, du glaubst, wir seien an dem Baum vorbeigekommen, durch den dich Victor damals hineingebracht hat. Jetzt musst du ihn nur wiederfinden und das machen, was er gemacht hat.«

Wenn es ihr nicht so falsch vorgekommen wäre, hätte Hattie vielleicht gelacht. Es war eine Sache zu sagen, ein Baum käme einem bekannt vor. Den richtigen Baum in einem ganzen Wald voller Bäume zu finden, war etwas völlig anderes. Und Hattie war sich nicht einmal sicher, dass es der Wald war, in dem sie gewesen war, als Victor sie zu den unterirdischen Flüssen gebracht hatte. Vielleicht gab es noch einen Wald irgendwo näher an der Stadt. Oder es war nur eine kleine Baumgruppe gewesen und gar kein Teil eines Waldes. Sie konnte sich nicht recht erinnern. Doch Arthur schien sich dessen nicht bewusst zu sein. Er sah sie mit seinen freundlichen blauen Augen erwartungsvoll an. *Sieht er nicht, was in mir los ist?*, dachte sie. *Ich will es für Victor nicht noch schlimmer machen. Ich darf es nicht wieder vermasseln.*

Doch wenn Arthur irgendeine Ahnung hatte, was in ihrem Kopf vor sich ging, ignorierte er es. »Bring mich zu dem Baum«, sagte er.

Sie kam aus der Sache nicht heraus. Wenn sie zum Zeitwurm zurückging, würde sie Victor im Stich lassen, und das konnte sie nicht. Also ließ sie sich von Arthur den Weg zurückführen.

Die Bäume um sie herum sahen einförmiger aus, als sie es von ihrem letzten Besuch in Irgendwo-Nirgendwo in Erinnerung hatte. Sie sahen aus, als bräuchten sie dringend etwas zu trinken. Aber sie musste sich konzentrieren, um die unterirdischen Flüsse zu finden. Sie zerrte an ihrer Halskette, während sie jeden einzelnen Baum musterte, jeden Ast und jeden Zweig, und sich dieselben Fragen immer wieder stellte: *Kommen mir die Knoten an diesem Baumstumpf bekannt vor? Habe ich dieses Moosmuster schon einmal gesehen? Sagt mir dieses Wurzelgewirr etwas?* Aber vor allem fragte sie sich, warum all die Bäume gleich aussahen und wie sie auf die Idee kam, sie könnte womöglich einen vom anderen unterscheiden.

»Ich glaube, jetzt sind wir zu weit«, sagte sie, als sie das Gefühl hatte, den Wald schon seit einer Ewigkeit abzusuchen. »Vielleicht war der Baum eher dort, wo Marcia gearbeitet hat.«

Hätte ich doch nur besser aufgepasst, als Victor mich in das unterirdische Labyrinth gebracht hat, dachte sie, während sie denselben Weg wieder zurückgingen. *Dann wüsste ich vielleicht, ob ich nach einem Baum mit zwei tief hängenden Ästen suche oder mit drei. Oder nach einem mit einem ganz geraden Stamm oder nach einem, der sich zur Seite neigt.* Sie würde wissen, ob die Blätter kupferfarbener als der Rest des Waldes waren oder die gleiche Farbe hatten wie bei allen anderen Bäumen um sie herum. Sie würde wissen, ob sie ihre Zeit verschwendeten.

»Ich glaube, es ist der da … vielleicht.« Sie sah den Baum stirnrunzelnd an. Seine Äste hingen tief. Sie öffneten sich zu ihr hin, als böten sie ihr etwas an.

Sie streckte die Hand aus und nahm den Ast, der am nächsten war, hielt ihn auf der Handfläche, als wollte sie ihm aus der Hand lesen, und versuchte sich zu erinnern, was Victor getan hatte, damit sich der Eingang zu den unterirdischen Flüssen öffnete. Sanft strich sie mit den Fingern über die Rinde. Sie drückte jeden Zweig und hoffte, etwas würde passieren.

Nichts. Sie nahm den nächsten Ast und machte damit dasselbe, drückte nacheinander jeden Zweig. Dann beim nächsten Ast. Und beim nächsten.

Um sie herum raschelte es, als würde Wind aufkommen, und eine leichte Staubschicht legte sich auf ihre Schulter. Sie streckte die Hand nach dem nächsten Ast aus, und er kam ihr mit einem Rauschen entgegen, hob sie hoch und schleuderte sie in die höheren Äste. Neben sich hörte sie einen Schrei. Arthur, der mit Armen und Beinen um sich schlug wie eine durchgedrehte Spinne, war noch höher geschleudert worden.

Ein Ast fing sie auf und warf sie in die Krone des nächsten Baums. Von dort wurde sie hinauf in den blendend blauen Himmel katapultiert und in die höchsten Äste des Baums dahinter. Dann noch einen weiter. Ast um Ast fing sie in einer roten Staubwolke auf und reichte sie weiter, als wäre sie ein Ball in einem Spiel.

Sie wurde über das Blätterdach geworfen, von einem Baum zum nächsten. So reiste sie fort von dem Pfad, fort von da, wo der Zeitwurm gebohrt hatte, und fort von dort, wo Sir Gideon einen imaginären Kakadu jagte. Die Bäume dehnten sich und zogen, um sie und Arthur schneller und schneller vom Fleck zu bekommen. Sie wurden durch die Staubwolke ins Licht geschleudert und über das Blätterdach. Und sie hielten nicht an, bis sie am anderen Ende des Waldes angekommen waren.

Dort beugten sich die letzten beiden Bäume hinunter und setzten Hattie und Arthur ganz sanft auf dem Boden ab.

Kapitel 11

Als sich die Äste des Baums wieder zurückzogen, sah Hattie sich um. Sie stand auf einer leichten Bodenerhöhung. Vor ihr dehnte sich der rote Staub aus, eine ununterbrochene Fläche, durch die sie gerade so die Konturen eines breiten Pfades ausmachen konnte. Er schlängelte sich und bog immer wieder ab und wand sich schließlich zu einem ausgedehnten burgähnlichen Gebäude, das um einen hohen Turm in seiner Mitte gebaut war und den Horizont beherrschte.

»Das Überall-Büro.« Hattie stieß Arthur mit dem Ellbogen an, der nach ihrer Reise durch das Blätterdach des Waldes sein T-Shirt glatt strich. »Glaubst du, die Bäume wollten uns hierherbringen?«, fragte sie Arthur mit einem Blick zu dem abweisenden Gebäude, das den Eingang zur Stadt bewachte und durch das man gehen musste, wenn man keine Genehmigung hatte. Und wer auch immer diese strengen grauen Mauern gebaut hatte, war wild entschlossen gewesen, alle fernzuhalten, die keine Genehmigung hatten …

»Ich weiß nicht«, antwortete Arthur. »Vielleicht waren sie auch nur verärgert, weil du einen von ihnen gestupst hast.«

»Oder vielleicht wollten sie uns dorthin bringen, wo die Karte ist. Hat der Zeitwurm nicht gesagt, dort würde sie aufbewahrt?« Hattie wandte sich an den nächsten Baum: »Warum habt ihr uns hergebracht?«, fragte sie ihn.

Der Baum rührte sich nicht.

»Wollt ihr uns etwas sagen?«

Immer noch passierte nichts, nicht einmal ein Blätterrascheln. Der ganze Wald war unheimlich still.

»Sie werden uns keine Hinweise geben.« Sie spürte, wie Ärger in ihr aufstieg. »Als fänden sie es in Ordnung, uns herzubringen und dann so zu tun, als hätten sie nichts damit zu schaffen.« Sie starrte finster in den Wald, auch wenn sie wusste, dass es nichts nützen würde. »Wir bekommen sicher nichts mehr aus ihnen heraus, also gehen wir wohl besser rein und treten dem Wissenswurm unter die Augen.«

Sie drehte dem Wald den Rücken zu und stapfte los, Arthur ging neben ihr. So liefen sie durch den roten Staub, bis sie auf einen gewundenen Weg kamen. *Ich meine, mich zu erinnern, dass der Wende-Weg zum Überall-Büro führt,* dachte Hattie, während sie dem schlängeligen Weg zum Eingang folgten, *also muss er das sein.* Während sich der Weg erst hierhin und dann dorthin wand und dann dorthin und dann hierhin, wurde sie langsam ungeduldig, aber irgendwann kamen sie auf der geraderen Fläche vor dem Überall-Büro an, und dann stand sie am Ende der Zugbrücke, die zu der riesigen Holztür des Überall-Büros führte, und sah zu dem Turm des imposanten Gebäudes empor. Seine Mauern waren fensterlos, bis auf ein paar kleine Löcher in den Wänden, zu hoch oben, um zu etwas nützlich zu sein. Die nüchterne graue Fassade dieser Festung warnte die Einwohner von Irgendwo-Nirgendwo, nicht zu dicht heranzukommen, wenn sie keinen guten Grund hatten. Das ganze Gebäude sagte: Bleibt weg.

Arthur beäugte die Zugbrücke zweifelnd. »Bist du sicher?«, fragte er. »Hat dich der Wissenswurm nicht verhaften lassen?«

»Doch, aber sie hat uns auch mit der vergifteten Spucke geholfen.«

»Es ist trotzdem gefährlich. Sie kann mit ihrer Zunge Lügen schmecken. Dafür muss sie uns nur etwas schreiben lassen, und damit findet sie heraus, ob wir lügen.«

»Aber wir werden nicht lügen. Und wie sollen wir Victor sonst aus dem Gefängnis befreien?« Hattie machte ein paar Schritte auf die Zugbrücke zu. Sie näherten sich der schweren Holztür, die mit Eisennieten gespickt war. Oben hatte sie ein Gitter in Sternform, so weit oben, dass keiner von ihnen durchschauen konnte.

»Wo ist die Türklinke?«, fragte Hattie.

Arthur zuckte mit den Schultern. »Es gibt nicht einmal eine Klingel.«

»Vielleicht soll man nicht hineinkommen, wenn man nicht eingeladen ist. Wir müssen wohl einfach klopfen.« Hattie hämmerte mit der Faust an die Tür, und sie gab nach, als wäre sie gar nicht abgeschlossen gewesen. Langsam schwang sie auf und gab den Blick auf einen düsteren Raum frei. Kreuz und quer wuchsen Säulen aus Papier aus dem Steinboden und sahen aus, als könnte der kleinste Windstoß sie umpusten. Vom Eingang aus schlängelte sich ein Pfad in den wackligen Wald aus Dokumenten. Hattie machte einen Schritt hinein und die Säule neben ihr verrutschte. »Geh ganz vorsichtig«, flüsterte sie Arthur zu, dann hielt sie sich schnell die Hand vor den Mund, für den Fall, dass ihr Atem einen der Papiertürme zum Einsturz brachte.

Auf Zehenspitzen betraten sie den Raum, setzten die

Füße so vorsichtig auf den Boden, wie sie konnten, und zogen die Schultern ein, damit sie das Papier nicht streiften.

»Ich sehe Marcias Cousine, den Wissenswurm, nicht«, flüsterte Arthur, als sie beinahe in der Mitte des Überall-Büros waren. »Glaubst du, sie ist hier?«

»Ich bin hier, Menschenkind.« Ein schneckenartiges Gesicht ragte über einen der schwankenden Papiertürme und spähte zu ihnen herunter. »Ich bin immer hier. Kommt zu mir.« Der Kopf verschwand, und Hattie und Arthur folgten dem Pfad, bis sie den wulstigen grünlila Körper des Wissenswurms hinter dem Schreibtisch ausgebreitet sahen. Sie saß unter der riesigen Uhr, die aus der Mitte des Turms herabhing. Vor sich hatte sie noch mehr Papierstapel und einen großen silbernen Spucknapf.

»Hattie Brown und Arthur Handley-Bennett«, stellte sie fest, als sie aus dem Papiermeer wateten und vor ihr stehen blieben. »Zwei Kinder aus der Menschenwelt, aber …« Sie schaute sich mit wässrigen Augen in der Kammer um. »Aber ihr seid allein. Ich sehe keine Drachen oder Wächter des Reiches in eurer Begleitung. Erklärt mir das.«

»Wir sind nach Irgendwo-Nirgendwo zurückgekommen.«

»Das sehe ich.« Der Wissenswurm blickte streng drein.

Es entstand eine unnatürlich lange Pause, in der Hattie nur das mühsame Ticken der Uhr hören konnte. Mit jedem Ticken zuckten ihre Zeiger, aber sie rückten nie weiter. Sie steckten immer noch auf zwanzig vor zwei fest, genau wie beim letzten Mal, als Hattie das Überall-Büro besucht hatte. *Ich frage mich, warum sie nichts dagegen tut*, dachte sie, während ihr Blick von dem Zifferblatt der Uhr zum Wissenswurm zurückwanderte.

»Wir wurden beide von Victor hergeholt«, erklärte Hattie ihr mit kläglicher Stimme.

»Das bezweifle ich.«

»Wir dachte, es sei Victor.«

»Das klingt schon eher sinnvoll. Es war eine schlaue Idee, die falschen Victors zu schicken, um euch hinters Licht zu führen, damit ihr wiederkommt. Sie müssen gewusst haben, dass Menschen aus eurer Welt manchmal den Wald vor lauter Bäumen nicht sehen.« Auf den Lippen des Wissenswurms schimmerte Spucke. »Aber warum störst du mich, Hattie Brown? Du bist nicht gekommen, um mir von deiner Ankunft zu berichten. Das wäre sehr dumm von dir, wenn man bedenkt, dass ich diejenige bin, die dafür sorgt, dass nur die richtigen Leute in die Stadt gelangen. Und ich glaube nicht, dass Lord Mortimer der Meinung wäre, dass ihr dazugehört, solange ihr nicht von einem Drachen oder von einem seiner Wächter begleitet werdet. Bist du so töricht, Hattie Brown?«

Während der Wissenswurm sie mit seinem Blick festnagelte, dachte Hattie, das könnte womöglich stimmen. Dass Marcias Cousine ihr einmal geholfen hatte, hieß nicht unbedingt, dass sie es wieder tun würde. Das hatte sie bei ihrem letzten Treffen sehr deutlich gemacht.

»Wir müssen Victor helfen.«

»Welchem?«

»Dem echten.« Beinahe hätte Hattie »natürlich« hinzugefügt, doch stattdessen ergänzte sie: »Er sitzt im Gefängnis«, obwohl sie sich ziemlich sicher war, dass der Wissenswurm das schon wusste.

Diese wälzte den Körper nach vorn, als würde es sie interessieren. »So heißt es jedenfalls. Aber was hat das mit mir zu tun?«

»Der Zeitwurm sagte, Sie hätten die Karte, mit deren Hilfe wir zu ihm gelangen können.«

»Welche Karte hatte meine liebe Cousine im Sinn?«

»Die mit den unterirdischen Wassertunneln.«

Der Wissenswurm wischte sich einen Spucketropfen aus dem Mundwinkel. »Alles in dieser Bibliothek gehört Irgendwo-Nirgendwo. Warum sollte ich die Karte einem Kind aus der Menschenwelt geben?«

»Weil Victor in Schwierigkeiten steckt.«

»Viele Einwohner von Irgendwo-Nirgendwo stecken in Schwierigkeiten. Ich kann nicht allen helfen. Und jetzt muss ich weiterarbeiten. Ich glaube, ich habe etwas falsch abgeheftet.« Der Wissenswurm nahm ein Blatt Pergament von ihrem Schreibtisch und hielt es sich vors Gesicht. Dann leckte sie mit ihrer dicken Zunge darüber. »Lügen!«, erklärte sie, und ihr ganzer Körper wogte, als sie die Spucke, die von der Lüge vergiftet war, in den Spucknapf entsorgte.

»Aber Victor steckt meinetwegen in Schwierigkeiten!« Hattie konnte sich nicht so von dem Wissenswurm abspeisen lassen.

»Das ist nicht mein Problem«, entgegnete der Wissenswurm. »Dass ihr beide ohne Genehmigung hier seid, aber schon. Ich denke nur noch darüber nach, ob ich es jemandem sagen soll oder nicht.«

Als sie das nächste Pergament von dem Stapel nahm, klopfte es laut an der Tür. Der Wissenswurm riss den Kopf herum. »Wer ist da?«, rief sie.

»Wir suchen zwei Kinder aus der Menschenwelt«, antwortete eine raue Männerstimme. »Sie gehören Lord Mortimer.«

Der Wissenswurm erstarrte. »Wächter des Reiches«, sagte sie mit leiser Stimme. »Vielleicht nehmen die mir die Entscheidung ab.«

Kapitel 12

Der Wissenswurm streckte den Körper, um über die Papiersäulen zur Tür schauen zu können. »Kommen Sie sehr langsam herein«, rief sie. »An der Tür liegen Papiere für Lord Mortimer, die nicht durcheinandergeraten dürfen. Sie dürfen nicht schneller als im Kriechgang hereinkommen.«

Als die ersten Schritte auf dem Steinboden zu hören waren, senkte sie ihren Blick zu Hattie.

Was tut sie?, überlegte Hattie. *Versucht sie, uns genug Zeit zu verschaffen, damit wir uns verstecken können? Oder sorgt sie wirklich nur dafür, dass ihre Papiere nicht durcheinandergebracht werden?* Sie blickte in die verschleierten Augen von Marcias Cousine und versuchte, ihre Gedanken zu lesen. Sie waren unergründlich.

Hattie sah sich nach Arthur um, aber er war nicht da. Er hatte die Chance ergriffen und sich versteckt. *Das sollte ich auch tun*, dachte sie und duckte sich hinter dem Schreibtisch des Wissenswurms. Tief zusammengekauert kroch sie zwischen zwei Papiersäulen. Sie verrutschten hinter ihr, und sie wünschte sich, sie wäre kleiner.

Auf der anderen Seite des Raums konnte sie männliche Stimmen hören. »Ich glaube nicht, dass sie wirklich weiß, wo alles ist«, murmelte die eine.

»Ich kann Sie hören!« Ein Schatten schob sich über Hatties Gesicht, als sich der Wissenswurm in Richtung der Neuankömmlinge bewegte. »Und ich kann Ihnen versichern, ich weiß, wo alles ist, auch die Akten der Wächter des Reiches.« Ihr Tonfall war bedrohlich.

»Entschuldigung.«

»Erklären Sie mir noch mal, warum Sie mich stören«, sagte der Wissenswurm.

»Wir sind auf zwei Elefanten gestoßen, die miteinander gekämpft hatten. Sie waren mit einem besonders gemeinen Knoten zusammengebunden. Und als wir es geschafft hatten, ihre Rüssel zu entwirren, erzählten sie uns, sie hätten jeweils ein Kind aus der Menschenwelt hergebracht. Die Kinder, die Lord Mortimer sucht.« Die Stimme klang jetzt näher. Zu nahe. Sie würden Hattie leicht finden, falls sie es versuchten.

»Und wo waren die Kinder?«, fragte der Wissenswurm.

»Weg. Sie sind durchtrieben. Sie haben die Elefanten mit einem Trick dazu gebracht, sich zu streiten, damit sie heimlich entkommen konnten.«

Das stimmt nicht so ganz, dachte Hattie, während sie sich nach einem besseren Versteck vor den Wächtern umsah. Jede Ecke war ein mögliches Versteck. Und jede Ecke war eine mögliche Stelle, an der sie entdeckt werden konnte. *Ich muss es einfach wagen*, dachte sie und krabbelte weiter vom Schreibtisch des Wissenswurms weg.

»Und warum sind Sie hier hergekommen?«, fragte der Wissenswurm die Wächter.

»Wir suchen überall, auch im Überall-Büro. Es dauert nicht lange.«

»Sie sind nicht hier. Ich hätte sie gesehen.«

»Überall – es gibt keine Ausnahmen.«

Hattie schluckte trocken. Dieses Versteck war nicht viel besser als das letzte. Wenn die Wächter ihre Arbeit machten, würden sie sie bald finden. Sie krabbelte weiter, streckte die Arme aus, bis ihre Hand etwas Weiches berührte – einen Körper. »Bist du das, Arthur?«, flüsterte sie.

»Ja.«

»Sind wir hier sicher?« Obwohl sie so leise flüsterte, hatte sie Angst, gehört zu werden.

»Vielleicht, aber ich bin mir nicht sicher.«

Vielleicht war nicht gut genug.

»Ich gehe da lang. Du schaust dort hinten nach.« Die Stimmen der Wächter waren jetzt noch näher. Sie würden jeden Moment entdeckt werden.

Hattie blickte sich um: Auf einer Seite befand sich die Wand des Raums, auf der anderen erhoben sich Säulen um Säulen aus Papier wie Stalagmiten vom Boden. Falls die Wächter hier herüberkamen, gab es kein Entrinnen. Sie schaute wieder die Wand an. Einen Moment lang erkannte sie den Umriss von etwas, das wie eine Tür aussah, dann war es wieder weg. Sie blinzelte, und der Umriss kam zurück, zart und diesig wie eine Fata Morgana in der Wüste.

»Siehst du das?«, flüsterte sie Arthur zu.

»Was?«

»Wie der Umriss von etwas.«

»Nein.«

»Konzentrier dich. Blinzle ganz fest. Kannst du es jetzt sehen?«

»Vielleicht ist da was.« Arthur klang nicht überzeugt. Dann hörte sie ihn scharf einatmen. »So was wie eine Tür?«, flüsterte er.

»Lass uns durchgehen.«

»Aber es ist keine echte Tür.«

»Woher weißt du das?«

»Echte Türen sind fest.«

»Wir wurden beide durch einen Kühlschrank gezogen. Seltsame Dinge können passieren.« Sie bewegte sich auf den flimmernden Umriss zu, und ihre Fingerspitzen kribbelten, als wäre sie gerade aus der Kälte gekommen. Da war etwas, sie war sich sicher. »Ich versuche es«, sagte sie.

Es fühlte sich an, als würde sie mit der Handfläche gegen etwas drücken, das gleichzeitig fest und nicht fest war. Um was auch immer es sich handelte, es bewegte sich. Vielleicht war das ein gutes Versteck. Sie drückte noch mehr, und es war, als hätte sich ein Vorhang geteilt. Vor ihr lag ein großer Raum mit blassen Steinwänden und einem Steinboden. In der Mitte stand ein Marmortisch, und darauf lag ein großes Buch mit einem fleckigen grünen Ledereinband, als würde Moos darüber wachsen.

»Lass uns reingehen«, flüsterte sie Arthur tonlos zu.

Sie krochen durch die Tür und ein Windhauch strich Hattie über die Haare. Als sie sich umdrehte, sah sie, wie die Konturen des Überall-Büros verschwanden.

»Sind wir eingesperrt?«

Arthur zuckte mit den Schultern. »Im Moment ist die entscheidende Frage: Sind wir in Sicherheit?«

Sie standen auf und betraten vollends den Raum. Abgesehen von dem Tisch in der Mitte war der Raum leer, und die blass honiggelben Steinmauern waren schmucklos bis auf ein Fries mit den Tieren von Irgendwo-Nirgendwo, das sich oben an den Wänden entlangzog. *Offensichtlich ist das Wichtigste in diesem Raum das Buch*, dachte Hattie und setzte sich in Bewegung, um es besser sehen zu können. Als sie näher herantrat, schien es sich anzuspannen. Sie machte noch einen Schritt. Die Kanten der Buchseiten kräuselten sich, aber der grüne Lederdeckel öffnete sich nicht. Als würde es von etwas niedergedrückt, dachte sie, als der Buchschnitt sich noch einmal nervös bewegte.

Arthur trat neben sie und die Seiten kräuselten sich wieder. Wie gern sie hineingeschaut hätte. Sie streckte die Hand nach der seltsamen Schrift auf dem Buchdeckel aus. Aber statt eine feste Oberfläche zu berühren, sank ihre Hand ein. Es fühlte sich an, als tauchte sie in einen Brunnen mit warmem Wasser ein. Moosige Ranken begannen, zwischen ihren Fingern zu wachsen, umschlossen ihre Hand wie ein lebendiger Handschuh. Sie versuchte, die Hand wieder herauszuziehen, aber die Ranken ließen nicht los. Und dann spürte sie, wie sich eine Ruhe in ihr ausbreitete, als wanderte diese durch ihre Knochen.

Auf der leeren Wand vor ihr zeigten sich plötzlich bunte Farben, und sie hatte das Gefühl, über eine weite Blumenwiese zu schauen. Hyazinthen, Schlüsselblumen und Krokusse bedeckten den Boden und erstreckten sich auf drei gezackte Bergspitzen zu, die in der Ferne wie hohe Kamine emporragten. Irgendwo zwischen Hattie und den Bergspitzen befand sich die Gestalt eines großen, dünnen Mannes. Er stand mit dem Rücken zu ihr, deshalb konnte sie sein Gesicht nicht erkennen, aber sie spürte, dass die Blumen für ihn waren. Jedes Mal, wenn er einen Schritt machte, sprossen zu seinen Füßen noch mehr von ihnen.

Es ist so schön. Wenn ich doch nur dort wäre, dachte Hattie und wünschte sich, der Mann würde sich umdrehen, damit sie ihn richtig sehen konnte. Sie sehnte sich danach, die Blumenwiese zu betreten und ihm zu folgen.

Ein winziger Drache kam in ihr Blickfeld geflattert. *Sir Gideon*, dachte Hattie und lächelte, als sie seine schiefe kleine Schnute sah. Fand er das alles auch so schön wie sie? Dann drehte sich Sir Gideon plötzlich um. Er schien direkt auf sie zuzufliegen und er wurde immer größer und größer. Er war nicht mehr so groß wie ein Spatz. Er war riesig. Groß genug, um ein Kind mit einem Happs zu fressen.

»Warum mischst du dich ein?«, fragte er und öffnete sein Maul so weit, dass es aussah wie eine Höhle. »Verschwinde von hier, Hattie Brown. Geh weg!«

»Aber …«, wollte Hattie widersprechen.

»Geh weg. Du bringst nur noch mehr durcheinander, und wir anderen müssen dann alles wieder in Ordnung bringen.«

»Das ist nicht fair!«, rief Hattie aus. »Ich will doch nur helfen! Ich mache nicht absichtlich Unordnung!«

»Was ist nicht fair?« Arthurs Stimme brach in Hatties Gedanken ein und die Wände waren wieder leer. Sir Gideons hoch aufragendes Gesicht, die Blumen und der große dünne Mann waren verschwunden, als hätte jemand einen Schalter umgelegt.

Heißer Schmerz versengte Hatties Hand. Es fühlte sich an, als würde sie brennen. Sie riss sie aus dem Buch. Wo ihre Finger gewesen waren, glühte das grüne Leder rot. Die Farbe pulsierte, als blitzte sie vor Wut, und dann wurde sie wieder normal.

Hattie wich zurück und beäugte das Buch misstrauisch. »Fass es nicht an!«, warnte sie Arthur und schüttelte dabei ihre Finger.

»Was ist passiert?« Arthur schaute sie seltsam an. »Du hast gezittert.«

»Die Wand. Sir Gideon hat mir gesagt, ich soll weggehen.« Hattie versuchte, normal zu atmen.

»Was meinst du damit?«

»Da an der Wand.« Sie zeigte auf die leere Fläche. »Da waren Berge und ein Mann, der beim Gehen mit jedem Schritt Blumen wachsen ließ, und dann hat Sir Gideon mich angeschrien.«

»Aber die Wand ist leer.«

»Nein, da war Sir Gideon.« Hattie spürte, wie sich Zweifel an sie heranschlichen. »Ganz sicher, er war da«, fügte sie vor allem für sich selbst hinzu.

»Hattie! Arthur! Wo seid ihr?« Die Stimme des Wissenswurms schien von sehr weit weg zu kommen.

»Heißt das, die Gefahr ist vorbei, und wir können wieder zurückgehen?«, fragte Arthur.

»Ich glaube schon.« Hattie versuchte, das verstörende Gefühl nach dem, was ihr gerade passiert war, aus ihren Gedanken zu verdrängen. Sie drehte sich dorthin um, wo die Tür sein müsste, aber sie sah sie nicht. Die Wand wirkte völlig normal. Sie waren von ununterbrochenen, blassen Steinmauern umgeben.

»Wo ist die Tür hin?« Sie bewegte sich, und das Buch fing wieder an, sich zu regen.

»Ich glaube, wir sind von dort gekommen.« Arthur zeigte hin, sah aber verwirrt aus.

»Hattie! Arthur! Zeigt euch!«, rief der Wissenswurm.

»Ihre Stimme kommt von dort.« Arthur zeigte in eine andere Richtung.

Hattie starrte die Wand an.

»Hattie! Arthur!«

»Nein, hier.« Arthur zeigte wieder in eine andere Richtung.

Hattie drehte sich um sich selbst.

»Kommt raus!«

Die Stimme war hinter ihr. Sie drehte sich noch einmal, aber die Wand sah total normal aus. Warum konnte sie die Tür nicht sehen? Sie wusste, sie war hier irgendwo. Dann fielen ihr die Worte des Wissenswurms wieder ein: »Manchmal sehen die Menschen den Wald vor lauter Bäumen nicht.« Vielleicht passierte das gerade. Sie versuchte, sich nicht mehr zu konzentrieren, und ließ ihre Augen ins Leere schielen, als würde sie gleich einschlafen. Dann drehte sie sich langsam nach allen Seiten um, bis sie endlich einen ganz schwachen Umriss erkennen konnte, als wäre ein Abschnitt der Wand anders.

»Hier«, sagte sie und ging mit ausgestreckter Hand auf die Wand zu. Der Boden unter ihren Füßen kam ihr weicher vor, als sie näher trat. Und in dem Moment, als ihre Finger die Wand berührten, kribbelten ihre Fingerspitzen, und der Stein gab nach. Sie drückte, und es war, als hätte sich ein Vorhang geteilt, um sie in die zentrale Kammer des Überall-Büros durchzulassen.

»Wir sind hier!«, rief Hattie. Das Gesicht des Wissenswurms erschien über dem Papierturm vor ihnen. Aus ihrem Mund spritzte ein Spuckeregen, als sie hinter ihnen die Ränder der Steinkammer verschwinden sah.

»Wie seid ihr da reingekommen?«, wollte sie wissen.

Kapitel 13

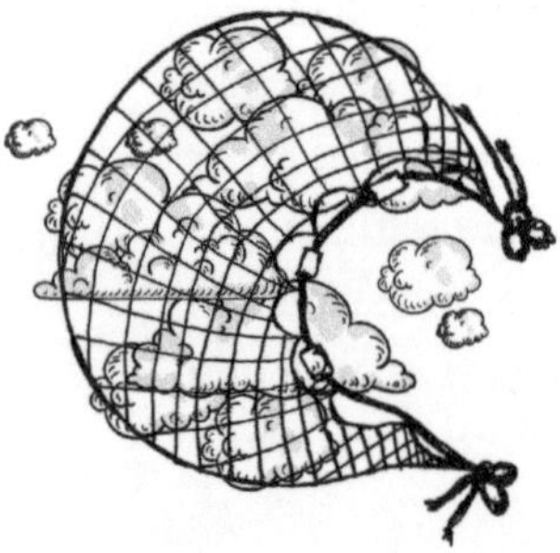

Dem Wissenswurm quollen fast die Augen aus dem Kopf und ihr Doppelkinn schwang wild an ihrem Hals hin und her.

»Ich habe gefragt, wie ihr da reingekommen seid«, sagte sie noch einmal. Ihre Stimme war angespannt.

»Sind die Wächter weg?«, fragte Hattie.

»Ich habe gefragt, wie ihr da reingekommen seid!«, wiederholte der Wissenswurm.

»Hattie hat die Tür gesehen.« Arthur wich einem großen Spucketropfen des Wissenswurms aus.

»Wie das? Man kann die Tür nicht einfach so sehen.«

Es war schwierig zu erkennen, ob der Wissenswurm böse auf sie war oder nicht, aber seine Augen waren wie Feuer. Hattie konzentrierte sich auf eines der Papiere in der Säule neben sich, damit sie nicht hinsehen musste.

»Jemand hat euch davon erzählt«, sagte der Wissenswurm.

»Nein.«

»Es ist nicht möglich, dass du sie einfach gesehen hast.«

»Habe ich aber.«

»Ich kann es herausfinden.« Der Wissenswurm schnappte sich ein Blatt vom nächsten Papierstapel und gab es Hattie. »Schreib auf, was passiert ist!«, befahl sie.

Hatties Hand zitterte. Obwohl sie wusste, dass es die Wahrheit war, was sie gleich schreiben würde, kam sie sich vor, als würde sie gleich bei irgendetwas erwischt. Was, wenn dabei etwas herauskam, das dem Wissenswurm nicht gefiel? *Aber das ist unmöglich*, sagte Hattie sich. Nichts von dem, was sie gleich sagen würde, war gelogen. Hattie konzentrierte sich auf das, was sie schrieb. *Fass dich kurz*, dachte sie. *Halte dich an das Wesentliche.*

Ich habe einen Platz gesucht, wo ich mich vor den Wächtern verstecken konnte, und dann sah ich den Umriss einer Tür in der Wand.

Sie gab dem Wissenswurm das Blatt Papier zurück.

»Ich werde nicht nett sein, wenn ich herausfinde, dass du gelogen hast.« Der Blick des Wissenswurms bohrte sich förmlich in sie hinein. »Dann rufe ich die Wächter zurück. Das ist deine letzte Chance, mir die Wahrheit zu sagen.«

»Ich habe nicht gelogen.«

»Finden wir es heraus.« Der Wissenswurm leckte über Hatties Worte. Einen Moment lang dachte sie darüber nach, was sie gefunden hatte. Dann sah sie Hattie tief in die Augen. »Wahrheit«, sagte sie.

Hattie atmete erleichtert auf.

»Was war das für ein Ort?«, fragte Arthur.

»Dieser Ort ist sehr wichtig für Irgendwo-Nirgendwo. Und ich bin die einzige Einwohnerin des Landes, die normalerweise dorthin darf.« Der Blick des Wissenswurms blieb fest auf Hattie geheftet. »Hast du etwas angefasst?«, fragte sie.

»Ich habe das Buch angefasst«, gab Hattie zu.

Der Gesichtsausdruck des Wissenswurms verfinsterte sich. »Das hättest du nicht tun sollen, Hattie Brown.« Ihre Augen wurden glasig, als versuchte sie, in sich selbst hineinzuschauen. »Aber vielleicht ist kein Schaden entstanden«, sagte sie schließlich.

»Es hat sich heiß angefühlt.«

Die Augen des Wissenswurms flackerten. Sie fixierte Hattie. »Unmöglich! Nicht ohne das verlorene Siegel!«

»Es war aber so.«

»Zeig mir deine Hand.«

Hattie öffnete ihre Handfläche, doch es gab nichts zu sehen. Ihre Finger wirkten ganz normal. Wie konnte es sein, dass es sich angefühlt hatte, als würde es brennen, und trotzdem war nichts zu sehen? Sie fragte sich, ob der Wissenswurm glauben würde, dass sie log.

Der Wissenswurm starrte Hattie direkt in die Augen. Ihr Blick war so forschend, dass Hattie am liebsten zurückgewichen wäre.

»Du bist wegen einer Karte hergekommen«, sagte sie. »Lord Mortimer hat sie in den Palast mitgenommen, deshalb kann ich sie dir nicht geben. Aber ich kann euch zwei Reisegenehmigungen geben.«

Kapitel 14

Als Hattie die Zugbrücke überquerte, die vom Überall-Büro zur Stadt führte, wirbelte ihr alles im Kopf herum, was passiert war. Die Welt hatte sich verändert. Das erkannte sie daran, wie der Wissenswurm die Genehmigungen ausgestellt und dabei mit dem Kopf geschüttelt hatte. Und sie merkte es an der Art, wie der Wissenswurm »Viel Glück« gesagt hatte, als würden sie es wirklich brauchen.

Hattie versuchte, zuversichtlich in die Stadt zu marschieren. Sie mussten sich so gut wie möglich den Einwohnern von Irgendwo-Nirgendwo anpassen. Deshalb wagte sie es nicht, zu Arthur etwas über ihre Umgebung zu sagen, damit sie keine Aufmerksamkeit weckte, aber sie sah sich alles ganz genau an. Die Stadt war viel düsterer als in ihrer Erinnerung. Alles sah angesengt aus. Die Blumen waren verdorrt. Die Wege aus Gras waren braun. Die Blätter der Pflanzen waren welk. Letztes Mal war die Stadt voller Leben und Farbe gewesen. Aber jetzt wirkte alles wie mit Rost gesprenkelt. Der rote Staub, der früher vor den Stadtmauern haltgemacht hatte, war hereingekrochen.

Als sie über einen Markt gingen, wäre sie am liebsten umgekehrt und davongelaufen. Früher war das hier ein Platz voller Leben gewesen, voller Tische, auf denen sich die rötesten Tomaten, die leuchtendsten Orangen und Zitronen stapelten, die sie je gesehen hatte. Die Marktleute hatten allen, die vorbeigingen, etwas zugerufen. Sie hatten sie genötigt, die weichsten Marshmallows zu probieren, und sie gewarnt, sich nicht die Zähne am feinsten Krokant auszubeißen. Aber jetzt waren die Marktstände fort. Stattdessen gab es nur eine trostlose Reihe von Säcken, die vom bloßen Gewicht von Kartoffeln und Rüben am Boden verankert waren.

Das ist meine Schuld, dachte Hattie. Die Wasserspeicher sind nicht voll genug ohne die Wolken. Und ohne das Wasser ist die Freude aus der Stadt verschwunden. Ihr Mund fühlte sich trocken an und sie griff nach ihrem Kettenanhänger. Wenn sie den kleinen Stein zwischen den Fingern rollte, ging es ihr besser.

Arthurs Stimme unterbrach ihre Gedanken: »Wo gehst du hin? Du rennst, als hättest du es eilig.«

Er hatte recht. Sie ging schnurstracks zum Palast.

»Lass uns stehen bleiben und nachdenken«, sagte er. »Wir müssen uns überlegen, was wir tun sollen.«

Sie wurde langsamer und ein Mann rempelte sie deswegen am Arm an. »Pass doch auf, wohin du gehst«, blaffte er. Und während er das sagte, wurden seine Augen schmal. »Kenne ich dich?«, fragte er.

»Nein, ich glaube nicht.« Hattie versuchte, ihm nicht ins Gesicht zu schauen.

Der Mann schüttelte den Kopf und eine leichte Wolke aus rotem Staub stieg aus seinen Haaren auf. »Du siehst jemandem ähnlich«, murmelte er und ging weiter.

»Lass uns von der Straße runtergehen«, sagte Arthur, und sie gingen zu einem Flecken Gras, das so trocken war, dass es knirschte, als sie sich setzten. »Ich glaube, wir müssen einen

Plan machen. Bisher wissen wir nur, dass wir Victor retten müssen und dass er in einem Gefängnis irgendwo in der Nähe der Drei Vulkane eingesperrt ist. Und dass wir dort nur hinkommen, indem wir fliegen oder die unterirdischen Gänge nehmen.«

Hattie nickte. »Und unsere beste Hoffnung sind die unterirdischen Gänge, weil oben die Elefanten den Staub aufwirbeln.«

»Also, wenn Lord Mortimer die Karte nicht hätte.« Hattie merkte, dass Arthur versuchte, fröhlicher zu klingen, als er war.

»Und wenn Lord Mortimer nicht hinter uns her wäre, weil er glaubt, mit uns könnte man gut Regen machen.« Hattie lächelte schwach. Wenn man es so hörte, klang ihre Lage nicht besonders gut.

»Also wäre es vielleicht dumm, einfach in den Palast zu marschieren und die Karte zu suchen. Das wäre, als würde man direkt in die Höhle des Löwen gehen.«

Hattie kaute auf ihrer Unterlippe. Arthur hatte recht. Sie hatte sich auf den Palast konzentriert, ohne genauer darüber nachzudenken. »Aber wir haben keine große Wahl«, sagte sie.

»Du bist doch mit Victor und Sir Gideon schon mal durch die unterirdischen Tunnels gegangen, oder? Glaubst du, du würdest dich auch ohne Karte zurechtfinden?«, fragte Arthur.

Hattie schüttelte den Kopf. »Unmöglich«, sagte sie. »Selbst, wenn ich herausfinden würde, welcher Baum uns hereinlässt.«

Arthur wirkte nachdenklich. »Also müssen wir entweder an die Karte herankommen oder einen Weg durch den Elefantenstaub finden.«

»Und dafür müssten wir fliegen können.« Hattie begann zu lachen. Es war eine so lächerliche Vorstellung. Zumindest hörte sie sich lächerlich an. Aber vielleicht war sie es gar nicht. Sie war schon einmal mit Drachen geflogen.

Hattie lehnte sich zurück, damit sie beim Nachdenken zum Himmel hinaufschauen konnte. Das ununterbrochene Blau beunruhigte sie. Es war irgendwie unnatürlich. Sie hätte nie gedacht, dass sie sich einmal nach den schmuddeligen grauen Wolken von Worcester sehnen würde. Blinzelnd versuchte sie sich vorzustellen, dass über ihnen Wolken wären. Und dann schob sich etwas in ihr Blickfeld. Es war klein. Es flatterte. Es war ein wütender Drache.

»Da seid ihr ja«, fauchte Sir Gideon. »Ihr seid leichter zu finden als dieser erfundene Kakadu, hinter dem ihr mich hergeschickt habt.«

»Hallo, Sir Gideon.« Hattie setzte sich auf. Das Bild, das sie im Überall-Büro von Sir Gideons riesigem, wütendem Gesicht gesehen hatte, drang in ihre Gedanken ein. *Soll ich erwähnen, was passiert ist?*, überlegte sie.

»Wann hört ihr zwei endlich auf, mir das Leben schwer zu machen?«, knurrte Sir Gideon.

»Wahrscheinlich nie.« Hattie lächelte ihn an und wünschte sich, er würde zurücklächeln.

»Wie seid ihr hierhergekommen? Die Wachen an den Stadttoren hätten euch auf der Stelle verhaftet, wenn sie euch gesehen hätten.«

»Wir sind durchs Überall-Büro gekommen. Der Wissenswurm hat uns hereingelassen.«

»Das würde sie nie tun.«

Hattie streckte ihre Genehmigung aus. Sir Gideon flog

darüber, dann darunter, dann von allen Seiten darum herum, als könnte er seinen Augen nicht trauen. »Aber der Wissenswurm stellt nicht jedem Genehmigungen aus.«

»Vielleicht ist sie der Meinung, wir seien nicht jeder.«

Sir Gideon schnaubte. »Sie ist der Meinung, ihr seid naseweise Kinder, die schon zu viel Ärger gemacht haben und nach Hause gehen sollten, genau wie wir anderen.« Er unterbrach sich, als dächte er nach. »Also seid ihr zum Wissenswurm gegangen, um Genehmigungen zu bekommen?«, fragte er misstrauisch.

»Nein, wir wollten die Karte zu den unterirdischen Tunneln.«

»Ha! Ich wusste es. Und die wollte sie euch sicher nicht geben.«

»Sie konnte nicht. Lord Mortimer hat sie.«

Sir Gideon runzelte die Stirn. »Aber sie hat euch trotzdem die Genehmigungen gegeben. Warum?«

»Vielleicht mag sie uns.«

Sir Gideon schnaubte erneut. »Jetzt verschwindet von hier. Ich muss zu einer Sitzung. In Kürze versammelt sich die Gilde. Ich hätte gute Lust, einem der Wächter zu erzählen, dass ihr hier seid. Dann wärt ihr weg, bis ich zurückkomme.«

»Das würdest du nicht tun.«

»Vielleicht tue ich es.«

»Geht es bei der Sitzung, zu der du unterwegs bist, um eine eurer Kommissionen?«, fragte Arthur.

»Ja, wir diskutieren darüber, wie wir Irgendwo-Nirgendwo helfen können.«

»Und werdet ihr auch über Victor diskutieren?«

Sir Gideon knautschte sein Gesicht zusammen. »Ich weiß

es noch nicht. Das hängt von der Stimmung in der Versammlung ab.«

»Was, wenn ich eine Idee habe, die Irgendwo-Nirgendwo helfen könnte?«, fragte Hattie zu ihrer eigenen Überraschung. Sie war sich noch nicht sicher, ob ihre Idee gut genug war, um sie jemand anderem zu erzählen.

»Ich hatte schon genug Ideen von Kindern aus der Menschenwelt. Ich habe gesehen, was dabei herauskommt.« Sir Gideon schoss einen bösen Blick auf sie ab.

Sie versuchte, den Teil von sich zu ignorieren, der ihm recht gab. »Wenn dir die Idee gefällt, versprichst du, dass du die Drachen dazu bringst, Victor zu retten, und du lässt uns mitkommen«, sagte sie.

»Ich schließe keine solchen Abmachungen.«

»Dann erzähle ich dir nicht von meiner Idee.«

Sir Gideon blähte die Nüstern.

»Versprich es«, sagte sie.

»In Ordnung«, antwortete er widerstrebend. »Ich muss es ja nicht tun – die Idee taugt bestimmt sowieso nichts.«

»Danke für dein Vertrauen«, erwiderte Hattie. »Ich werde diese Beleidigung ignorieren und es dir trotzdem sagen. Ich gehe davon aus, die Drei Vulkane sind hoch.«

»Das Höchste, was es in Irgendwo-Nirgendwo gibt.«

»Und sind sie aktiv?«

»Nein. Das letzte Mal sind sie ungefähr zu der Zeit ausgebrochen, als die Gilde der Drachenritter gegründet wurde.«

Was für eine Erleichterung, dachte Hattie. Ihre Idee würde auf keinen Fall funktionieren, wenn die Vulkane Feuer und Lava spuckten. »Also schlagt doch Lord Mortimer vor, dass die Drachen eine der Wolken, die der Zeitwurm durchzieht, direkt zu den Vulkanen bringen«, sagte sie. »Wenn sie höher steigen, um sie zu überqueren, werden sie Regen abgeben. Dann kann Lord Mortimer die Speicher füllen.«

Einen kurzen Moment lang blitzten Sir Gideons Schuppen golden auf. Dann färbten sie sich in einem satten Bronzeton. »Das würde die Wolken regnen lassen?«, fragte er.

Arthur nickte. »Hattie hat recht. Das liegt an der Temperaturveränderung, wenn die Wolken nach oben steigen. Dann können die Wolken das Wasser nicht mehr so gut festhalten. Warum bin *ich* nicht darauf gekommen?« Er sah aus, als wäre er ein bisschen ärgerlich auf sich selbst.

»Also könnten die Drachen Irgendwo-Nirgendwo retten, indem sie wieder für Wasser sorgen?« Sir Gideons Augen funkelten.

Arthur sah Hattie mit hochgezogenen Augenbrauen an. »Die Drachen könnten mithilfe von Hatties Idee Irgendwo-Nirgendwo retten«, sagte er betont.

»Und wenn sie es Lord Mortimer vorschlagen, können sie ihn auch gleich bitten, Victor zu begnadigen. Er wird so zufrieden mit der Idee sein, dass er bestimmt einverstanden ist«, sagte Hattie.

»Was sagst du dazu, Sir Gideon?«, fragte Arthur.

»Ich glaube, dass Kinder aus der Menschenwelt sehr, sehr vereinzelt einmal schlauer sind, als sie aussehen.«

Kapitel 15

Als er sich wieder gefangen hatte, musterte Sir Gideon Hattie und Arthur von oben bis unten. »Ich dachte, wir müssten euch vielleicht verkleiden«, sagte er. »Aber ihr seid schmutzig genug, dass niemand entdecken wird, wer ihr seid.«

Hattie dachte an den Mann, der sie gefragt hatte, ob er sie kenne. Dann musterte sie Arthur. Der rote Staub in seinem Gesicht führte dazu, dass man den echten Arthur darunter fast nicht erkennen konnte. Und seine Kleider sahen aus, als wären sie in der kurzen Zeit in Irgendwo-Nirgendwo irgendwie verrostet. Vielleicht hatte Sir Gideon recht. Sie und Arthur sahen nicht viel anders aus als die jüngeren Menschen, die in Irgendwo-Nirgendwo geboren waren.

»Folgt mir«, sagte Sir Gideon und führte sie durch die schmalen, gewundenen Kopfsteinpflasterstraßen der Stadt, wo sich die Gebäude dicht aneinanderdrängten. Sie gingen durch Gassen, bogen hinter Gebäude ab und nahmen Schleichwege. Sie eilten am Eingang zu der Zelle vorbei, in der Hattie einst auf der sprechenden Bank geschlafen hatte. Und sie hasteten an einer Reihe von niedergeschlagen aussehenden Leuten vorbei, die geduldig anstanden, um mit einer Pumpe, die direkt zu den Wasserspeichern führte, ihre Eimer zu füllen.

»Keine Zeit, um stehen zu bleiben«, knurrte Sir Gideon, als er bemerkte, wie Hattie bei ihrem Anblick zögerte. Und so gingen sie weiter und schlängelten sich an allen Bewohnern vorbei, denen sie begegneten. Die pummeligen Kaninchen mit dem glänzenden Fell aus Hatties Erinnerungen waren fort. Und auch die stolzen Eichhörnchen mit ihren hocherhobenen Puschelschwänzen. An ihrer Stelle sah man Kreaturen mit gequältem Blick und räudigem Fell. Jede Einzelne von ihnen hatte rote, staubige Strähnen im Fell. Und allen ging es so schlecht, dass niemand aufblickte, als die meistgesuchten Kinder im Reich vorbeiwuselten.

Die Menschen waren nicht besser dran. Sie humpelten vorbei, rot gesprenkelt vom Staub, mit hängenden Schultern und unruhig. Ihre Kleider sahen zerschlissen aus – noch nicht ganz Lumpen, aber nicht weit davon entfernt. Sie schauten nur auf, wenn sie einen Blick zu dem endlosen blauen Himmel warfen, als wollten sie nachsehen, ob nicht auf wundersame Weise doch noch eine Wolke auftauchte. Sie schienen sich nicht um die Schilder zu scheren, auf denen NICHTS IST VERGESSEN über Victors majestätischem Gesicht stand, nur Hattie zog sich bei diesem Anblick jedes Mal der Magen zusammen.

Aber sie hatte nicht die Möglichkeit, die seltsamen Veränderungen seit ihrem letzten Besuch in der Stadt zu kommentieren. Sir Gideon schoss voraus und erwartete, dass sie ihm folgten. Und er flog nicht langsamer, bis sie zu der Stelle kamen, wo die Gasse sich öffnete und sie die massiven Steinmauern des Gebäudes der Gilde der Ritterdrachen sehen konnten.

Bei ihrem Anblick kniff Sir Gideon die Augen zusammen. »Ich weiß einfach nicht, ob ich euch mit hineinnehmen oder hier lassen soll«, sagte er. »Wenn ich euch mitnehme, ist es riskant. Ihr müsstet aufpassen, dass euch niemand sieht. Aber wenn ich euch hierlasse, handelt ihr euch womöglich noch mehr Ärger ein.«

»Kann ich helfen?«, fragte eine sanfte Stimme, und ein blauer Streifen blitzte vor Hattie auf, wie ein Eisvogel, der in einen Fluss eintaucht. Er kam zurück und schwebte vor ihr.

»Lady Violet.« Wärme breitete sich in Hatties Körper aus.

»Hallo Hattie, hallo Arthur.« Lady Violet legte den Kopf schief und lächelte. »Ich habe eure Stimmen erkannt und dachte mir, das müsst ihr sein unter all dem roten Staub. Aber ich dachte, Sir Gideon würde versuchen, euch fernzuhalten und nicht hierherzubringen.«

»Ich habe sie nicht hergebracht«, knurrte Sir Gideon. »Das haben sie alles ganz allein gemacht. Sie haben sich von den falschen Victors täuschen lassen.«

Lady Violet runzelte kurz die Stirn. »Vielleicht solltet ihr nach Hause gehen«, sagte sie leise.

»Sie wollen nicht.« Einen Moment lang sah er genauso wütend aus wie der riesige Sir Gideon, den sie im Überall-Büro gesehen hatte.

»Wir haben das von Victor gehört«, erklärte Arthur.

»Und dass ich die Wolken nicht hätte freilassen sollen«, fügte Hattie mit dünner Stimme hinzu.

»Wenigstens gibst du es zu. Nein, das hättest du tatsächlich nicht«, sagte Sir Gideon.

»Es tut mir ehrlich leid.«

»Das glaube ich dir.« Lady Violet flog näher heran. »Du wolltest nicht, dass das passiert. Und genau darum geht es heute bei der Gildenversammlung. Wir wollen uns überlegen, wie wir Irgendwo-Nirgendwo helfen können.«

»Ich habe zu dem Thema eine Idee«, sagte Sir Gideon. »Ich glaube, wir können die Wolken zu den Drei Vulkanen bringen und sie dort regnen lassen.«

Hattie hustete.

»Und wenn wir Lord Mortimer meine Idee vorstellen, können wir ihn auch gleich bitten, Victor freizulassen, dachte ich mir.«

Hattie hustete noch einmal.

»Das ist sehr klug, Sir Gideon.«

Hattie hustete ein bisschen lauter. »Es war meine Idee«, sagte sie.

Sir Gideon reckte die Nase in die Luft. »Ich muss es der Gilde vorstellen, also muss es meine Idee sein.«

Lady Violet zwinkerte Hattie zu. »Das klingt nach einer sehr interessanten Idee. Sehr klug, egal, von wem sie stammt.«

»Und jetzt versucht Sir Gideon, die Person, die darauf kam, von der Besprechung fernzuhalten«, warf Arthur ein.

»Ich nehme euch mit«, sagte Lady Violet. »Wir können von der Empore aus zuschauen. Jeder sollte sehen, was mit seinen Ideen passiert.«

»Aber …«

»Nein, Sir Gideon«, warnte sie. »Ich habe entschieden. Du gehst voraus und machst Wirbel. Wir schleichen hinein, wenn alle in die andere Richtung schauen.«

Sir Gideon zuckte zusammen, dann verzog er die Schnute zu einem verdrießlichen Strich. Verärgert flog er aus ihrem schattigen Versteck zur Vorderseite des Gildengebäudes und in eine kleine Nische in der Mauer. Sobald er saß, wechselte seine Schuppenfarbe von Grün zu Blau, zu grauen und braunen Flecken. Seine Flügelspitzen nahmen als Erstes die Farbe der Steinmauer an und waren nach kurzer Zeit nicht mehr davon zu unterscheiden. Bald verschwanden auch Sir Gideons Beine und Körper. Dann, als Hattie nichts mehr erkennen konnte als Sir Gideons blinzelnde Augen, öffnete sich ein Teil der Mauer.

Sir Gideon flog von der Öffnung weg. Er drehte sich in der Luft und schüttelte seine Flügel aus, bevor er sich in das Gebäude aufmachte und laut rief: »Ich bin hier, und ich habe eine Idee, die das Wasser nach Irgendwo-Nirgendwo zurückbringen wird!« Und als die Aufmerksamkeit sämtlicher Drachen auf ihm ruhte, führte Lady Violet Hattie und Arthur aus den Schatten und in die Gilde.

Sie gingen zu einem ausladenden, hell erleuchteten Steinbalkon. Das Licht tanzte auf den verbogenen Formen der geschmolzenen Schwerter der Drachen, die jeden Zentimeter der Wand bedeckten. Und es malte Strahlenkränze um Hunderte metallener Rüstungen, warf Regenbogenfarben in alle Richtungen und blendete sie. »Ich erkläre es dir später«, flüsterte Lady Violet Arthur zu, der den Hals reckte, um alles sehen zu können. »Aber vorher müssen wir uns verstecken.«

Sie folgten Lady Violet auf Zehenspitzen in eine dunkle Ecke der Empore über dem runden Hauptraum. Unter ihnen sammelten sich die Ritterdrachen auf Reihen von winzigen Holzbänken. Von oben sah es aus wie ein pulsierendes, funkelndes Meer, denn die Drachenschuppen schimmerten bernsteinfarben, in Bronze, Lavendel, Zimt, Seegrün und Kornblumenblau. Auf dem Podium vor ihnen sah Hattie Sir Willow-Wood und Lady Serena, die Sir Gideons lautstarken Auftritt beobachteten. *Sie schauen drein, als wäre Sir Gideon ein übler Gestank*, dachte sie.

»Meine Ritterdrachengeschwister«, begann Sir Willow-Wood. »Ich bitte euch, Platz zu nehmen.«

»Sir Gideon sagt, er kann uns Wasser besorgen!«, rief einer der Drachen von unten.

Sir Willow-Wood zog die Augenbrauen hoch, als hielte er das für unmöglich. »Ich rufe diese Versammlung zur Ordnung«, sagte er. »Wir haben eine altehrwürdige Vorgehensweise, und die darf von Sir Gideon nicht untergraben werden.« Die Drachen begannen, sich zu setzen, und Sir Willow-Wood stellte die Füße energisch auf das Podium und blähte die Brust. »Meine Ritterdrachengeschwister, wir sind hier, um eine ernste Angelegenheit zu besprechen, die unser Reich heimgesucht hat. Wir sind in Gefahr. Uns geht das Wasser aus. Unsere Speicher sind beinahe trocken, und weil die Wolken sich weigern zu regnen, können wir sie auch nicht wieder auffüllen. Die Einwohner von Irgendwo-Nirgendwo leiden, selbst diejenigen in der Stadt.«

Als sich Gemurmel im Raum erhob, versuchte Hattie, sich noch tiefer in die Schatten zu drücken. *Falls sich irgendwer die Mühe macht, nach oben zu schauen*, dachte sie, *wird er die Person sehen, die für dieses Leid verantwortlich ist.*

»Wir haben uns hier unter Artikel fünfunddreißig unserer Verfassung versammelt.« Auf Sir Willow-Woods Nicken hin stiegen zwei Drachen mit einer Schriftrolle zwischen sich in die Luft. Sie rollten sie auseinander und flogen damit über den Raum.

»Artikel fünfunddreißig regelt, was geschieht, wenn unser Reich sich in einer Krise befindet«, fuhr Sir Willow-Wood fort. »Er ermöglicht uns die außerordentliche Versammlung, an der wir in diesem Moment teilnehmen. Er erlaubt uns, im Rahmen dieser Versammlung eine Unterkommission zu ernennen. Er erlaubt uns, unseren Drachengeschwistern von den Ergebnissen dieser Unterkommission zu berichten. Er erlaubt den Mitgliedern unserer Gilde, darüber abzustimmen, ob sie mit den Vorschlägen der Unterkommission zufrieden sind. Er erlaubt ihnen, Maßnahmen zuzustimmen, wenn zwei Drittel der anwesenden Drachen einverstanden sind. Er erlaubt uns …«

»Nichts zu tun«, rief Sir Gideon aus den Bankreihen. »Artikel fünfunddreißig ist eine hübsche Möglichkeit, nichts Nützliches zu tun. Bis wir mit den Diskussionen fertig sind, wird uns das Wasser vollends ausgegangen sein, und wir alle werden tot sein.«

Sir Willow-Wood warf Sir Gideon einen finsteren Blick zu. »Ich habe dich nicht aufgefordert zu sprechen«, sagte er. »Bis ich dich aufrufe, wirst du schweigen. Das sind die Regeln unter Artikel fünfunddreißig.«

»Wir haben keine Zeit für Regeln!«, rief Sir Gideon aus.

»Die Gilde der Ritterdrachen hat immer Zeit für Regeln. Schweig, Sir Gideon, oder ich lasse dich hinauswerfen.«

Neben Hattie schnalzte Lady Violet mit der Zunge. »Vorsicht, Sir Gideon«, murmelte sie. »Tu nichts Dummes. Nicht jetzt.«

Sir Gideon senkte den Kopf und schaute nach unten, als wollte er gehorchen.

»Gut.« Sir Willow-Wood schmunzelte. »Im Einklang mit unserer Tradition werde ich mir jetzt Vorschläge der Anwesenden anhören. Wer wird sprechen?«

»Ich werde sprechen«, sagte Sir Gideon.

»Nein, Sir Gideon, du hast das Recht, als Erster zu sprechen, verwirkt.«

Wieder erhob sich Gemurmel unter den Drachen.

»Wer wird sprechen?«, fragte Sir Willow-Wood noch einmal.

Niemand sagte etwas.

»Wer wird sprechen?«, fauchte Sir Willow-Wood ungeduldig. Lady Serena neben ihm sah die Drachen verärgert an und schürzte missbilligend die Lippen.

Ein Drache erhob sich aus den Bänken und Sir Willow-Wood neigte den Kopf. »Sir Shuab, bitte teile uns mit, was du denkst«, sagte er.

Der Drache räusperte sich. »Ich nominiere Sir Gideon, an meiner Stelle zu sprechen«, sagte er.

Einen Moment lang wirkte Sir Willow-Wood verwirrt. »Danke, Sir Shuab, aber Sir Gideon hat das Recht verwirkt, als Erster zu sprechen.« Sir Willow-Woods Blick wanderte über die Anwesenden. »Wer möchte sonst noch etwas sagen?«, fragte er.

Eine andere Drachin stand auf.

»Lady Henrietta, bitte teile uns mit, was du denkst.«

Die Drachin neigte den Kopf. »Ich nominiere Sir Gideon, an meiner Stelle zu sprechen«, sagte sie.

Sir Willow-Wood und Lady Serena sahen erschrocken aus, während sich unter den Anwesenden erneut Gemurmel erhob.

Eine weitere Drachin erhob sich aus den Bankreihen.

Sir Willow-Wood blinzelte nervös, während er ihr das Wort erteilte.

»Ich nominiere Sir Gideon, an meiner Stelle zu sprechen.« Und während sie das sagte, begannen die anderen Drachen, einer nach dem anderen aufzustehen. Bald redeten alle durcheinander. Und alle Drachen sagten dasselbe.

»Ich nominiere Sir Gideon, an meiner Stelle zu sprechen.«

Kapitel 16

»Ruhe!« Lady Serena stieg vom Podium auf und schwebte über den anderen Drachen. Ihre Schuppen verdunkelten sich zum tiefsten Violett, und mit ihren diamantförmigen Pupillen blitzte sie Sir Gideon wütend an. »Ruhe!«

Schließlich verebbte der Lärm im Raum, bis auch das letzte Murmeln aufhörte. Alle Drachen sahen Sir WillowWood erwartungsvoll an. Sein Gesichtsausdruck war hart, als versuchte er, sich zu beherrschen.

»Verehrte Mitglieder der Gilde der Ritterdrachen«, sagte er steif. »Ich bitte Sir Gideon zu sprechen.«

Wieder ging ein Gemurmel durch den Raum, als Sir Gideon sich erhob und zum Podium begab. Er nahm sich einen Moment Zeit, um sich zu sammeln, und seine Schuppen nahmen einen bronzefarbenen Schimmer an. »Brüder und Schwestern der Gilde der Ritterdrachen«, begann er. »Es ist mir eine Ehre, dass ihr mich auserwählt habt, zu unserer Versammlung zu sprechen.« Er neigte den Kopf. »Eine besondere Ehre ist es mir, weil dies eine Zeit der schweren Krisen für unser Reich ist. Uns fehlt der Regen und unsere Speicher werden nicht ewig reichen. Die Einwohner unseres Reiches haben Angst. Sogar einige unserer Freunde wurden von Lord Mortimer ins Gefängnis geworfen.«

Er machte eine Pause, und Hattie meinte, ein paar der Drachen Victors Namen murmeln zu hören.

»Doch Zeiten der Krise erschaffen Möglichkeiten«, fuhr Sir Gideon fort. »Seit dem Kampf der Drei Vulkane sind die Wächter des Reiches neidisch auf die Drachen. Sie suchen nach einem Weg, Lord Mortimers Vertrauen in die Gilde zu zerstören. Aber wir lassen das nicht zu. Immer wieder haben wir unsere Loyalität gegenüber dem Reich bewiesen. Unser Einsatz mag nicht immer geschätzt werden, aber wir haben uns nie beirren lassen.« Er machte eine weitere effektvolle Pause. »Doch die Wächter des Reiches waren nicht immer auf unserer Seite. Sie haben sich gegen die Drachen gestellt. Sie haben Lord Mortimer ins Ohr geflüstert, wir seien nicht seine Freunde.«

»Was hat das damit zu tun, warum die Versammlung einberufen wurde, Sir Gideon?«, fragte Sir Willow-Wood. »Wir haben zu viel zu tun, um unsere Zeit mit deinen Geschichten von alten Rivalitäten zu verschwenden. Wir kennen sie.«

»Das bringt mich dazu, was ich sagen wollte«, erklärte Sir Gideon. »Marcia arbeitet hart daran, mehr Wolken nach Irgendwo-Nirgendwo zu holen. Aber es gibt ein Problem. Selbst mit den neuen Wolken fehlen uns die Möglichkeiten, sie regnen zu lassen. Wir können Steine nach den Wolken werfen, aber das ist viel Aufwand für wenig Wasser. Doch ich habe eine Idee, die uns alle retten könnte.« Er streckte die Brust vor. »Wir Drachen nehmen die Wolken, die Marcia aus der Menschenwelt herüberzieht, und fliegen mit ihnen zu den Drei Vulkanen. Sie werden ihren Regen entlassen, und er wird in die unterirdischen Flüsse strömen und die Speicher auffüllen. Die Gilde der Ritterdrachen wird als Retter unseres Reiches in die Geschichte eingehen. Lord Mortimer wird ewig dankbar sein. Wir werden unseren rechtmäßigen Platz über den Wächtern des Reiches bekommen und über allen anderen Institutionen. Wir werden die wichtigsten Einwohner von Irgendwo-Nirgendwo.« Sir Gideon strahlte die Anwesenden an.

Neben Sir Willow-Wood schüttelte Lady Serena den Kopf. »Ach, Sir Gideon, du bist immer so begeistert von deinen Ideen, sogar wenn sie unmöglich auszuführen sind. Die Wolken sind stur. Sie werden keinen Regen produzieren, nur weil wir es wollen.«

»Sie werden keine andere Wahl haben. Weiter oben auf den Vulkanen wird die Temperatur niedriger sein. Und wenn die steilen Abhänge der Vulkane die Wolken nach oben zwingen, werden sie abkühlen und ihre Feuchtigkeit nicht mehr halten können. Sie werden sie als Regen loslassen müssen.«

Wieder wurde gemurmelt. Das Farbmuster unter Hattie änderte sich, während die Drachen darüber nachdachten, was Sir Gideon sagte. Die Drachen leuchteten orangefarben, pink und stahlblau. Hattie sah zu, wie Sir Gideon immer selbstsicherer wurde. *Er glaubt wirklich, dass sie ihm zustimmen werden*, dachte sie.

»Ich werde zu Lord Mortimer gehen und ihm von unserem Plan erzählen«, verkündete Sir Gideon.

»Du wirst nichts dergleichen tun! Du kannst den Drachen nichts befehlen. Ich bin der Kommandeur der Ritterdrachen, nicht du.« Sir Willow-Wood machte einen drohenden Schritt auf ihn zu.

Sir Gideon neigte den Kopf. »Ich möchte niemanden verärgern, Sir Willow-Wood. Ich möchte nur so schnell wie möglich Irgendwo-Nirgendwo helfen. Und wenn ich schon dort bin, werde ich vorschlagen, dass es noch leichter wird, die Wolken hinzubringen, wenn Lord Mortimer die Elefanten dazu veranlasst, keinen roten Staub aufzuwirbeln.«

Sir Willow-Wood schürzte die Lippen. »Und du bist dir sicher, das wird Regen nach Irgendwo-Nirgendwo bringen?«

»Das ist unsere einzige Hoffnung«, sagte Sir Gideon.

Sir Willow-Wood lächelte beinahe. »Falls du recht hast, wird Lord Mortimer sehr erfreut sein. Er wird uns belohnen.«

»Und wenn er zufrieden mit uns ist, können wir ihn bitten, Victor zu befreien.«

Sir Willow-Woods Gesicht verdüsterte sich auf der Stelle. Um ihn herum flüsterten die Drachen Victors Namen.

»Lord Mortimer wird erfreut sein. Er wird uns unserem Freund helfen lassen«, beharrte Sir Gideon.

Sir Willow-Woods böser Blick glitt über die Anwesenden, während das Geflüster der Drachen lauter wurde. »Victor«, sagten sie zueinander. »Victor.«

»Wenn ich recht habe, wird ganz Irgendwo-Nirgendwo feiern können«, sagte Sir Gideon.

Sir Willow-Wood bog den Rücken durch und lächelte diesmal richtig. »Ich werde zu Lord Mortimer gehen«, erklärte er. »Ich werde ihm von unserer Idee erzählen.«

»Aber ...«

»Lord Mortimer wird erwarten, dass der ranghöchste Drache mit solch einer wichtigen Idee zu ihm kommt«, sagte Sir Willow-Wood, bevor Sir Gideon zu Ende reden konnte. Er räusperte sich, um sich an die Versammlung zu wenden. »Ich stelle Sir Gideons Idee zur Abstimmung. Alle Drachen, die dafür sind, sagen ›Aye‹.«

»Aye.« Das Gebrüll hallte durch den ganzen Raum.

Sir Willow-Wood flog hoch und seine Schuppen glänzten golden. »Antrag angenommen!«, rief er.

»Und ich schlage vor, dass Sir Gideon dabei sein sollte, wenn seine Idee Lord Mortimer unterbreitet wird«, rief Sir Shuab.

»Aye!« Erneutes Gebrüll erfüllte den Raum.

Sir Willow-Wood musterte die jubelnden Drachen. Es war offensichtlich, dass er sie zum Schweigen bringen wollte, aber die Wut in seinem Gesicht sagte Hattie, dass er es nicht wagte. »Antrag angenommen«, murmelte er. Und er warf erst Sir Shuab und dann Sir Gideon einen finsteren Blick zu.

Kapitel 17

Hattie und Arthur schlichen sich aus der Gilde der Ritterdrachen, bevor die Aufregung nach der Wahl sich gelegt hatte. Sie warteten mit Lady Violet unbemerkt hinter dem Gildengebäude in den Schatten einer unbeleuchteten Seitengasse. Arthur und Hattie drückten sich mit dem Rücken in einen Hauseingang, und wenn sie hinausspähten, konnten sie am Ende der Gasse die Drachen die Gildenversammlung verlassen sehen. *Vielleicht ist jetzt der richtige Moment, um Lady Violet etwas zu fragen, das mir einfach nicht aus dem Kopf gehen will,* dachte Hattie. *Bevor Sir Gideon wiederkommt.*

»Was hat das verlorene Siegel mit dem Buch im Überall-Büro zu tun?«, fragte sie.

»Es gibt sehr viele Bücher im Überall-Büro.« Lady Violet lächelte, ließ aber dabei das Ende der Gasse und das Gildengebäude nicht aus den Augen.

»Das einzelne in dem Raum neben dem Hauptsaal.«

Lady Violet wurde sehr still. Jetzt konzentrierte sie sich ganz auf Hattie. »Warum hat dir der Wissenswurm davon erzählt?«, fragte sie schließlich.

»Sie hat uns nicht davon erzählt. Wir haben es gefunden.«

Lady Violet flitzte herüber, um Hattie ins Gesicht zu sehen, dann kehrte sie rasch in den Hauseingang zurück, als hätte sie Angst, entdeckt zu werden. »Und was ist passiert?«, fragte sie langsam.

»Wir haben uns vor den Wächtern versteckt«, begann Hattie, und dann erzählte sie Lady Violet, wie sie den verborgenen Raum entdeckt hatten. Und wie sie unbedingt das Buch hatte anfassen wollen und wie das Moos auf dem Buchdeckel scheinbar über sie gewachsen war, als sie es tat. Und dass sie Blumen gesehen hatte und Berge und den großen Mann. Und wie Sir Gideon aufgetaucht war und ihr gesagt hatte, sie solle verschwinden. Und wie sie aufgeschrien hatte, als er das sagte, und sich ihre Hand anfühlte, als würde sie verbrannt.

Lady Violets Flügel bewegten sich kaum noch, als Hattie fertig war. »Zeig es mir«, sagte sie.

Hattie drehte ihre Hand, damit Lady Violet sie untersuchen konnte.

»Es ist nichts zu sehen.« Lady Violet wirkte erleichtert.

»Und was meinte der Wissenswurm nun mit dem verlorenen Siegel?«

»Ach, sie meinte das wahrscheinlich ganz allgemein.« Lady Violet hörte sich an, als versuchte sie vergnügt zu klingen.

»Was tut das Siegel?«, fragte Arthur.

Lady Violets Fröhlichkeit war wie weggeblasen. »Es ist das Symbol des Reiches«, sagte sie. »Es kann alles für immer verändern, und es ist ein Zeichen, wie sehr unsere Herrscher Irgendwo-Nirgendwo lieben. Das Siegel erlaubt es ihnen, das Buch des Reiches neu zu schreiben, das Buch, das uns sagt, welches der Kinder eines Herrschers Nimbus und der wahre Erbe ist. Es war das Buch des Reiches, das sagte, Lord Jasper sei der Erbe und nicht Lord Mortimer. Aber nachdem Lord Jasper beim Kampf der Drei Vulkane besiegt wurde, änderte sich alles. Deshalb hat Lord Jasper einen Teil des Siegels versteckt, als ihm klar wurde, dass der Kampf nicht gut für ihn ausgehen würde. Er wusste, wenn Lord Mortimer es in die Finger bekäme, würde er das Buch des Reiches umschreiben, damit er der rechtmäßige Herrscher von Irgendwo-Nirgendwo wäre. Dann könnten wir ihn nicht mehr aufhalten. Er könnte alles tun, was er will.«

»War das Buch, das ich berührt habe, das Buch des Reiches?« Hattie spürte, wie die Aufregung in ihr kribbelte.

»Ja, aber sag Sir Gideon nicht, dass du es gesehen hast. Sonst macht er sich nur noch mehr Sorgen.«

»Warum?«

»Weil er sich fast über alles Sorgen macht, was ihr tut. Pssst«, fügte Lady Violet hinzu. »Da kommt er.«

Und als Hattie Lady Violets Blick folgte, sah sie Sir Gideon die Gasse entlang auf sie zufliegen. Er hielt das Kinn triumphierend vorgereckt, und seine Schuppen schimmerten, als er sich in der Nähe niederließ. »Ich bin gekommen, um zu berichten, dass ich erfolgreich war.« Er machte eine theatralische Pause, beinahe als erwartete er, dass sie applaudierten. »Ich habe die Gilde überzeugt, meine Idee Lord Mortimer vorzutragen.«

»Es war Hatties Idee«, erinnerte ihn Arthur.

»Ja, ja.« Sir Gideon zuckte die Achseln, als wäre das ohne Bedeutung. »Aber was ist eine gute Idee, wenn niemand davon weiß?«

»Das hast du gut gemacht«, lobte ihn Lady Violet.

»Also können wir mit dir zusammen Victor retten«, sagte Arthur.

»Na ja …«, begann Sir Gideon.

»Sir Gideon«, warnte Lady Violet. »Sag mir, dass du jetzt nicht gleich sagen wirst, was ich glaube, was du sagen wirst.«

»Es ist nur vielleicht nicht so praktisch«, polterte Sir Gideon.

»Praktisch?« Hattie spürte, wie Wut in ihr aufstieg.

Lady Violet flog so, dass sie direkt vor Sir Gideon schwebte. Ihre Schuppen wurden stahlgrau, als sie ihn zur Rede stellte. »Sir Gideon, du hast es versprochen, und Mitglieder der Gilde der Ritterdrachen halten immer ihr Wort.«

»Aber …«, sagte Sir Gideon.

»Immer«, beharrte sie.

Sir Gideons Augen flackerten. »Ich weiß«, sagte er. Dann fuhr er trotzig fort: »Aber wie sollen wir sie dorthin bringen? Es ist besser, wenn sie einfach hierbleiben.«

»Wir könnten fliegen«, sagte Hattie.

»Menschen fliegen nicht.«

»Hattie hat es schon mal gemacht«, sagt Arthur. »Die Drachen haben sie dorthin gebracht, wo die Hundertsten Kinder waren.«

»Tja, das werden sie diesmal nicht tun. Die anderen Drachen wissen nicht einmal, dass sie hier ist. Sie wissen von euch beiden nicht, dass ihr hier seid. Zum Glück.«

»Warum bringt ihr uns dann nicht hin?«, fragte Hattie.

Sir Gideon und Lady Violet tauschten einen Blick.

»Ich weiß nicht recht«, sagte Lady Violet.

Lady Violets Worte ließen Hattie zögern, aber sie hatte nicht vor, sich jetzt aufhalten zu lassen. »Ihr solltet uns hinbringen«, beharrte sie.

»Nein, das können wir nicht, das ist also geklärt.« Sir Gideon zog eine Schnute.

»Ihr habt es nicht versucht. Ich habe gesehen, wie stark Drachen sind. Ihr könntet uns hinfliegen, während die andere Drachen die Wolken holen.«

»Nein!«

»Also wollt ihr es nicht einmal versuchen?«

»Sie hat recht, Sir Gideon«, sagt Lady Violet. »Ritterdrachen versuchen es immer.«

Sir Gideon warf ihnen beiden finstere Blicke zu. »Aber auf deine Verantwortung«, brummelte er Lady Violet zu. Hattie saß auf dem Boden, und er flatterte vor sie hin und musterte sie von oben bis unten. »Du nimmst das Bein da. Ich nehme das hier. Und nicht treten!«, warnte er.

»Natürlich würde ich nie treten!« Als die beiden Drachen auf sie zukamen, wünschte sich Hattie, sie wäre leichter. Sie spürte etwas unter jedem Bein und dann wurde sie langsam und unsicher vom Boden angehoben. Freude blubberte in ihrem Bauch. Es würde funktionieren. Sie war schon eine Fußlänge von ihrem Sitzplatz entfernt. Dann zwei. Dann einen Meter. Es ging. Es ging wirklich. Sie drehte sich nach Arthur um.

Es gab einen Ruck. Sie spürte, wie sie sich zur Seite neigte. Erst zur einen, dann zur anderen. Sir Gideons Schuppen waren schwarz vor Anstrengung. Lady Violet quollen fast die Augen aus den Höhlen. *Sie schaffen es nicht*, dachte Hattie, und in dem Moment fiel sie auch schon.

»Au!«, rief sie, als sie auf dem Boden aufschlug.

»Tut mir leid!« Lady Violet flatterte neben ihr.

»Mir nicht.« Sir Gideon schnaufte. »Ich habe ihr gesagt, dass es nicht geht. Ein schmerzendes Hinterteil ist das Mindeste, was sie verdient hat, wenn sie nicht auf mich hört.« Er wandte sich an Lady Violet. »Lass uns zur Gilde zurückkehren«, sagte er. »Wir müssen bereit sein, wenn Lord Willow-Wood und Lady Serena vom Palast zurückkommen.«

»Sir Gideon hat recht, Hattie«, sagte Lady Violet sanft. »Ich muss zur Gilde zurück. Es gibt viel zu tun. Ihr beide müsst hierbleiben. Diese Tür da führt in einen Keller, in den nie jemand geht. Ich komme so schnell zurück, wie ich kann.« Sie erhob sich in die Luft und folgte Sir Gideon, der bereits davonflog.

»Ich könnte alle Sachen aus meinen Taschen nehmen, dann wäre ich leichter!«, rief Hattie ihnen hinterher, aber weder Sir Gideon noch Lady Violet drehten sich um.

»Was machen wir jetzt?«, fragte Arthur. »Ich will mich nicht in einem Keller verstecken.«

»Wir könnten zum Palast gehen und die Karte suchen«, schlug Hattie vor. Und in diesem Moment wusste sie, dass sie genau das tun würden.

Kapitel 18

Hattie und Arthur schlängelten sich mit eingezogenen Köpfen durch die Stadt. Nicht einmal die Versuchung, hochzuschauen, als sie an einer Familie von zankenden Kaninchen vorbeikamen, brachte Hattie dazu, das Risiko einzugehen, Aufmerksamkeit auf sich zu ziehen. Sie hob den Kopf erst, als sie um die Ecke des Palastes schlichen. *Ich hätte nie gedacht, dass ich noch mal hierherkommen würde*, dachte sie, als sie an den nicht zusammenpassenden Reihen von runden, gewölbten und sternförmigen Fenstern hinaufschaute.

In einem Raum hinter einem dieser Fenster befand sich Lord Mortimer, der Mann, der Kinder eingesperrt hatte. Ihr lief es kalt den Rücken hinunter.

»Ist das wirklich eine gute Idee?«, fragte Arthur.

»Wahrscheinlich nicht«, sagte Hattie. »Aber wie sollen wir Victor sonst helfen?«

»Wir könnten es den Drachen überlassen.«

»Willst du nicht dabei sein, wenn sie ihn retten?«

»Doch, eigentlich schon.«

Ja, dachte Hattie. *Ich auch*. Sie wollte so unbedingt dabei sein, wenn sie Victor retteten, dass sie bereit war, etwas zu tun, was ein Teil von ihr für sehr töricht hielt. Sie war bereit, zu Lord Mortimer nach Hause zu gehen. Das war gefährlich, das wusste sie. Sie sollten nicht hier sein. Sie wussten nicht einmal, wo sie nach der Karte suchen sollten. Wahrscheinlich wäre es besser gewesen, wenn sie in dem Keller gewartet hätten, wie Sir Gideon und Lady Violet es ihnen gesagt hatten.

»Arthur ...« Sie wollte ihm gerade von ihren Zweifeln erzählen, als etwas sie am Knöchel berührte.

»Kommt«, sagte eine Stimme. »Ihr habt Arbeit zu erledigen.« Ein heftiger Schubs an ihrer Wade katapultierte sie in Richtung Palast. Ein Schuppentier flitzte an ihr vorbei nach vorn und tippte ihr im Vorbeigehen seitlich ans Bein.

Als sie ihm nicht folgte, blieb es stehen und drehte sich um. »Ihr wisst doch, dass ihr erst Pause machen dürft, wenn ich es euch sage. Wenn ihr euch nicht sofort wieder an die Arbeit macht, muss ich es Lord Mortimer melden.«

Hattie warf Arthur einen Blick zu. Er starrte das Schuppentier mit großen Augen an.

»Habt ihr ein Problem?« Das Schuppentier rollte sich langsam auseinander und stellte sich auf die Hinterbeine. Seine trichterförmige Nase legte sich in Falten, als es sie verärgert ansah. »Letzte Chance, oder ihr bekommt großen Ärger.« Es winkte mit seiner übergroßen Kralle.

»Wir tun besser, was es sagt«, flüsterte Hattie Arthur zu.

»Schon besser«, sagte das Schuppentier zufrieden, als sie sich in Bewegung setzte, und es wieselte ihnen wieder voraus, den dicken Schwanz so weit angehoben, dass er gerade nicht auf dem Boden schleifte.

»Es sieht aus, als hätte es Tannenzapfen an«, flüsterte Arthur, während sie dem Schuppentier durch eine Hintertür in den Palast und einen Korridor voller Möbel entlang folgten. Das Schuppentier peitschte mit dem Schwanz hin und her, um dem Durcheinander von Stühlen und Tischen auszuweichen, und führte sie in eine Küche. Mitten in dem Dampf, der den Raum erfüllte, sah Hattie eine Armee von Köchen, die sich um mehrere riesige Töpfe kümmerten.

Ein bisschen abseits am Rand studierte der Koch mit der höchsten Mütze ein Buch. Er fuhr mit dem Finger über die Seite und murmelte tonlos vor sich hin, was er las. Als Hattie und Arthur hereinkamen, blickte er auf. »Wird auch Zeit, Tito«, sagte er. »Ich habe mich schon gefragt, wo du abgeblieben bist. Sie sollen das Bilicon schneiden«, fügte er hinzu, bevor er sich wieder seinem Buch zuwandte.

»Er ist sehr gestresst«, erklärte das Schuppentier. »Es ist ein sehr altes Rezept, das nicht mehr benutzt wurde, seit Lord Mortimers Mutter es verboten hat.« Es sah zu dem Koch hinüber. »Wie groß?«, rief er.

»Daumengroß.« Eine Schweißperle lief von der Stirn des Kochs seine Nase entlang und tropfte auf das Buch.

»Also, macht euch ans Schnippeln.« Das Schuppentier deutete auf einen Sack, der von knubbeligem gelbem Gemüse von der Größe von Fußbällen überquoll.

»Wo?«, fragte Arthur.

Die Klaue des Schuppentiers deutete auf eine Holzbank neben einer Platte, auf der sich Brötchen und Scones stapelten. In der Mitte gab es einen Holzblock, aus dem die Griffe von zwei Messern ragten, als hätte man sie ihm ins Herz gerammt.

Arthur nahm ein Stück des merkwürdigen Gemüses aus dem Sack und reichte es Hattie. Es fühlte sich anders an als alles, was sie beim Gemüsehändler je gesehen hatte. An manchen Stellen war es weich und beweglich wie ein Luftballon, den man mit Wasser gefüllt hat, andere Bereiche waren fest wie ein Apfel. Sie zog eines der Messer aus dem Block.

»Irgendeine Ahnung, was wir damit anstellen sollen?«

Arthur zuckte mit den Schultern und schaute auf seine Hand. »Daumengroße Stücke.« Er rammte das Messer in das Gemüse oder Obst oder was auch immer es war. Grüner Saft quoll aus dem Schnitt.

»Nein!« Das Schuppentier kam herbeigeeilt. »Was tust du denn? Jeder weiß, dass man die weichen Teile nie schneidet!« Er wackelte mit der Kralle vor Arthur herum, und Hattie bemerkte, dass sie ein bisschen gebogen war, als wäre sie mal gebrochen gewesen und schlecht verheilt.

»Entschuldigung«, sagte Arthur.

»Schneide durch die harten Stellen«, wies ihn das Schuppentier an und wischte den dicken grünen Saft vom Schneidebrett, bevor es wieder ging.

»Irgendeine Ahnung, wie die Stücke aussehen sollen?«

»Wahrscheinlich etwa so …« Hattie versenkte ihr Messer in eine der harten Stellen des Bilicons, und es glitt hindurch und kam mit einem zufriedenstellenden Rums auf dem Brett an. Dann machte sie sich daran, es in daumengroße Stücke zu schneiden.

»Nein!« Wieder eilte das Schuppentier herbei. »Nie die knubbeligen Teile dranlassen!« Es wiegte den Kopf. »Und was für eine Größe ist das?«

»Daumengroß.«

»Nein, ist es nicht.«

»Doch.« Arthur legte den Daumen neben die Stücke, die Hattie geschnitten hatte. *Sie sind ziemlich gut*, dachte Hattie.

»Was seid ihr nur für Idioten?«, wollte das Schuppentier wissen. »Jeder weiß, dass das ein Daumen ist.« Es knallte seine Kralle auf das Brett. »Wo habt ihr beide gelernt? Sie haben mir gesagt, sie würden die besten Kinder als Aushilfen für das Festbankett schicken. Das hier ist viel zu wichtig, um mit Amateuren zu arbeiten. Ihr geht besser den großen Saal vorbereiten. Dort könnt ihr nicht viel Schaden anrichten.« Das Schuppentier eilte aus der Küche. »Hier entlang.«

»Wir tun besser, was es sagt, bevor es sich noch mehr aufregt und Aufmerksamkeit auf uns lenkt«, sagte Arthur.

Hattie legte ihr Messer hin und folgte Tito zurück in den Korridor. Tische, Stühle, Hocker und Bänke waren kreuz und quer aufeinandergestapelt wie ein riesiges Möbelpuzzle, durch das man schwer durchkam.

»Geht nicht einfach vorbei, nehmt welche mit!«, befahl Tito. »Haben sie euch in der Cateringschule nichts beigebracht?«

Hattie schnappte sich den nächstbesten Stapel mit drei Stühlen. Hinter ihr nahm Arthur einen weiteren Stapel hoch. Wacklig ging sie zu Tito, der vor einer geschlossenen Tür stand. Als sie näher kamen, riss er die Tür auf. Er winkte sie heran, sagte aber nichts. Hattie machte einen Schritt in den Raum, dann blieb sie stehen.

Über die Stühle hinweg sah sie etwas, wodurch ihr Herz kurz ins Stottern geriet. Am anderen Ende des Saales stand Lord Mortimer.

Kapitel 19

Lord Mortimer sah aus einem der runden Fenster des großen Saals. Seine Hand ruhte auf der Lehne eines ungeheuer großen Holzstuhls. Er war geschnitzt wie ein Hengst, der sich auf die Hinterbeine erhoben hatte und drohte, jeden niederzutrampeln, der ihm nahe kam. Als er die Tür hörte, drehte sich Lord Mortimer um. Sein langes, knochiges Gesicht hob sich einen Moment lang gegen das Licht ab. Es war so scharf wie das Messer, das Hattie gerade benutzt hatte.

Hattie linste hinter dem Stapel von drei Stühlen, den sie umklammerte, hervor. Wie gemein seine Augen waren. Und wie blass und weiß seine Haut im Vergleich zu der Schwärze seiner Haare. Sogar seine Wangen waren bleich. Es war schwer zu glauben, dass überhaupt Blut in seinen Adern floss. Er sah aus, als würde er sich kalt anfühlen, wenn man ihn berührte.

»Trödelt nicht so!«, schalt Tito. Er drehte sich um, und man konnte erkennen, dass ein paar seiner Schuppen beschädigt waren, wie rissige Dachziegel auf einem Haus. »Ich muss wieder in die Küche«, sagte er. »Stellt die Stühle auf. Wenn ich wiederkomme, will ich, dass alles ordentlich aussieht.«

Hattie und Arthur schlurften los, hielten ihre Stühlestapel wie Schilde vor sich. Sie wankten auf einen der langen Tische zu und wichen den Holzsäulen aus, die mit Geckos, Pavianen und anderen Affen verziert waren. Als sie bei den Tischen ankamen, hörte man Lärm vom Vordereingang.

»Sir Willow-Wood, Lady Serena und Sir Gideon, was verschafft mir die Ehre?« Sämtliche Muskeln in Hatties Körper wurden steif, als sie die ölige Stimme von Lord Mortimers leblosen Lippen triefen hörte.

Aus dem Augenwinkel sah sie, wie sich etwas bewegte. Unter dem majestätischen Deckengewölbe, dessen Holzbalken mit Schnitzereien von Drachen, Elefanten und Schuppentieren verziert waren, gingen Sir Willow-Wood, Lady Serena und Sir Gideon auf Lord Mortimer zu wie drei strahlende Lichter. Sir Willow-Wood hatte inzwischen einen goldenen Kopfputz mit Flügeln an den Seiten aufgesetzt und seine Schuppen leuchteten in einem intensiven Purpurrot. Zusammen mit seinem leicht spöttischen Gesichtsausdruck ließ ihn das beinahe königlich wirken. Neben ihm leuchteten Lady Serenas Schuppen platinfarben. Sie sah aus wie eine teure Verzierung in einem vornehmen Haus. Und direkt dahinter flog Sir Gideon mit langsamen Flügelschlägen. Seine Haltung war stolz und seine Schuppen hatten einen rostbraunen Farbton angenommen.

Sir Willow-Wood näherte sich Lord Mortimer. »Wir sind gekommen, um Ihnen von einer wunderbaren Idee zu erzählen, die ich hatte.«

»Ich …«, begann Sir Gideon, aber Sir Willow-Wood warf ihm einen vernichtenden Blick zu.

Hattie biss sich fest auf die Unterlippe. Zuerst hatte Sir Gideon ihre Idee gestohlen, und jetzt hatte Sir Willow-Wood sie von ihm gestohlen. Warum klauten hier eigentlich alle?

»Ich werde selbst entscheiden, ob es eine wunderbare Idee ist oder nicht«, sagte Lord Mortimer. Mit seinen knochigen Fingern winkte er die Drachen näher heran und man konnte die Brandnarbe an der Seite seines kleinen Fingers sehen. Er faltete seinen langen Körper auf den Stuhl und schien augenblicklich eins mit dem hölzernen Hengst zu werden. Die feurigen Augen des Hengstes starrten über seinen grausamen Augen auf die Drachen und schufen so ein zweiköpfiges Monster.

»Das Reich leidet«, begann Sir Willow-Wood. »Wir haben nicht mehr genug Wasser, seit Hattie Brown die Hundertsten Kinder befreit und die Wolken aus dem Turm gelassen hat.«

Hattie spürte, wie ihr Atem flacher wurde. Sie umklammerte die Stühle fester und wagte nicht, sich zu rühren, um niemanden auf sich aufmerksam zu machen.

»Eurer Weisheit ist es zu verdanken, dass Marcia, so schnell sie kann, Wolken aus der Menschenwelt herüberholt«, fuhr Sir Willow-Wood fort. »Doch sie kann nicht schnell genug arbeiten für das, was wir brauchen, und es gibt keine einfache Art, die Wolken zum Regnen zu bringen.«

»Nicht, solange ich nicht Hattie Brown finde und den Jungen, den ihr euch als Nimbus habt verkaufen lassen.« Unter Lord Mortimers schneidendem Blick wurden Lady Serenas Schuppen trüb.

»Er hat uns alle hinters Licht geführt«, stotterte sie. »Er war ein böses Kind.«

Hattie spürte, wie sich Arthur neben ihr versteifte. Er war durch die Ankunft der Drachen erstarrt und stehen geblieben, genau wie sie. Doch wenn er jetzt so etwas über sich hörte, könnte ihn das provozieren. *Nicht reagieren!*, versuchte sie ihm in Gedanken zu vermitteln. *Wir können Victor nicht helfen, wenn Lord Mortimer weiß, dass wir hier sind.*

»Ein schlauer Drache würde sich nicht austricksen lassen.« Immer, wenn Lord Mortimer sprach, spiegelte sich das Licht in seinen spitzen Zähnen. »Aber fahre fort, Sir Willow-Wood. Erzähl mir von dieser wunderbaren Idee.«

»Statt die Wolken zum Turm zu bringen, damit die Einwohner Steine nach ihnen werfen können, um ein bisschen Wasser aus ihnen herauszuholen, bringen wir sie zu den Drei Vulkanen. Wenn sie zum Aufsteigen gezwungen werden, müssen sie ihr Wasser abgeben.«

Lord Mortimer umklammerte beide Armlehnen seines Hengst-Stuhls und beugte sich vor. »Erzähl mir mehr …«

»Es wird regnen, ob es den Wolken passt oder nicht. Sie werden nicht anders können.«

Auf Lord Mortimers blassen Lippen breitete sich langsam ein Lächeln aus.

Die Idee gefällt ihm, dachte Hattie. Sie versuchte, nicht zu aufgeregt zu sein. Eigentlich sollte es ihr nicht wichtig sein, ob Lord Mortimer ihre Idee gefiel oder nicht. Warum war sie dann so stolz?

»Es gibt nur einen Haken«, fügte Sir Willow-Wood hinzu. »Die Wolken werden nicht freiwillig und von allein zu den Drei Vulkanen fliegen. Also werde ich veranlassen, dass die Drachen sie hinbringen. Das gehört zu unserer Rolle als wichtigster Institution im Reich.« Er machte eine Pause, um die Aussage sacken zu lassen. »Es wird einfacher zu fliegen, wenn die Elefanten den roten Staub nicht aufwirbeln. Dürfte ich vorschlagen, dass sie damit aufhören, wenn die Wolken kommen?«

Lord Mortimer lächelte, nahm ein Messer von dem Tisch

neben sich und tippte mit der Klinge gegen die scharfen Spitzen seiner Zähne. »Das ist gut. Sehr gut. Sag den Drachen, sie sollen sämtliche Wolken, die aus der Menschenwelt herübergezogen werden, direkt zu den Drei Vulkanen bringen. Und sag den Elefanten, sie müssen sie durchfliegen lassen. Das hast du gut gemacht, Sir Willow-Wood.«

Sir Willow-Wood und Lady Serena neigten die Köpfe zu einer sehr tiefen Verbeugung. Neben ihnen verbeugte sich Sir Gideon ebenfalls, nur nicht ganz so tief.

Jetzt. Tu es jetzt, dachte Hattie. *Bitte ihn, Victor freizulassen, während er zufrieden mit euch ist.*

»Es ist uns eine Ehre, Ihnen zu dienen«, sagte Sir Willow-Wood. »Wegen solcher Ideen ist die Gilde der Ritterdrachen so wichtig für das Reich.«

»Und die Drachen wollen nichts als Gegenleistung haben?« Lord Mortimer kniff die Augen zusammen.

Tut es! Erwähne Victor, wie ihr es versprochen habt, flehte Hattie in Gedanken.

»Wir tun es für die Ehre. Wir tun es, um zu dienen. Und wenn sich Lord Mortimer, wenn Glück und Wohlstand in Irgendwo-Nirgendwo wiederhergestellt sind, in der Lage fühlt, diejenigen zu belohnen, die zu diesem Glück und Wohlstand beigetragen haben, wäre es uns eine Ehre. Aber wir bitten um nichts weiter.«

Sir Gideon zog aufgewühlt die Flügel zurück. »Eine Sache wäre da noch …«

»Nein, Sir Gideon«, unterbrach ihn Sir Willow-Wood. »Ich spreche für die Gilde der Ritterdrachen, nicht du.« Er wandte sich an Lord Mortimer. »Wir haben keine weiteren Bitten«, sagte er.

Sir Gideons Gesicht erstarrte. »Aber …«, begann er.

»Wir haben keine weiteren Bitten«, sagte Sir Willow-Wood mit fester Stimme.

Doch, habt ihr! Du musst noch um etwas bitten, hätte Hattie am liebsten geschrien. *Jetzt ist der richtige Moment, der Moment, Victor zu retten. Du darfst ihn nicht verstreichen lassen! Lady Violet hat Sir Gideon daran erinnert, dass Drachen immer ihr Wort halten, und er hat es getan. Aber du nicht. Obwohl du der Anführer der Drachen bist, hältst du dein Versprechen nicht. Du streichst lieber das Lob für meine Idee ein und lässt meinen Freund im Gefängnis sitzen.* Hattie spürte, wie ihr Blut vor Wut kochte.

»Geht und sagt es den Drachen«, wies Sir Willow-Wood Lady Serena und Sir Gideon an. »Ich bleibe bei Lord Mortimer.«

»Sofort.« Lady Serenas Schuppen glänzten wieder, und sie machte sich zum Abflug bereit, aber Sir Gideon rührte sich nicht.

Das Purpurrot von Sir Willow-Woods Schuppen wurde dunkler. »Sir Gideon, ich bleibe bei Lord Mortimer«, sagte er. »Ich befehle dir zu gehen.«

»Sei ein guter Drache und geh, wie er sagt«, höhnte Lord Mortimer.

Sir Gideon starrte Sir Willow-Wood an. »Der Kodex der Ritterdrachen besagt, wir sollen immer unsere Versprechen halten«, erklärte er kühl.

»Die Idee wurde doch vorgeschlagen«, erwiderte Sir Willow-Wood.

»Du weißt, dass ich das nicht meine.«

»Lass uns allein, Sir Gideon«, sagte Lord Mortimer. »Zwing mich nicht, die Wachen rufen zu müssen.«

»Du musst tun, was Lord Mortimer wünscht.« Sir Willow-Wood flog so dicht vor Sir Gideons Gesicht, dass kaum noch ein Atemzug zwischen sie passte. »Die anderen Ritterdrachen würden nicht wollen, dass du der Gilde Probleme bereitest«, fügte er verächtlich hinzu.

Sir Gideon senkte den Kopf und schnaubte wütend. Mit fest zusammengebissenen Zähnen flog er zu Lady Serena, die alles beobachtet hatte. Gerade, als die Drachen die große Doppeltür erreichten, öffnete sie sich vor ihnen. Einer der Wächter des Reiches machte einen Schritt in den großen Saal. Er stieß seinen Stab dreimal auf den Steinboden.

»Die Vorbereitungen für das Festbankett haben begonnen«, erklärte er, dann verneigte er sich und machte einen Schritt zurück.

Lord Mortimer fuhr mit dem Messer durch die Luft und lachte voller Freude. »Sehr bald wird Victor mein Ehrengast sein. Ich freue mich darauf, endlich einmal Elefantenfleisch zu probieren.«

Polternd fielen Hattie die Stühle aus der Hand und Lord Mortimers Lachen verstummte. Er drehte sich um und sah sie direkt an.

Kapitel 20

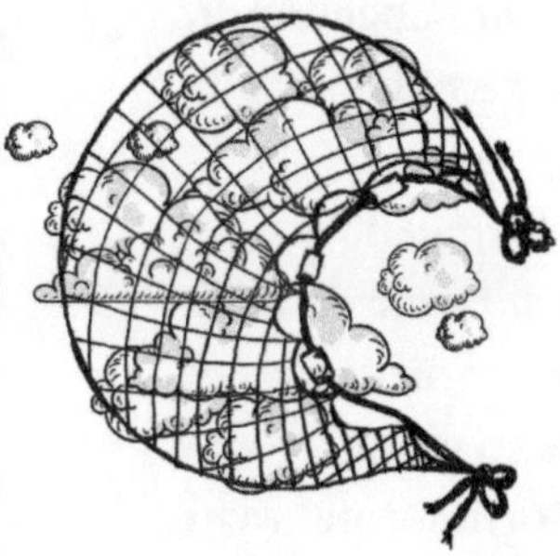

Als sich Lord Mortimers Blick in sie hineinbohrte, ließ Hattie den Kopf hängen. Sie wagte es nicht aufzublicken und rührte sich nicht. Sie wagte es kaum zu atmen. Wie dumm sie gewesen war. Lord Mortimer würde sie erkennen und dann hatte sie große Probleme. Sie würde verhaftet werden und Arthur auch. Schon wieder hatte sie ihn in Gefahr gebracht. Wenn er nichts mehr mit ihr zu tun haben wollte, könnte sie ihm keinen Vorwurf machen.

Sie warf ihm einen Blick zu und genau in diesem Moment kam Tito in den Saal zurück.

»Warum sind die Stühle nicht aufgestellt?« Er stellte die Schüssel, die er hereingebracht hatte, auf einem der langen Tische ab. »Bewegt euch! Und wenn ihr fertig seid, kommt zurück in die Küche. Es gibt noch viel mehr Möbel zu tragen.«

»Entschuldigung«, murmelte Hattie. Sie schob die Stühle ungeschickt an die Wand und eilte zur Tür, die zur Küche führte. Arthur hatte seine Stühle bereits aufgestellt und folgte Tito. Sie wünschte, er hätte auf sie gewartet. Wenn sie gemeinsam gegangen wären, hätte sie sich nicht so verdächtig gefühlt.

Sie war fast an der Tür angekommen, als Lord Mortimers aalglatte Stimme rief: »Mädchen!«

Hattie blieb stehen. Sie war die Einzige, die er meinen konnte.

»Mädchen!«, rief er noch einmal.

»Ja.« Sie hielt weiterhin das Gesicht von ihm abgewandt, damit er sie nicht richtig sehen konnte. Ihr Herz hämmerte in ihrer Brust.

»Sag Tito, er soll mehr Kuchen und Brot bringen.«

»Ja, Lord Mortimer.« Hattie eilte davon, bevor er noch etwas von ihr verlangen konnte. Auf ihrer Stirn standen Schweißperlen. Wie konnte es sein, dass sie so glücklich davongekommen war? Warum hatte Lord Mortimer sie nicht sofort erkannt? Warum hatte er nicht bemerkt, dass die Person, die er jagte, direkt vor ihm stand? Sie zog ein Taschentuch heraus und tupfte sich die Stirn ab. Als sie es zurücksteckte, bemerkte sie, dass es mit rostroten Streifen verschmiert war. Natürlich. Der rote Staub war wie eine Verkleidung. Lord Mortimer hatte sie nicht von allen anderen Kindern unterscheiden können, die in Irgendwo-Nirgendwo wohnten.

Trotz der Erleichterung raste ihr Herz noch immer, als sie Arthur und das Schuppentier einholte. »Lord Mortimer will mehr Kuchen und Brot«, konnte sie Tito gerade noch sagen, dann ließ sie sich auf eine Bank plumpsen und lehnte den Kopf an die Wand. Sie musste sich beruhigen, bevor jemandem auffiel, wie merkwürdig sie sich benahm. Sie brauchte eine Weile hier, um sich von dem Schock zu erholen, dass Lord Mortimer sie gesehen hatte, und um zu verarbeiten, was sie gerade über Victor gehört hatte – eine Neuigkeit, die sich anfühlte, als hätte jemand sie in den Magen geboxt.

»Wieder einmal unhöflich, wie ich sehe.« Sie hörte die Stimme, bevor sie Zeit hatte, die Augen zu schließen. »Ich dachte, ich hätte dir Manieren beigebracht. Aber nein, du hast sie sofort wieder vergessen.«

Hattie war jetzt wieder voll konzentriert. Diese grummelige Stimme. Dieses ärgerliche Knurren. Konnte das sein?

»Du hast dich wieder mal einfach hingesetzt, ohne zu fragen«, lamentierte die Stimme weiter. »Stell dir vor, jemand würde sich ohne deine Erlaubnis auf deinen Rücken werfen.«

Hattie stand auf und lächelte beinahe. »Hallo Bank«, sagte sie, während Arthur sie überrascht ansah. »Es tut mir sehr leid, dass ich meine Manieren vergessen habe. Ich habe es nur gerade richtig mit der Angst zu tun bekommen. Würdest du mir die Ehre erweisen, mir zu erlauben, auf dir zu sitzen?«

»Wie heißt das Zauberwort?«

»Bitte.«

Die Bank seufzte. »Du hast großes Glück, dass ich mich beinahe freue, dich zu sehen. Ich werde dieses eine Mal über deine Unhöflichkeit hinwegsehen, und über die von vorhin auch.«

»Ich sehe dich doch gerade erst wieder. Ich kann vorhin nicht unhöflich gewesen sein.«

»Mach es nicht noch schlimmer, indem du es abstreitest.«

»Aber ich weiß nicht, was ich getan habe.«

»Du hast mich ignoriert.«

»Das würde ich nie tun.«

»Du bist auf dem Weg zum großen Saal direkt an mir vorbeigelaufen. Kein ›Hallo, schön, dich zu sehen, Bank‹, kein ›Wie ist es dir ergangen, seit wir uns das letzte Mal gesehen haben?‹, keine schlichte Höflichkeit für die Bank, die Lord

Mortimer aufgehalten hat, als du die Wolken befreit und unser Leben so schwierig gemacht hast. Nicht einmal ein Nicken.«

»Wenn du es so sagst, klingt es wirklich sehr unhöflich.«

»Das ist es ja auch.«

»Es tut mir sehr leid. Ich habe an etwas anderes gedacht. Ich habe vergessen, nach alten Freunden Ausschau zu halten. Darf ich mich bitte setzen?«

»Da es dir leidtut, darfst du.« Banks Stimme wurde freundlicher.

Hattie setzte sich und legte die Handfläche sanft auf Banks Rücken. Sie überlegte, wie dieser Dialog wohl für Arthur aussehen musste.

»Du wirkst schwerer«, sagte die Bank. »Bist du traurig?«

Hattie musste fast lachen. Was für eine merkwürdige Aussage. Aber dann dachte sie darüber nach. Das Unglück ihrer Mutter machte sie traurig, obwohl sie vorgab, es wäre nicht so. Und dass sie erfahren hatte, was passiert war, nachdem sie die Wolken freigelassen hatte. Und jetzt – jetzt Victor. Das Gefühl, in den Magen geboxt zu werden, kam wieder.

»Ein bisschen«, gab sie zu und hoffte, die Bank würde sie nicht vor Arthur nach dem Grund fragen.

»Das dachte ich mir«, sagte die Bank. »Düstere Gedanken sind immer schwerer.«

Tito eilte geschäftig mit einem Tablett voller Brot und Kuchen vorbei. »Verschwendet nicht eure Zeit mit dieser Bank«, sagte er. »Sie hält nichts von Zusammenarbeit. Immer will sie, dass man Bitte und Danke sagt. Die anderen Bänke und Stühle sind viel einfacher.«

Hattie lächelte. »Ich denke, ich kann sie überzeugen.«

»Sei nicht albern.« Tito blieb stehen und starrte sie an, als sähe er sie zum ersten Mal. »Kenne ich dich von irgendwoher? Du kommst mir so bekannt vor.«

»Nein, ich glaube nicht.« Hattie konnte ihm nicht in die Augen schauen.

»Vielleicht verwechsle ich dich mit einem anderen Kind aus der Cateringschule.« Tito runzelte die Stirn. »Du könntest eine der anderen Bänke hineintragen. Überlass diese hier irgendwem.«

»Ich rede gern mit ihr.«

»Wie du meinst.« Das Schuppentier verdrehte die Augen und eilte den Korridor entlang; sein Schwanz knallte im Vorbeigehen gegen das Bein der Bank.

»Hast du das gesehen?«, grummelte die Bank. »Das hat er absichtlich gemacht.«

»Warst du ihm gegenüber so schwierig, wie er sagt?«, fragte Hattie.

»Er ist immer sehr unhöflich zu mir. Er versucht immer, mich zu bewegen, ohne mich zu fragen. Das passiert mir ständig. Ich gewöhne mich gerade irgendwo ein und schon werde ich weggetragen. Kein einziges ›Würde es dir etwas ausmachen, ein bisschen näher an der Wand zu stehen?‹ oder ›Hast du vielleicht Zeit, dich in den Garten zu stellen?‹ Als hätte ich keine Gefühle.« Die Bank machte eine Pause. »Aber was tust du eigentlich wieder hier, Hattie Brown? Du bist doch geflohen. Warum kommst du dann zurück?«

Noch vor wenigen Stunden hätte Hattie nicht gewusst, was sie darauf antworten sollte. Sie hätte vermutlich eine direkte Antwort vermieden, indem sie Bank erzählte, sie sei wieder durch den Kühlschrank gezogen worden. Aber jetzt wusste sie, was sie sagen wollte: »Wir sind gekommen, um Victor zu retten«, erklärte sie. Auch wenn es sich nur wie die halbe Antwort anhörte, als sie es aussprach.

»Es wird aber auch Zeit, dass jemand etwas tut«, sagte die Bank. »Doch Lord Mortimers Palast scheint mir ein törichter Ort dafür zu sein.«

»Wir brauchen die Karte zu den unterirdischen Kanälen, und der Wissenswurm hat uns gesagt, sie sei hier. Aber nun kommt mir das dumm vor. Wir sind hergekommen und wissen nicht, was wir jetzt tun sollen.«

»Aber ich.« Die Bank klang beinahe, als würde sie schnurren. »Ich kann euch zeigen, wo die Karte ist. Und wenn ihr sie holt, zeige ich euch auch gleich noch etwas anderes.«

Kapitel 21

Lord Mortimer und Sir Willow-Wood waren am anderen Ende des großen Saals ins Gespräch vertieft, als Hattie und Arthur die Bank hereintrugen. Sie sprachen weiter und schienen die Neuankömmlinge nicht zu bemerken.

»Manche Leute sagen, Elefantenfleisch sollte man am besten mit Wacholderbeeren marinieren und dann in ganz dünne Scheiben schneiden, aber ich habe beschlossen, Victor grillen zu lassen.« Lord Mortimers Zunge tanzte über die scharfen Spitzen seiner gelben Zähne. »Ich fand es immer eine Schande, dass meine Mutter das Essen von Elefantenfleisch verboten hat, doch jetzt bin ich froh. Wenn man auf etwas warten muss, wird es nur umso schöner.«

Warum widerspricht ihm Sir Willow-Wood denn nicht?, dachte Hattie und umklammerte die Bank noch fester. Das war der Moment, um einzugreifen, während Lord Mortimer so gute Laune hatte.

»Von dir aus nach rechts«, hörte sie die Bank flüstern, die sich in ihren Händen anspannte. »Bleibt dicht an der Wand und bitte kneif mich nicht so sehr.«

»Entschuldigung«, flüsterte sie zurück, und sie und Arthur wankten zur Wand und wären beinahe gegen eine der Holzsäulen gestoßen, die das Dach stützten wie aus dem

Steinboden wachsende dicke Baumstämme. Als sie einen Schlenker machten, um der Säule auszuweichen, konnte Hattie beinahe die missbilligenden Blicke der Geckos, Paviane und anderen Affen spüren, die über ihnen in die hölzernen Deckenbalken geschnitzt waren.

»Wenn du gehst, berichte mir, wann der Regen angefangen hat«, sagte Lord Mortimer. »Das macht das Festbankett noch feierlicher.« Sein grausames Lachen fühlte sich an wie Messerstiche.

»Jetzt bringt mich zum Kamin«, flüsterte die Bank. »Ich drehe mich dann in euren Händen, als Zeichen, dass ihr anhalten sollt.«

Hattie und Arthur manövrierten die Bank zwischen den Holzsäulen hindurch zu einem bleichen Marmorkamin. Er war mit einer Parade von Elefanten dekoriert, die einander mit den Rüsseln an den Schwänzen festhielten und um die sich Efeu rankte. Als sie näher kamen, spürte Hattie, wie sich die Bank zwischen ihren Fingern bog. *Hier*, dachte sie. *Das muss bedeuten, dass wir hier anhalten sollen.* Als sie die Bank vorsichtig abstellten, bemerkte Hattie, dass sie neben einem Eichentisch standen. Darauf stapelten sich Bücher, Papiere und mit Bändern verschnürte Schriftrollen. Glaubte die Bank, hier würden sie die Karte finden?

Arthur starrte ebenfalls auf den Tisch, sein Blick schoss über die Papiere. Plötzlich riss er die Augen auf. Er nickte Hattie zu und schaute auf etwas in der Tischmitte. *Er glaubt, das ist sie,* dachte Hattie. Aber wie sollten sie sie unbemerkt mitnehmen?

»Nicht trödeln!« Tito eilte herbei. »Da warten noch mehr Sitzmöbel auf euch.«

»Aber wir haben es geschafft, die Bank hierherzutragen,

ohne dass sie sich beschwert hat. Wir müssen sichergehen, dass sie sich gut zurechtfindet, andernfalls macht sie womöglich Probleme.« Hattie hörte ein unterdrücktes Knurren von der Bank.

»Ja, ja. Du kannst also gut mit Bänken umgehen, ich hab's verstanden. Und jetzt lauf los und geh gut mit Stühlen um.«

»Wir müssen ihr zuerst danken, dass sie so gut mitgearbeitet hat. Sonst wird sie überaus bockig, wenn sie das nächste Mal umziehen soll«, sagte Arthur.

Tito schnalzte missbilligend mit der Zunge. »Manche Möbelstücke sind so empfindlich. Aber macht schnell. Wir haben immer noch jede Menge zu tun.«

»Gut gemacht«, flüsterte Hattie Arthur zu, als Tito sie allein ließ.

»Eigentlich nicht«, widersprach die Bank. »Bei ihm klang es, als wäre ich schwierig, dabei verlange ich nur ein kleines bisschen Respekt.«

»Victor zuliebe kannst du das aushalten.« Sie hatte vergessen zu flüstern und sprach fast mit ihrer normalen Stimme. Als sie Victors Namen sagte, schien es plötzlich still im Saal zu werden. Hatten sie es gehört? War sie gerade sehr dumm gewesen? Ihr Herz pochte in ihrer Brust. Sogar das Licht im Saal schien dunkler zu werden, als sie seinen Namen sagte. *Es ist seltsam, wie einem die Angst Streiche spielen kann*, dachte sie.

Sie versuchte, zu Lord Mortimer hinüberzuspähen und zu erkennen, ob er darauf reagierte, was sie gesagt hatte. Aber seine Aufmerksamkeit wurde von etwas anderem vor dem Fenster gefangen genommen. Und während er hinsah, wurde es noch dunkler. Etwas verdeckte die Sonne.

»Wolken.« Lord Mortimers skelettartiger Finger zeigte

auf eines der runden Fenster und Hattie folgte seinem Blick. Sie hatte so ein Gefühl, dass die Wolken etwas mit ihr und Arthur zu tun hatten.

Lord Mortimer ging zu einem anderen Fenster, als könnte mit dem ersten etwas nicht stimmen. »Da draußen sind Wolken«, sagte er erstaunt.

»Aber das kann nicht sein«, erwiderte Sir Willow-Wood.

»Ich sehe es mit meinen eigenen Augen, oder nicht?«

»Ja, Lord Mortimer. Aber …«

»Also erzähl mir nicht, das seien keine Wolken.«

»Doch, Sir, es sind welche. Aber alle Wolken haben die Stadt verlassen, als dieses Mädchen gegangen ist.« Sir Willow-Wood spuckte die Worte förmlich aus.

Hatties Hand bewegte sich von selbst. Dies war der richtige Moment, um zu handeln, während sie beide davon abgelenkt waren, was da draußen vor sich ging. Sie ergriff die Gelegenheit und schnappte sich die Karte.

»Danke, Bank.« Sie beugte sich hinunter und umarmte sie.

»Danke«, flüsterte Arthur und tat es ihr nach.

»Eine Sache noch, bevor ihr geht«, sagte die Bank. Sie wackelte und etwas löste sich von einem ihrer Beine und blieb vor Arthurs Füßen liegen.

»Das ist meins. Woher hast du das?« Arthur bückte sich und hob das Ding auf, und Hattie erkannte das Metalldreieck, von dem Lady Serena behauptet hatte, es beweise, dass Arthur Nimbus war – das Ding, das Lord Mortimer in hohem Bogen weggeworfen hatte, als er versucht hatte, es in das Siegel einzufügen, und es nicht gepasst hatte.

»Es kam zu mir geflogen, als Lord Mortimer es weggeworfen hat. Und ich wollte nicht, dass es jemand anders bekommt.«

»Danke.« Arthur schloss die Hand schützend um das Dreieck, und zum ersten Mal, seit sie im Palast angekommen waren, schlich sich ein Lächeln auf sein Gesicht.

»Danke, Bank«, flüsterte Hattie. »Und ich verspreche, wenn ich dich das nächste Mal sehe, werde ich nicht unhöflich sein.«

»Oh, da habe ich meine Zweifel«, seufzte die Bank. »Und jetzt macht, dass ihr rauskommt.«

Kapitel 22

Hattie und Arthur schlichen zu der Tür hinaus, die vom großen Saal zur Küche führte. Ihre ersten Schritte waren vorsichtig, aber sobald sie im Korridor waren, liefen sie schneller.

»Was glaubst du, was mit den Wolken los war?«, wollte Hattie wissen, die sich fragte, ob Arthur auch eine Verbindung darin sah, dass sie gleichzeitig mit Hattie und Arthur in die Stadt zurückgekommen waren. Sie quetschte sich an einem Rollwagen vorbei, auf dem sich die Reste einer Mahlzeit stapelten. Kuchen, Teegebäck und große Stücke Brot waren hoch aufeinandergestapelt.

»Ich habe keine Ahnung, aber sie haben uns einen Gefallen getan«, sagte Arthur, während er das Metalldreieck in seiner Tasche verstaute. »Ich bewahre das hier am besten sicher auf. Ich will es nicht noch mal verlieren.«

Sie waren gerade an der Tür angekommen, als Hattie stehen blieb. »Nur einen Moment.« Sie ging zurück zu dem Rollwagen und zog eine Plastiktüte aus der Tasche. Darin schichtete sie Teegebäck und Brot, nahm die Stücke, die am dicksten mit Butter bestrichen waren, und fügte noch ein paar Extraportionen Butter hinzu, nur zur Sicherheit. »Man weiß nie, wann wir das nächste Mal was zu essen bekommen«, erklärte sie Arthur und stopfte noch eine Serviette in die Tüte. Sie gab Arthur ein süßes Brötchen, bevor sie die prall gefüllte Tüte fest zuknotete und in eine ihrer Taschen stopfte. »Und jetzt suchen wir uns einen sicheren Platz, wo wir die Karte lesen können.«

Sie schlichen durch die Tür hinaus, durch die sie den Palast betreten hatten, und standen auf einem kleinen, gepflasterten Hof. An der Schmucklosigkeit der Mauern, die ihn einrahmten, konnte man erkennen, dass dieser Ort sicher nicht zum Angeben gedacht war. In der Nähe trafen sich drei Gassen und alle führten in eine andere Richtung. Am Ende der einen sah Hattie den prächtigen Platz vor dem Palast. Die Hängekörbe, die früher mit Geranien, Begonien und Fuchsia beladen gewesen waren, und die Büsche an den Rändern der Treppe zum Palasteingang waren ausgedörrt und verschrumpelt. Auf dem Platz selbst drängelten sich die Einwohner von Irgendwo-Nirgendwo. In Lumpen gekleidete Kinder saßen auf den Schultern ihrer Eltern. Igel kletterten über Kaninchen. Eichhörnchen standen auf Schuppentieren. Doch trotz des Durcheinanders aus Pfoten und Ohren starrten sie alle in dieselbe Richtung – nach oben. Sämtliche Gesichter in dem Gedränge waren einer kleinen Wolkenbank zugewandt. »Lasst es regnen!«, hörte Hattie jemanden rufen. Und dann sah sie einen dünnen Mann, der nur aus Knochen und Knorpeln zu bestehen schien, seinen Schuh zum Himmel werfen. Sie dachte an die Kinder, die sie und Arthur gerettet hatten, als sie das letzte Mal in Irgendwo-Nirgendwo gewesen waren. Man hatte sie aus der Menschenwelt entführt, weil sie gemeinsam die Wolken dazu bringen konnten, Regen zu produzieren. *Das ist natürlich bei den Kindern von Irgendwo-Nirgendwo nicht so*, dachte sie. *Andernfalls würden ihre Eltern sie nach oben unter die Wolken halten.* Niemand würde Schuhe werfen, um Wasser zu bekommen.

»Dort können wir nicht langgehen.« Arthur zog an ihrem Ärmel. »Lass uns stattdessen diesen Weg nehmen.« Er zeigte eine der Gassen entlang, die in die andere Richtung führte.

»Okay.« Hattie hatte gerade begonnen, Arthur zu folgen, als eine Klauenhand ihren Ellbogen packte.

»Ich habe gesehen, wie du sie gestohlen hast.« Tito drehte Hattie zu sich um.

Hatties Faust umklammerte die Karte fester.

»Die gehört Lord Mortimer.«

»Bitte sag es ihm nicht«, sagte Hattie, weil sie genau wusste, dass es nichts nützte, zu leugnen, was sie getan hatte.

»Warum sollte ich das nicht tun? Ihr seid zwei kleine Diebe.«

»Sie wollte das nicht.« Arthur stellte sich hinter sie. »Sie braucht die Karte, um Victor zu helfen.«

»Du bist auch nicht besser«, sagte Tito. »Dich habe ich auch etwas stehlen sehen.«

»Das war meins.«

»Was sollte Lord Mortimer haben, das dir gehört?« Das Schuppentier kniff die Lippen zusammen und schüttelte energisch den Kopf. »Er merkt bestimmt, dass seine Sachen weg sind, und dann denkt er, dass ich es war. Er wird mir die Schuld dafür geben.«

»Aber du warst es nicht.«

»Das hat ihn noch nie abgehalten.«

Leider, dachte Hattie. Tito hatte recht, das würde ihn nicht abhalten.

»Bitte sag nichts.« Sie warf einen Blick nach oben, während sie sprach. Eine Wolke hatte sich von den anderen über dem Platz abgesondert. »Bitte sag es Lord Mortimer nicht.« Flehend schaute sie in die kleinen Augen des Schuppentiers. Als sie darin einen leisen Zweifel aufflackern sah, fügte sie hinzu: »Willst du Victor nicht helfen?«

»Doch, natürlich.«

»Wir wollen ihn retten. Und das können wir nicht, wenn du es Lord Mortimer verrätst.«

»Sei nicht albern. Niemand kann ihn retten. Das Einzige, was wir tun können, ist, uns selbst zu retten.« Das Schuppentier spießte mit der Kralle den Rand der Karte auf und riss sie ihr aus der Hand. »Zurück zu Lord Mortimer«, sagte er.

»Wenn du sie uns wegnimmst, können wir Victor nicht retten.«

Der krumme Rücken des Schuppentiers zuckte und es kniff fest die Augen zu. »Sag das nicht immer. Es ist unmöglich. Rettet euch selbst.«

»Ich will mich nicht selbst retten. Ich will Irgendwo-Nirgendwo retten«, erklärte ihm Hattie. Und als sie es aussprach, wurde ihr klar, dass das der fehlende Teil gewesen war, als sie der Bank auf die Frage geantwortet hatte, warum sie zurückgekommen war. Sie war hier, um Irgendwo-Nirgendwo zu retten. Sie war sich noch nie in ihrem Leben bei einer Sache sicherer gewesen.

Ein Schatten zog über sie hinweg. Dann fielen vereinzelte Tropfen vom Himmel und spritzten Tito ins Gesicht. Hattie zog eine Grimasse. Sie hatte recht gehabt, die Wolken hatten sich für sie und Arthur versammelt – und diese eine hatte sie gefunden. Sie versuchte, die Regentropfen durch Gedankenkraft zum Aufhören zu bewegen, aber es kamen immer mehr.

Weiter und weiter, bis sie in ihrem ganz eigenen Platzregen standen.

Dem Schuppentier blieb die Schnauze offen stehen und das Wasser bildete eine Pfütze in seinem Nacken. Sein verblüffter Blick wanderte zu der Wolke über ihnen hinauf. Dann starrte er Hattie mit Augen wie Untertassen an.

»Ich weiß, wer du bist«, sagte er. »Du bist Hattie Brown.« Er wandte sich an Arthur. Und du bist der Junge, den Lady Serena als Nimbus ausgegeben hat.«

Kapitel 23

Tito blinzelte, als könne er nicht glauben, was er da sah. »Du bist es, oder? Ich habe dich schon mal gesehen.« Er zeigte auf Arthur. »Und du warst im großen Saal, als ...« Er schüttelte den Kopf, dann fing er noch mal an: »Als Lord Mortimer ...« Seine Stimme erstarb erneut.

»Als dich Lord Mortimer bestrafen ließ, weil du gelacht hast«, sagte Arthur leise. Er strich sich die nassen Locken aus der Stirn und sah besorgt zu der Wolke auf. »Natürlich, jetzt weiß ich, warum du mir bekannt vorkamst. Es war beim letzten Mal, als ich in Irgendwo-Nirgendwo war. Ich habe gesehen, was Lord Mortimer getan hat. Das war nicht gerecht von ihm. Du hattest nichts falsch gemacht.«

Das Schuppentier zitterte, aber Hattie wusste nicht, ob wegen der Erinnerung an die Bestrafung oder weil es Angst davor hatte, was jetzt mit ihm passieren würde.

»Wenn Lord Mortimer euch hier mit mir sieht, wird er mich wieder bestrafen.« Tito bebte.

»Er wird dich nicht mit uns sehen«, sagte Arthur.

Tito hob langsam und zitternd die Klaue zu der Wolke. »Was, wenn er das da sieht?«, fragte er. »Irgendjemand sagt es ihm bestimmt.«

»Sie sind alle zu beschäftigt damit, die anderen Wolken zu beobachten«, versuchte Hattie ihn zu beruhigen, aber sie wusste, dass er recht hatte. Sie wollte schnell weg von hier. Es war nur noch eine Frage der Zeit, bis jemand entdeckte, dass hinter dem Palast etwas Seltsames vor sich ging, und nachschauen kam. Wenn man sie dann unter einer regnenden Wolke fand, würden die Wächter des Reiches Hattie und Arthur sofort ins Gefängnis werfen. Und Tito wahrscheinlich auch, nur weil er in ihrer Nähe war. »Weg mit dir!«, rief sie zu der Wolke hinauf und wedelte mit den Händen. »Geh zurück zu den anderen!«

Die Wolke rührte sich nicht, aber möglicherweise fielen weniger Tropfen. Oder vielleicht bildete sie sich das auch nur ein.

»Ich sollte es Lord Mortimer sagen.« Titos Stimme hatte einen seltsamen Unterton, als wollte er sich selbst von etwas überzeugen. Er drückte die Karte fest an seine Brust. »Ich sollte. Ich sollte.« Wenn er noch mehr zitterte, würden seine Schuppen womöglich anfangen zu rasseln.

»Aber du willst nicht«, sagte Arthur. Seine Stimme klang fest, und Hattie wunderte sich, dass er sich so sicher sein konnte. »Du hast gehört, was Hattie gesagt hat«, fuhr Arthur fort. »Sie möchte Irgendwo-Nirgendwo retten. Sie möchte Victor retten. Und das willst du auch. Das wollen alle hier. Nur habt ihr alle zu viel Angst vor Lord Mortimer, um es zu tun. Aber Hattie nicht. Sie hat sich schon mal gegen Lord Mortimer gewehrt und sie wird es wieder tun. Dafür braucht sie allerdings deine Hilfe. Sie kann es nicht allein schaffen.«

Titos Schwanz begann zu schlenkern. »Lord Mortimer wird mir wehtun.« Seine Stimme war dünn und ängstlich.

»Lord Mortimer wird *allen* wehtun, wenn wir ihn lassen«, erwiderte Arthur. »Hattie ist eure einzige Hoffnung.«

Hattie spürte, wie ihre Brust eng wurde. Sagte jemand tatsächlich so etwas über sie? Sogar nach dem Chaos, das sie angerichtet hatte, als sie die Wolken freiließ. Glaubte Arthur wirklich, sie könnte etwas Besonderes schaffen?

Das Schuppentier machte die Augen auf. Sie waren rosa vor Furcht und sein Blick schoss ängstlich zwischen Hattie, Arthur, der Wolke und dem Palast hin und her.

»Gib uns die Karte zu den unterirdischen Kanälen zurück«, fuhr Arthur fort. »Und dann musst du uns den nächsten Weg dorthin zeigen. Danach kannst du wieder an deine Arbeit gehen, als wäre nichts passiert. Wir bitten dich nur darum, niemandem von uns zu erzählen. Und falls wir geschnappt werden, versprechen wir, Lord Mortimer nicht zu erzählen, dass du uns geholfen hast. Wir werden dich niemals verraten.«

Während er sprach, war von dem Platz vor dem Palast Lärm zu hören. Hattie schaute die Gasse entlang, um zu sehen, was da vor sich ging. Die Menge blickte immer noch nach oben, aber sie beobachteten nicht mehr die Wolken. Sie sahen etwas anderes weiter weg von den Wolken. Es war ein prachtvoller Anblick. Alle Köpfe drehten sich zu einer großen Menge winziger Drachen am Himmel. Ihre Schuppen funkelten blau, bernsteinfarben und korallenrot. Als flöge eine Glitzerkugel durch die Luft. Und hinter den Drachen schwebte eines der Netze voller Wolken des Zeitwurms.

»Sie haben angefangen«, sagte Arthur und drehte sich dann wieder zu dem Schuppentier um. »Das ist unsere Chance. Das ist unsere Chance, Victor und Irgendwo-Nirgendwo zu helfen. Du musst uns nur den Eingang zeigen.

Tust du das für Victor? Tust du das für Irgendwo-Nirgendwo?«

Das Schuppentier streckte den Rücken und zog die Karte von der Spitze seiner Kralle.

»Nur wenige Leute wissen, dass es einen Weg vom Palast direkt ins unterirdische System gibt«, sagte er. »Es geht durch diese Tür und dann die Treppe hinunter. Links abbiegen. Und vergesst nicht, ein Coracle mitzunehmen.«

Kapitel 24

Diese Tür? Was meinte Tito mit »diese Tür«? Hattie sah keine Tür in der Mauer, auf die Tito gezeigt hatte. Sie drehte sich um, um ihn zu fragen, aber er hatte die Gelegenheit ergriffen, um in den Palast zu flitzen, während sie und Arthur abgelenkt waren.

»Siehst du eine Tür?«, fragte Hattie.

Arthur verzog das Gesicht. »Das wollte ich dich auch gerade fragen. Ich dachte, es muss an mir liegen, dass ich sie nicht sehe.«

»Nein, für mich sieht es wie eine ganz normale Mauer aus.« Hattie spürte einen panischen Stich. Was, wenn Tito sie ausgetrickst hatte? Was, wenn er sie auf die Suche nach einer Tür geschickt hatte, die nicht existierte, während er Lord Mortimer erzählte, dass sie hier waren? Er hätte allen Grund dazu. Lord Mortimer würde das Schuppentier, das ihm die zwei Kinder aus der Menschenwelt brachte, wahrscheinlich großzügig belohnen.

Während die Regentropfen von ihrer Nase tröpfelten, versuchte sie, den Gedanken zu verdrängen. Sie musste glauben, dass er sie nicht verraten würde. Sie hatte keine andere Möglichkeit. »Wenn wir sie nicht sehen können, müssen wir sie fühlen«, sagte sie zu Arthur. Und sie streckte die Arme nach vorn, ging zur Mauer und drückte dagegen. Die Steine rieben an ihren Handflächen wie Schmirgelpapier. Nichts. Sie fühlten sich an wie ganz normale Wände, uneben und ein bisschen moosig und nass, aber einfach nur Steine.

»Was gefunden?«, fragte sie Arthur, der den Bereich neben ihr betastete.

»Nichts«, antwortete er. »Es ist einfach eine Mauer.«

Sie nickte. Ja, nur eine Mauer. Nichts Besonderes. Sie ging weiter, tastete nach oben, dann nach unten, fuhr mit den Fingern durch alle Ritzen. Immer noch war da nichts Ungewöhnliches.

Wir sind erledigt, dachte sie, und die Überzeugung, dass sie hereingelegt worden waren, klammerte sich an ihrem Herzen fest. Jetzt würde jeden Moment ein Wächter aus dem Palast kommen und sie auslachen, weil sie die Mauer betatschten. Oder wenn kein Wächter, dann würde jemand aus der Menge auf dem Platz von den Drachen wegschauen und eine regnende Wolke sehen. Es würde nur einen Schrei brauchen, dann würden durstige Kaninchen, Eichhörnchen und Schuppentiere auf Hattie und Artur zustürmen, mit weit geöffneten Mäulern, weil sie verzweifelt versuchten, jeden einzelnen Tropfen Regen aufzufangen. Ganz zu schweigen von den menschlichen Einwohnern. Die würden ihren Nachbarn für eine Chance auf etwas zu trinken die Ellbogen in die Rippen stoßen und ihnen fröhlich auf die Zehen treten. Vielleicht sollten sie und Arthur sofort davonlaufen.

Doch genau als sie das dachte, wusste sie, sie würde es nicht tun. Wo sollten sie auch hin? Wenn sie nicht durch die unterirdischen Kanäle gingen, wie sollten sie dann zu Victor gelangen? Wenn sie versuchten, überirdisch hinzukommen, würde sie sicher jemand bemerken. Und jetzt, wo sie Sir Willow-Wood mit Lord Mortimer gesehen hatte, wusste Hattie, dass sie sich nicht auf die Drachen verlassen konnte. Sie und Arthur waren vielleicht Victors einzige Chance. Und diese unsichtbare Tür war ihre einzige Chance, zu ihm zu kommen.

Sie drückte fester gegen die Wand, spürte aber nichts als kalten Stein. Dann fiel ihr wieder ein, was sie im Überall-Büro getan hatte, als sie in dem seltsamen Raum, wo das Buch ihre Finger verbrüht hatte, die Tür nicht finden konnte. Da hatte sie aufgehört, ihre Augen anzustrengen. Sie hatte sie faul werden lassen, als würde sie gleich einschlafen. Und es hatte gewirkt. Vielleicht sollte sie das jetzt auch tun.

Sie machte ein paar Schritte rückwärts und entspannte ihre Augen, erlaubte es ihrem Blick, träumerisch auf die Steinziegel zu fallen, fast als versuchte sie, in sich selbst hineinzuschauen. Und als die Steine unscharf wurden, wurde etwas klarer, was aussah wie eine gebogene Abgrenzung, ein kleines Stück rechts von da, wo sie stand. »Ich glaube, es ist dort«, sagte sie.

Arthur machte einen Schritt in die Richtung, in die sie zeigte, genau in dem Moment, als ein Schatten in der Form eines Kakadus über sie hinwegflog, und sie glaubte, eine Stimme sagen zu hören: »Lord Mortimer. Los.«

»Was war das?« Sie blickte auf. Was auch immer es gewesen war, es war weg, aber sie konnten das Risiko nicht eingehen, dass es vielleicht einer von Lord Mortimers Spionen gewesen war. Sie mussten weg – und zwar sofort. »Drück!«, rief sie Arthur zu.

Er hob beide Hände und lehnte sich gegen die Wand. »Etwas bewegt sich«, rief er Hattie aufgeregt zu. »Es fühlt sich an, als würde mich etwas hineinziehen.«

Hattie flitzte hinter ihn, und als Arthur in der Wand verschwand, bewegte sie sich auch, als wären sie derselbe Körper. In dem Moment, als Arthur durch war, hörte sie ihn sagen: »Oh«, und die Mauer fühlte sich an, als würde sie sich wieder schließen. Sie duckte sich, wie eine Läuferin zur Ziellinie hechtet. Ihr Fuß kam auf der anderen Seite der Mauer auf dem Boden auf. Sie warf sich nach vorn. Ihr zweiter Fuß kam ebenfalls an, also war sie vollends durch. Aber es war nichts Festes darunter. Ihr Fuß trat ins Leere. Dann ging es abwärts. Sie fiel furchtbar lange, dachte sie, kurz bevor sie auf etwas Weichem und Zappeligem landete.

»Autsch!«, sagte das weiche und zappelige Ding mit Arthurs Stimme.

»Es tut mir leid. Ich bin gefallen.«

»Ich auch.«

»Bist du verletzt?«

»Ich denke nicht. Und du?«

»Nur blaue Flecke, glaube ich.« Hattie beugte ihre Beine. Sie wirkten ziemlich normal.

»Deinetwegen bin ich sanft gelandet.«

»Freut mich, dass ich helfen konnte«, sagte Arthur, klang aber nicht sehr erfreut. Er schwieg kurz. »Es ist dunkel hier unten.«

»Ja.« Hatties Augen würden sich wahrscheinlich bald an die Dunkelheit gewöhnen. Doch auch als sie es taten, war es immer noch zu dunkel, um richtig zu sehen. »Ich glaube, ich habe irgendwo eine Taschenlampe«, sagte sie und hoffte, dass sie recht hatte. Es war nicht leicht, den Überblick über alles zu behalten, was sie in den Taschen hatte.

»Ehrlich? Du hast immer eine Taschenlampe dabei?«

»Meistens. Es nervt Mum total.« Sie spürte einen Stich.

Wie kam sie wohl zurecht, seit Hattie wieder in Irgendwo-Nirgendwo war?

Sie versuchte, das Bild des besorgten Gesichts ihrer Mutter aus ihren Gedanken zu verscheuchen. Warum hatte sie nur an sie gedacht? Sie musste sich auf Victor konzentrieren. Sie angelte in ihrer rechten Hosentasche. Heraus kamen eine Tüte voller Gebäck und Brot, ein Notizbuch und ein Stück Schnur. Heraus kam eine Kette von Sicherheitsnadeln, die zu einer Schlaufe verbunden war. Heraus kam ein Stethoskop. Und ein Druckbleistift. Allein das alles herauszuholen hätte sie ablenken müssen, aber es war, als würde ihre Mutter neben ihr stehen und jede ihrer Bewegungen beobachten.

Und es wurde noch schlimmer. Mit jedem Gegenstand, den Hattie herauszog, war es, als könnte sie ihre Mutter seufzen hören, genau wie sie es zu Hause tat, wenn sie sah, was Hattie bei sich trug. »Aber man weiß ja nie«, hörte sie sich ihrer imaginären Mutter zumurmeln. »Man weiß nie, wann etwas nützlich sein könnte.«

»Was?«, fragte Arthur.

»Ich habe nur gerade daran gedacht, was meine Mutter sagen würde, wenn sie sehen könnte, was ich tue. Kannst du die mal halten?« Sie streckte ihm die Hosentaschengegenstände hin.

»Du hast tiefe Taschen«, sagte er, als er sie ihr abnahm.

»Sie müssen groß genug für alles sein. Hier ist sie.« Hattie zog die Taschenlampe aus einer anderen Tasche und schaltete sie ein.

»Oh, die Treppe wäre an der Seite gewesen«, sagte Arthur, als der Lichtstrahl schmale Stufen beleuchtete. »Ich wünschte, wir hätten die Taschenlampe eingeschaltet, bevor wir durch die Tür kamen.«

»Was glaubst du, was das ist?« Hatties Taschenlampenstrahl bewegte sich zu einer Reihe von Dingen, die neben der Treppe an der Wand hingen. Sie sahen aus wie riesige Schildkrötenpanzer.

»Keine Ahnung, aber da drüben sind noch mehr – und da drüben. Sie sind überall«, sagte Arthur, als Hattie den Lichtstrahl schwenkte. Sie glättete die Karte auf ihrem Schenkel und leuchtete sie an. Der Lichtstrahl beleuchtete ein Gewirr aus komplizierten Linien, die sich über- und umeinanderwickelten. Sie sahen fast aus wie ein Knoten. Ja, das war es. Sie lächelte in der Dunkelheit. Der Umriss erinnerte sie an einen doppelten Schotstek. Und dort am westlichen Ende des Pergaments, wo sich der obere Teil des Knotens unter dem unteren Teil durchwebte, war etwas, das wie drei Feuerkessel aussah.

»Kannst du sie lesen?«, fragte sie und gab Arthur die Karte mitsamt der Taschenlampe.

Er hielt sie sich dicht vors Gesicht und kniff seine weit auseinanderstehenden Augen zusammen. »Das müssen die Drei Vulkane sein.« Er zeigte auf die feurigen Kessel.

»Ja, aber wo sind wir, und wie kommen wir dorthin?«

Arthur zuckte mit den Schultern. »Tito hat gesagt, links abbiegen.«

»Aber vielleicht meinte er nur, dass wir direkt hinter der Tür links hätten gehen sollen, damit wir die Treppe finden.«

»Vielleicht. Doch es ist der einzige Hinweis, den wir haben. Gehen wir.« Arthur marschierte mit langen Schritten los und Hattie folgte ihm.

Der Boden war flach, aber uneben unter ihren Füßen, deshalb mussten sie vorsichtig auftreten. Sie trotteten weiter und weiter und weiter und dann trotteten sie noch ein Stück.

Sie trotteten in die Dunkelheit, und nur ab und zu drang von draußen ein Lichtstrahl herein, wo anscheinend jemand kleine Löcher in den Boden über ihnen gebohrt hatte. Sie hatten das Gefühl, stundenlang gegangen zu sein, und die stickige Tunnelluft legte sich bei jedem Atemzug schwer auf Hatties Kehle. *Wenn die Taschenlampe nur mehr Licht geben würde*, dachte Hattie, während sie weiter und immer weiter gingen. Vielleicht könnte sie dann nach Hinweisen Ausschau halten, die ihr sagten, wo in der Karte sie waren. Und vielleicht würde dann auch der nagende Zweifel verschwinden, dass sie sich all die Mühe machten und dabei doch in die falsche Richtung gingen. Sie fragte sich, ob Arthur dasselbe dachte.

»Was glaubst du, wie lange wir …« Aber sie beendete den Satz nicht, denn irgendwo, weit entfernt, donnerte es.

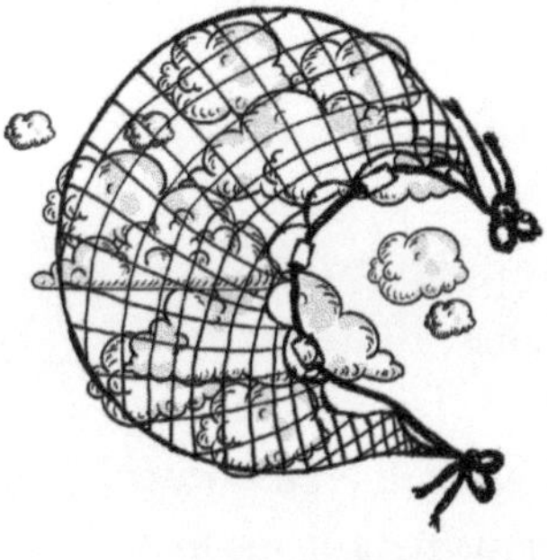

Kapitel 25

»Was ist das?«, fragte Arthur und spähte in die Dunkelheit.

Hattie starrte in dieselbe Richtung, hinter den einzelnen Lichtstrahl der Taschenlampe, die Arthur in die Schwärze richtete. Das leise Grollen wurde lauter. Während sie starrten, hatte sich das Geräusch verändert: Das Grollen war zu einem Knurren angewachsen und jetzt klang das Knurren langsam eher wie ein Brüllen. Und dieses Brüllen wurde mit jeder Sekunde lauter, wütender und wütender, wie eine Mauer aus …

»Wasser«, sagte Hattie genau in dem Moment, als sie beide von den Füßen gerissen wurden.

Sie landete kurz auf dem Rücken, dann spülte das Wasser über ihre Brust, und sie spürte, wie sich ihre Kette um ihren Hals wickelte, als wollte sie sie erdrosseln. Für ein paar Sekunden war ihr ganzes Gesicht unter Wasser. Es rauschte in ihren Mund. Sie spuckte es aus und versuchte aufzustehen, aber ihre Stiefel fanden keinen Halt auf dem Tunnelboden. Und während sie durch das Wasser schoss, blitzte das Gesicht ihrer Mutter vor ihr auf. *Es tut mir leid, dass du vielleicht nie erfahren wirst, was mit mir passiert ist*, dachte sie mit einem dumpfen Schuldgefühl.

Ihr Kopf tauchte aus dem Wasser auf und Hattie schnappte

nach Luft. Doch das Wasser drehte sie immer weiter. Im einen Moment war sie oben, im nächsten unten. Einen Moment auf dem Bauch, im nächsten auf dem Rücken. Sie erinnerte sich, dass sie einmal eine Sendung gesehen hatte, in der Kanufahrern gesagt wurden, dass sie, wenn sie ins Wasser fielen, darauf achten sollten, mit den Füßen voran mitgerissen zu werden, um ihren Kopf zu schützen. Das musste sie jetzt auch tun. Sie versuchte, sich von der Hüfte aus herumzuschlängeln. Versuchte, ihr Gewicht in dem Wasserstrom zu verlagern. Versuchte, sich mit den Schultern zu drehen. Versuchte und versuchte und versuchte. Versuchte es, bis sie es mit einem letzten Versuch schaffte, ihren Körper zu wenden, und endlich trieb sie auf dem Rücken und mit den Füßen voraus flussabwärts.

Sie holte noch einmal tief Luft. Jetzt, wo sie sich keine solchen Sorgen mehr machen musste, sich den Kopf anzuschlagen, konnte sie sich auf ihre Umgebung konzentrieren. Bildete sie sich das nur ein, oder wurde das Wasser ein bisschen langsamer? Ja, sie war sich sicher, das Sprudeln wurde schwächer. Sie musste nicht mehr so heftig kämpfen, sich gerade zu halten. Es fühlte sich nicht mehr an, als würde sie der Strudel jeden Moment hinunterziehen. Langsam fing sie an zu glauben, es könnte gut ausgehen.

Aber wo war Arthur? Wieder packte sie die Panik. Sie durfte ihn nicht verlieren. Er musste in Sicherheit sein. »Arthur!«, rief sie. »Arthur, geht es dir gut?«

Keine Antwort. Nur das Rauschen des Wassers und ihr eigenes Luftschnappen.

»Arthur!«

Immer noch nichts.

»Arthur!«

Es konnte nicht sein, dass sie ihn verloren hatte. Es durfte einfach nicht sein.

»Arthur!«

»Ich bin hier.« Endlich hörte sie ihn. Erleichterung durchflutete sie.

»Wo bist du?« Sobald sie das gesagt hatte, wurde ihr klar, was für eine dumme Frage das war. Er konnte nicht besser wissen als sie, wo er war – und sie wusste überhaupt nichts.

»Ich weiß nicht.«

»Geht es dir gut?«

»Ich glaube schon. Ich habe angehalten. Ich habe mich an der Wand verkeilt.«

»Weißt du, ob du vor mir oder hinter mir bist?«

»Nein. Aber warte.« Es folgte eine kurze Pause. »Kannst du das sehen?«

Sie drehte den Kopf und jenseits ihrer Stiefel sah sie ein schwaches Licht. Arthur hatte es anscheinend geschafft, die Taschenlampe über Wasser zu halten. »Ja«, sagte sie.

»Und kannst du dort hinkommen?«

Sie lächelte in der Dunkelheit. Das Wasser strömte jetzt noch langsamer. *Das müsste ich schaffen*, dachte sie und begann zu schwimmen.

»Ich sehe dich«, rief Arthur nach einer Weile. »Ich schnappe dich, wenn du vorbeikommst.« Und eine Hand umklammerte ihr Handgelenk und zog an ihrem Arm. »Halt dich daran fest«, sagte er und legte ihre Hand an einen Metallring, der fest genug war, dass er sie stoppte.

Die Taschenlampe schien ihr ins Gesicht und bewegte sich dann, sodass Hattie Arthurs grinsendes Gesicht sehen konnte.

»Es sieht aus, als hätte deine Idee mit den Wolken funktioniert«, sagte er.

»Ein bisschen besser, als ich es mir vorgestellt hatte.« Hattie grinste zurück. Vielleicht machte das zumindest ein wenig wieder gut, dass sie das Problem ursprünglich erst ausgelöst hatte. »Und gut gemacht, dass du die Taschenlampe über Wasser gehalten hast. Ich hatte schon Schwierigkeiten, selbst nicht unterzugehen.«

»Ich schwimme im Schulteam. Ich weiß, das sieht man mir nicht an, aber ich bin sogar ziemlich gut.«

»Ich nehme nicht an, du hast es auch geschafft, die Karte in Sicherheit zu bringen?«

Arthur drehte sich ein bisschen, um sicherzugehen, dass er nicht wieder wegschwamm, dann reichte er ihr das klatschnasse Pergament. »Tut mir leid«, sagte er.

»Das muss dir nicht leidtun.« Hattie versuchte, nicht so besorgt zu klingen, wie sie sich fühlte.

»Aber ich habe es nicht geschafft, sie trocken zu halten. Und das nach allem, was wir durchgemacht haben, um an die Karte heranzukommen.«

»Sie hat uns sowieso nichts genützt. Wir wussten nicht, wo wir waren. Wenigstens wissen wir jetzt, dass wir einfach dem Wasser folgen müssen – mehr oder weniger. Wenn wir herausfinden, woher es kommt, wissen wir, dass wir in der Nähe der Drei Vulkane und des Gefängnisses sind.«

»Ich finde es gut, wie du immer das Positive siehst, auch wenn wir so sehr in Schwierigkeiten stecken.«

»Ich bin einfach froh, dass ich noch lebe. Ich dachte, ich würde ertrinken – und ich hatte keine Ahnung, was mit dir war.« Sie verschwieg ihm, dass ihr immer noch ganz schlecht war, weil sie gedacht hatte, er wäre vielleicht ertrunken. »Wir müssen schwimmen.« Sie blies die Backen auf und überlegte, wie lange sie wohl durchhalten würde. Arthur war vielleicht im Schwimmteam seiner Schule, aber sie schaffte immer nur ein paar Längen auf einmal.

»Mit denen wird es schneller gehen.« Arthur leuchtete ein paar bucklige Gebilde an, die aussahen wie die, die sie am Tunneleingang bemerkt hatten. »Ich dachte mir, das könnten die Unterseiten von kleinen Booten sein. Wäre es möglich, dass Tito das mit *Coracle* gemeint hat?«

Als sich die Taschenlampe bewegte, beleuchtete sie den Eingang zu einem anderen, schmaleren Gang, der von ihrem abzweigte.

»Wenn das Boote sind, dann lass uns doch mal sehen, ob wir eines herunterbekommen«, sagte Arthur. Er gab Hattie die Taschenlampe, und sie leuchtete damit an die Wand, während er Halt unter den Füßen fand und sich nach oben reckte. Nach ein paar Versuchen schaffte er es, eines von seinem Haken zu heben. Es schaukelte auf dem Wasser und sah aus wie eine halbe Walnussschale. Mit einem leisen Platschen fiel ein Paddel daneben ins Wasser.

»Es ist nicht so leicht, damit die Balance zu halten«, warnte Arthur, während er Hattie in eines der Korbboote half und dann selbst in ein anderes stieg. »Los.«

Hattie hörte das Plätschern von Arthurs Paddel im Wasser. »Nein, warte«, sagte sie. Sie kniff die Augen fest zu und versuchte, sich an die Form eines doppelten Schotsteks zu erinnern. Was, wenn die Route, die Arthur gerade einschlagen wollte, nur einen großen Bogen machte, der sie weiter von den Drei Vulkanen wegführte? Sie sah zu dem kleineren Durchgang hinüber. Und was, wenn das hier das war, was sie an den oberen Teil des Knotens erinnert hatte? War es möglich, dass sie dieser Tunnel zu Victor führte?

»Vielleicht hier entlang«, sagte sie zögernd.

»Bist du sicher?«

»Nein, aber wenn wir im Hauptteil des Knotens sind, macht er vielleicht wieder kehrt. Dann wären wir so weit von Victor weg wie am Anfang.«

Arthur lachte. »Du kennst dich wirklich gut mit Knoten aus, was? Ich habe keine bessere Idee, also los.« Hattie hörte, wie er sein Paddel eintauchte und losfuhr. Ihr Korbboot wackelte, als sie ihm folgte. Es kippelte ein paarmal bedenklich, aber nach einer Weile spürte sie, wie sie einen Rhythmus entwickelte und mit jedem Paddelzug weiter in die Richtung vorankam, aus der das Wasser strömte. *Rausch.* Ihr Paddel schnitt durchs Wasser. *Rausch.* Es brachte sie näher an die Drei Vulkane. *Rausch.* Es brachte sie weg von Lord Mortimer und hin zu Victor.

»Als ich dachte, ich würde ertrinken …«, sagte sie nach einer Weile mit einer Stimme, die nicht so richtig wie ihre übliche Stimme klang. Sie hoffte, Arthur würde dieses seltsame Quieken nicht bemerken, und sprach schnell weiter: »Da habe ich an meine Mutter gedacht. Ich habe darüber nachgedacht, was es mit ihr machen würde, wenn ich hier in diesem Tunnel ertrinken und sie nie erfahren würde, was mit mir passiert ist. Ich musste daran denken, wie ungerecht ich immer zu ihr bin. Aber …« Hattie versuchte, ihre Stimme fröhlicher klingen zu lassen. »Aber das ist nicht passiert. Das war gut …« Sie versuchte, den Gedanken abzuschütteln, dass ihre Mutter nicht finden würde, dass es gut war, auch wenn sie überlebt hatte. Und dass es sie vielleicht schon in die Düsternis stürzen würde, nur zu erfahren, was passiert war. *Warum habe ich das überhaupt erwähnt?*, überlegte sie. Arthur musste nicht wissen, was in ihrem Kopf vor sich ging. Sie beschloss, das Thema zu wechseln. »Was ist mit dir? Woran hast du gedacht?«, fragte sie.

Arthur sagte nichts. Hattie hörte nur das rhythmische Geräusch ihrer Paddel, die durch das Wasser schnitten.

»Woran hast du gedacht?«, fragte sie noch einmal.

Die Paddel paddelten weiter. *Rausch, rausch*, zogen sie durch das Wasser und brachten sie näher zu Victor. »Ich dachte an meine Mum und meinen Dad. Ich dachte, dass sie es nie verstehen würden«, sagte Arthur, als sie schon glaubte, er würde nicht mehr antworten. *Rausch, rausch*, durchbrachen ihre Paddel wieder die Wasseroberfläche. *Rausch, rausch* in dem Schweigen. »Aber dann«, fuhr Arthur fort, »dachte ich auch an deine Mum. Und ich weiß nicht, warum, denn ich kenne deine Mum ja nicht einmal, abgesehen davon, was du mir erzählt hast und dass ich sie damals durchs Fenster gesehen habe. Jedenfalls dachte ich, meine Eltern würden nicht verstehen, warum wir das tun, aber deine Mum vielleicht schon, glaube ich.«

Rausch, machten ihre Paddel. *Rausch.*

»Ich weiß, es ist echt seltsam«, sagte Arthur. »Aber das war das stärkste Gefühl.«

Hattie sagte nichts. Sie wusste nicht, was sie sagen sollte, denn Arthur hatte recht: Es war seltsam, dass er so über ihre Mutter dachte. Und doch fand ein Teil von ihr das gar nicht außergewöhnlich. Und das war der Teil, über den sie nicht reden konnte – der Teil, der zu verstehen versuchte, warum nichts von alledem so seltsam wirkte, wie es eigentlich sein sollte.

Schweigend paddelten sie in Gleichklang weiter, immer weiter. Sie wusste nicht, wie lange sie schon paddelten. War es eine Stunde? Zwei? So, wie ihre Arme wehtaten, war es viel, viel länger. Zeit und Entfernung hatten irgendwie ihre Bedeutung verloren.

Irgendwann beruhigte sich das Wasser. Das machte das Steuern einfacher. Und auch wenn der Schmerz in ihren Armen immer noch da war, hatte sie das Gefühl, mit jedem Paddelzug schneller voranzukommen. Es war, als spürte das Wasser, dass sie es eilig hatten, und würde die Richtung ändern und sie anschieben. Sie rauschten mit einer Geschwindigkeit durch die Tunnel, die sie allein gar nicht hätten erreichen können. Weiter und weiter wurden sie in der Dunkelheit angeschoben, wie weit, wusste sie nicht, bei diesem Tempo verschwamm alles, bis Hattie aufhörte zu rudern und sich von dem Wasser tragen ließ. Direkt vor sich sah sie das Licht der Taschenlampe, die Arthur hielt. Sein Korbboot sauste dahin, genauso wie ihres. Sie klammerte sich an den Seiten des Coracles fest, während das Geräusch des Bootes im Wasser in ihren Ohren dröhnte, bis sie langsam noch ein anderes Geräusch hörte. Es wurde lauter und lauter, bis nur noch ein *Bumm, Bumm, Bumm* zu hören war. Ein Takt, der überall um sie herum von den Wänden widerhallte. Als der Lärm fast unerträglich war, wurden die Boote langsamer.

»Ich komme mir vor, als wären wir mitten in einer Trommel«, rief Hattie Arthur zu.

Er schwenkte den Taschenlampenstrahl über die Wände. Hier gab es wieder eine Treppe, die zu einem Ausgang führte. Aber es war nicht der einzige. In der Nähe gab es noch einen anderen. Und als er weiter nach hinten leuchtete, sahen sie noch einen.

»Ich glaube, wir sind da«, sagte sie.

Kapitel 26

»Was ist das?«, überschrie Hattie das Donnern, das von oben zu kommen schien. Mit jedem Schlag kam es ihnen vor, als würde der Tunnel beben. Es fühlte sich an, als würde ihnen das Tunneldach auf den Kopf fallen, wenn das noch lange so weiterging.

»Ich glaube, das könnten die Elefanten sein, die in dem roten Staub herumtrampeln.«

Stolz rührte sich in Hattie, als sie daran dachte, dass ihre Vermutung mit dem Durchgang anscheinend richtig gewesen war. »Es fühlt sich an, als würden sie meine Innereien attackieren«, sagte sie.

Arthur nickte. »Aber das heißt, wir müssen am richtigen Ort sein«, brüllte er.

»Was tun wir jetzt?«

»Ich weiß nicht.« Und genau als er das sagte, hörte das Donnern auf. »Gott sei Dank«, brüllte er, dann hielt er sich den Mund zu. »Entschuldigung«, flüsterte er tonlos. Dann wanderte sein Blick zu den Stufen. »Vielleicht bedeutet das, dass es ein guter Moment ist, um hinauszugehen. Wir können einfach die Treppe hier ausprobieren. Bist du bereit?«

»So bereit ich nur sein kann.« Hattie band ihr Korbboot

an einen Metallring an der Wand. »Es ist glitschig«, warnte sie, als sie ihm aus seinem half.

Sie stieg als Erste die Treppe hinauf und überlegte, was sie wohl hinter der Tür finden würden. Oben angekommen, zögerte sie kurz, dann öffnete sie die Tür. Eine rote Staubwolke hüllte sie ein. Würgend zog sie die Tür wieder zu. »Wir müssen warten, bis sich der Staub gelegt hat«, hustete sie.

Sie blieben oben an der Treppe stehen und warteten, ihre Herzen pochten aus Angst vor dem, was sie gleich finden würden. »Sollen wir es noch mal versuchen?«, fragte Arthur nach einer Weile und öffnete vorsichtig die Tür.

Der Staub draußen hatte begonnen, sich zu legen. Jetzt schwebte er auf Höhe ihrer Hüften und sie konnten darüber hinwegschauen. Was sie sahen, war ein Streifen gepflasterter, ebener Boden mit hohen Hügeln links und rechts. Ein gutes Stück entfernt stand eine lange Reihe von Elefanten mit dem Rücken zu Hattie und Arthur über die ganze Breite des Talbodens verteilt. Sie alle hatten Netze über den Köpfen und Rüsseln, damit sie nicht erstickten. Und alle waren mit einer dicken Staubschicht bedeckt. Sie sahen aus, als wären sie aus Terrakotta.

»Das sind aber viele Elefanten«, flüsterte Hattie. »Kein Wunder, dass das Stampfen so laut war.« Als sie dem Blick der Elefanten folgte und zum Himmel hinaufschaute, musste sie fast lächeln. Der Anblick war grandios. Eine große Armee von Drachen flog auf ihrer Reise zu den Vulkanen das Tal entlang. Von da, wo sie stand, sah es aus wie Hunderte von schimmernden smaragdgrünen, bernsteinfarbenen und silbernen Punkten, gefolgt von einem prallen, flauschigen Netz. Es war so schön, dass sie sich wünschte, ihre Mutter könnte es sehen. Sie runzelte die Stirn. Warum dachte sie so

oft an ihre Mutter? Jetzt, wo sie dem Gefängnis so nahe gekommen war, sollte sie doch eher an Victor denken. Als die funkelnde Drachenarmee näher heranflog, bildete sie sich ein, einige der Drachen zu sehen, die sie kannte. Vielleicht war das da Lady Serena. Vielleicht waren da Lady Henrietta und Sir Shuab, die sich beide Sir Willow-Wood widersetzt hatten, damit Sir Gideon sprechen konnte. Und dort, am Rand der Gruppe, meinte sie Sir Gideon selbst fliegen zu sehen, mit zusammengekniffenen Lippen und ärgerlichem Blick, als könnte er immer noch nicht fassen, dass er sich in diese Lage gebracht hatte. Hinter ihm stellte sich Hattie Lady Violet vor, die ihre Umgebung mit ruhigem Blick ganz genau betrachtete.

Als die Drachen näher kamen, hoben die Elefanten die Rüssel und trompeteten wie eine Kapelle der lautesten Trompeter, die man je gehört hatte.

Weiter hinten in der Gruppe der Drachen entstand Bewegung. Etwas geschah in der Nähe des Netzes, das die Wolken festhielt. Die Drachen waren angespannt. Ihre Bewegungen wurden fahriger und ihre Schuppen dunkler, als versuchten sie, tief in sich alle Kräfte zu sammeln. Sie kämpften gegen etwas an, so wie Menschen versuchen, einen Lenkdrachen im Sturm zu kontrollieren.

Die Schnüre, die sie mit dem Netz verbanden, verknoteten sich, während die Drachen kämpften. Dann hörte Hattie einen der Drachen ausrufen: »Die Wolken versuchen auszubrechen!«

Und so war es. Das Netz mit den Wolken flog in eine ganz andere Richtung als die Drachen, die es zogen. Es flog zu Hattie und Arthur.

»Nein«, keuchte Hattie, als ihr klar wurde, was da passierte. Sie schnappte Arthur an der Hand und zog ihn grob zurück durch die Tür und in den Tunnel.

Kapitel 27

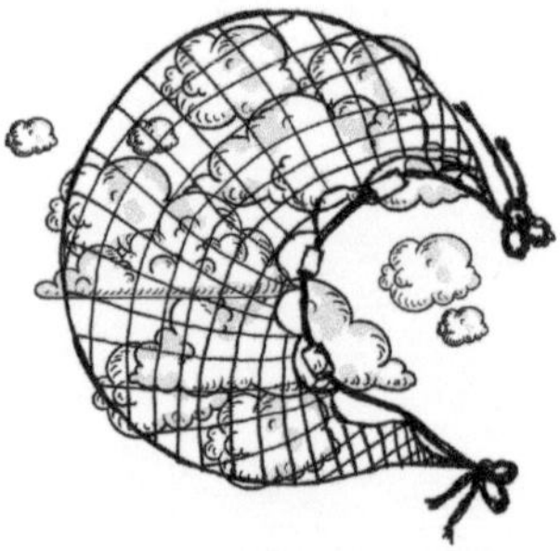

»Hast du das gesehen?«, fragte Hattie, als sie die Tür geschlossen hatten. Sie war außer Atem, obwohl sie nicht gerannt war.

»Es sieht aus, als wären die Drachen nicht besonders gut im Lenken.«

»Das war nicht schlecht gelenkt. Das waren die Wolken, die versucht haben, zu uns zu gelangen. Genau wie die eine hinter dem Palast.«

»Natürlich«, stöhnte Arthur. »Warum habe ich das nicht begriffen? Natürlich war es das.«

»Also sitzen wir jetzt in der Falle. Wir können nicht hinausgehen, wenn die Elefanten stampfen, weil wir dann in dem Staub ersticken, und wir können nicht hinaus, wenn sie aufhören, weil dann die Wolken allen zeigen, dass wir da sind.« Hattie zog die Karte aus der Tasche. Sie war zwar feucht, aber wenn sie die Taschenlampe sehr dicht davorhielt und ganz fest blinzelte, konnte sie beinahe die Linien erkennen, die sie an einen doppelten Schotstek erinnerten. Hattie zeigte auf eine Gruppe von winzigen Knoten. »Ich glaube, das hier könnten die Treppen sein. Was meinst du?«, fragte sie.

Arthur zuckte mit den Achseln. »Ich habe keine Ahnung, aber ich weiß auch nicht, ob das so wichtig ist. Als du zu den

Elefanten und den Drachen geschaut hast, habe ich überlegt, was die Elefanten wohl beschützen wollen. Ein Stück das Tal entlang steht ein Gebäude, das genauso aussieht wie etwas, wo man Leute reinstecken könnte, die anderer Meinung sind als man selbst.«

»Das Gefängnis?«

»Vielleicht. Und wenn es das ist, verläuft dieser Tunnel direkt darunter, also führt vielleicht eine der Treppen hinein.«

Gerade, als er das sagte, hörten sie einen Elefanten trompeten. Ein Donnern erschütterte den Tunnel, schnell gefolgt von einem weiteren. Bald vibrierte der ganze Tunnel in dem Rhythmus. »Sie haben wieder angefangen, das ist unsere Chance.« Arthur schaltete die Taschenlampe ein und richtete den Lichtstrahl in den Tunnel. »Ich schätze, es ist entweder die zweite Treppe oder die dahinter.«

Sie stiegen wieder in die Coracles und paddelten zur nächsten Treppe. Und während Arthur ihr Boot hielt, nahm Hattie die Taschenlampe und kletterte zu einer kleinen Holzklappe im Tunneldach. Sie hob die Arme und drückte dagegen. Die Klappe schwang auf. Ein Lichtstrahl blendete sie kurz, und dann sah sie die Unterseite eines Elefantenfußes, der gleich auf ihren Kopf knallen würde.

Sie ließ die Hände rasch sinken und duckte sich, als die Klappe zufiel. Eine Sekunde später krachte das Gewicht des Elefantenfußes darauf. Die Taschenlampe zitterte in ihrer Hand.

»Alles in Ordnung, Hattie?«, rief Arthur von unten.

Sie schluckte schwer. »Ja.« Sie versuchte, nicht daran zu denken, wie knapp davor ihr Kopf gewesen war, zerquetscht zu werden wie ein gekochtes Ei. »Es sieht aus, als stünden nicht alle Elefanten draußen in der Reihe«, sagte sie, als wieder ein Fuß auf die geschlossene Klappe über ihr krachte. »Es muss die nächste Treppe sein.«

»Hast du etwas gesehen?«, fragte Arthur.

»Nur ein Stück Elefant.« Sie versuchte zu lächeln, während sie in ihr Boot kletterte und ihr Paddel in die Hand nahm.

»Möchtest du, dass ich diesmal als Erster gehe?«, fragte Arthur, als sie ihre Boote an der nächsten Treppe festbanden.

»Nein, nein, ist okay«, erwiderte Hattie, auch wenn sie heimlich dachte, sie wäre lieber nicht diejenige, die sich unter Elefantenfüßen wegducken musste. »Für Victor und für Irgendwo-Nirgendwo«, sagte sie und stieg die Treppe hinauf.

»Für Victor und Irgendwo-Nirgendwo«, stimmte Arthur ein, während Hattie vorsichtig die Luke aufdrückte, bereit, sich wieder zu ducken, falls sie die Sohle eines Elefantenfußes in der Nähe ihres Kopfes sah. Aber da war keine. Arthur hatte recht gehabt. Diese Klappe öffnete sich in einem Gebäude. Es gab keine stampfenden Elefantenfüße, denen man ausweichen musste. Aber es stank – und zwar schlimm.

Der Geruch traf Hatties Nase wie eine Mischung aus Käse und Stinkesocken. »Es mieft hier oben«, rief sie zu Arthur hinunter und zog sich in die Luft nach oben, die nach Käsefüßen und gammeligem Laub stank, gemischt mit schalem Schweiß. *Aber wenn man die Bohrungen des Zeitwurms überlebt hat, hält man alles aus*, dachte sie. Sie schaute sich um, während Arthur hinter ihr heraufkletterte. Es sah aus wie in einem Gefängnis aus einem Film. Die Wände waren pockennarbig und löchrig, wo der Putz abgeplatzt war. Und wo die Wände intakt waren, hatte jemand sie in einer Farbe angestrichen, die aussah wie eine Woche altes Rührei. Auf dem Boden lag Stroh, aber in einem so seltsamen Grauton, dass Hattie sicher war, dass es dort schon sehr lange lag. Links und rechts von ihr gab es lange Korridore mit Gittern an beiden Seiten – die Gefängniszellen. Es gab sogar eine vor ihr. Und darin war etwas.

Sie hätte gesagt, es war ein Bündel Lumpen, das so aufgeschichtet war, dass es aussah, als könnte ein Mensch darin sein, aber sie war sich sicher, dass niemand ein Bündel Lumpen einsperren würde. Doch als sie ganz genau hinschaute, sah sie oben aus dem Lumpenbündel ein Büschel ungepflegter Haare ragen. Dann sah sie zwei Augen durch das Büschel ungepflegter Haare spähen. Sie schnappte nach Luft. Und das Bündel schnappte ebenfalls nach Luft.

»Was ist das?« Arthur stand jetzt neben ihr. Das Bündel bewegte sich, und ein großer, dünner Mann stemmte sich neben einem Haufen Stroh hoch, das die gleiche feuchtkalte graue Farbe hatte wie das Stroh auf dem Boden im Korridor. Er schlurfte zwei Schritte auf sie zu, seine Füße waren ebenfalls mit Lumpen umwickelt. Bei jedem Schritt zuckten seine Mundwinkel.

Zwei scharfe blaue Augen schauten unter fettigen, rattenschwanzartigen Haaren hervor und schossen zwischen ihnen hin und her, nahmen jedes Detail in sich auf. *Er sieht aus, als hätte er lange keine Menschenkinder gesehen*, dachte Hattie, als sein eifriger Blick zuerst über ihr Gesicht, dann über ihre Haare, ihre Hände, ihre ausgebeulten Taschen und ihre Halskette wanderte, bevor er zu Arthur weiterging und ihn genau auf dieselbe Weise inspizierte. Er sagte immer noch nichts. *Vielleicht kann er nicht sprechen*, dachte Hattie. Sie schauderte bei dem Gedanken, was für abscheuliche Dinge Lord

Mortimer wohl tun konnte, damit jemand aufhörte zu sprechen.

Aber Arthur dachte offensichtlich nicht so. »Wir sind gekommen, um Victor zu finden«, sagte er. »Wissen Sie, wo er ist?«

Auf dem Gesicht des Mannes erblühte ein breites Lächeln, das Hattie vage an etwas erinnerte, und man konnte zwei Reihen sauberer, regelmäßiger Zähne sehen, die gerader waren, als man es bei einem Mann normalerweise erwartet hätte, der aussah wie eine Vogelscheuche. Er zeigte den Korridor entlang. »Er ist da hinten«, sagte er mit leiser, kultivierter Stimme, ohne den Blick von Arthur abzuwenden.

»Vielen Dank«, antwortete Arthur.

Der Mann wandte sich wieder Hattie zu. »Mir gefallen deine Stiefel«, sagte er. »Die Blumen – sie erinnern mich an bessere Zeiten.«

Hattie blickte auf ihre Schuhe hinab. Das Wasser in den unterirdischen Tunneln hatte den Staub abgewaschen, deshalb leuchtete das Muster aus Blumen auf dem Leder bunt und frisch. Wenn sie sie jetzt betrachtete, war sie erstaunt, wie sehr sie den Blumen ähnelten, die jedes Mal aus dem Boden sprossen, wenn es in Irgendwo-Nirgendwo regnete. »Danke«, murmelte sie, weil sie nicht wusste, was sie sonst sagen sollte.

Als sie gingen, spürte sie den Blick des Mannes in ihrem Rücken. Es waren nur ein paar Schritte zur nächsten Zelle, und da saß, von ihr abgewandt, ein Elefant in der Ecke. Hier war er. Ihr Victor. Ihr ganz besonderer Freund, in dessen Nähe sie sich immer sicher fühlte. Sie ging zu den Gitterstäben und umfasste ihr kaltes Metall mit der Hand.

»Victor«, rief sie, und Freude überkam sie, als er sich zu

ihr umdrehte. Sie wäre am liebsten durch die Gitterstäbe gebrochen und hätte die Arme um ihn geschlungen, um seine borstige Haut zu fühlen.

»Hallo, Hattie Brown«, sagte er mit seiner sanften, beruhigenden Stimme, genau in dem Moment, als sie Arthur von weiter hinten im Korridor rufen hörte: »Hattie, Victor ist hier!«

Kapitel 28

Arthur bei Victor? Aber das war unmöglich. Hattie sah ihr eigenes Stirnrunzeln durch den Elefanten vor ihr gespiegelt. »Aber er ist hier!«, rief sie aus.

»Nein, er ist hier.« Arthur klang nicht, als wollte er sie veräppeln, und er würde etwas derart Grausames in einem solchen Moment ohnehin nicht tun.

Immer noch stirnrunzelnd ging sie zu Arthur hinüber. Ihr Herz machte einen Satz, als sie sah, was er sah. In der Zelle befand sich ein Elefant.

»Hallo, Hattie.« Victors Stimme kam auch aus diesem Elefanten.

Hattie zögerte. »Victor?«

»Ich freue mich, dich zu sehen.«

»Aber …« Sie deutete zu der Zelle, vor der sie eben noch gestanden hatte.

»Da drüben ist ein Elefant, der genauso aussieht wie du.«

Der Elefant lächelte. »Er ist nicht Victor. Ich bin es. Er wurde nur von Lord Mortimer hier hereingebracht, um alle zu verwirren, die möglicherweise kommen, um mich zu retten. Mach dir keine Sorgen, ich bin Victor.« Der Elefant trat näher und streckte seinen Rüssel aus. Der Platz reichte gerade so, damit er ihn zwischen den Gitterstäben hindurchquetschen konnte. Aber als Hattie ihre Hand ausstreckte, um ihn zu berühren, hörte sie links von sich ein Geräusch.

»Hattie, fall nicht auf seine Lügen herein!«, rief eine Stimme, die genauso klang wie die von Victor, und sie drehte sich um und sah einen faltigen grauen Rüssel durch die Gitterstäbe ragen.

»Was ist hier los?«, zischte sie Arthur zu, als sie zur nächsten Zelle eilten.

»Hallo, Hattie!«, begrüßte sie der Elefant darin.

»Verstehst du das?«, fragte sie Arthur.

»Nein.«

»Es ist so, wie der andere Elefant sagte, Hattie«, hörte sie Victors Stimme aus einer Zelle weiter hinten. »Lord Mortimer hat all die anderen hier eingesperrt, um dich zu verwirren.«

»Victor!« Hattie rannte dorthin, woher die Stimme kam. Ein weiterer Elefant, der genau wie Victor aussah, schaute aus der Zelle. »Es ist schön, dich zu sehen, Hattie Brown.«

»Du bist der echte Victor, oder?«, sagte sie.

»Ja«, erwiderte der Elefant, während ein Chor von Stimmen um sie herum brüllte: »Nein!«

»Hör nicht auf ihn. Ich bin Victor.« Hattie wirbelte herum und sah einen anderen Elefanten in einer anderen Zelle. Warum nur fiel ihr nichts ein, was an ihrem Victor besonders war? Sie hätte behauptet, sie würde ihn überall erkennen. Diese freundlichen Augen. Diese sanfte Stimme. Diese ausgefransten Ohren. Die Falten ließen seinen Körper irgendwie aussehen wie rissigen Matsch. Aber alle diese Elefanten schauten sie freundlich an. Sie alle sprachen sanft. Jeder von ihnen wedelte mit den ausgefransten Ohren, um sie an die Zeiten zu erinnern, als sie auf Victors Rücken geritten war und sich vorgebeugt hatte, um ihm etwas zuzuflüstern.

»Es ist nicht deine Schuld, Hattie. Lord Mortimer hat zehn von uns hier hereingesteckt, um jeden zu täuschen, der versucht, mich zu retten«, erklärte ein Elefant in einer Zelle gegenüber.

»Also behauptest du auch, Victor zu sein«, sagte Hattie.

»Ja – weil ich es bin. Es ist schön, dich zu sehen.« Er lächelte genau wie ihr Victor.

Insgesamt zehn. Sie ging den Gang entlang und zählte. Und während sie zählte, überzeugte sie jeder von ihnen auf eine andere Weise, dass er Victor war. Manche riefen ihren Namen. Manche lächelten zurückhaltend, als wüssten sie, dass Victor nie prahlerisch wäre. Manche streckten zur Begrüßung ihre Rüssel durch die Gitterstäbe. Andere warteten ab, wie Victor es möglicherweise tun würde. Es gab so viel zu beachten, so viel, was sie verwirren konnte.

»Frag sie etwas, was nur Victor wissen könnte«, flüsterte Arthur.

»Bei wem wohne ich?«, fragte Hattie den Ersten.

»Du wohnst bei deiner Mutter«, antwortete er.

»Sie arbeitet in einem Supermarkt«, rief ein anderer Elefant aus.

»Sie macht sich die ganze Zeit Sorgen um dich«, rief noch einer.

»Aber meistens machst du dir Sorgen um sie«, rief der Nächste.

»Woher wissen sie das alles?«

»Vielleicht wurdest du nach dem, was du getan hast, sehr berühmt«, sagte Arthur.

»Berühmt dafür, die Wolken freigelassen zu haben, sodass niemand mehr Wasser hatte«, murmelte Hattie.

»Wie wäre es mit berühmt, weil du Lord Mortimer die Stirn geboten hast?«

»Aber wenn sie schon alles über uns wissen, wie sollen wir dann herausfinden, welcher der echte Victor ist?« Hattie trommelte verzweifelt seitlich an ihren Oberschenkel. Dann trommelte sie fester. Sie trommelte auf ihre Tasche. Auf ihre Tasche mit dem Essen, das sie aus dem Palast mitgenommen hatte. Sie stöhnte auf. Das war wieder mal ihr typisches Pech. Sie zermatschte die Gebäckteilchen und das Brot. Sie hatten in ihrer zugeknoteten Tüte im Wasser überlebt, aber jetzt machte sie sie gerade selbst kaputt. Irgendwie lief alles schief.

Doch dann musste sie lächeln. Vielleicht war das nicht wichtig. Vielleicht war ihr egal, dass das Essen zerquetscht wurde, weil in der wasserdichten Tüte genau das war, was sie brauchte. »Ich habe eine Idee«, flüsterte sie Arthur zu. »Sag nichts, was ihnen verraten würde, was ich vorhabe.«

»Dafür müsste ich ja erst einmal selbst wissen, was du vorhast«, erwiderte Arthur, während er ihr zusah, wie sie die Tüte öffnete. Sie holte die Serviette heraus. Sie war bereits fettig von den Butterbroten, die sie aus dem Palast mitgenommen hatte. Zum Glück hatte sie noch extra Butter eingesteckt. Sie tauchte die Serviette hinein. Jetzt hatte sie, was sie brauchte. Sie hielt die Serviette hoch über ihren Kopf und spazierte damit vor allen Victors auf und ab.

»Jeder weiß, dass Elefanten Butter lieben – und jeder weiß, dass der echte Victor Butter noch mehr liebt als alle anderen«, verkündete sie. »Aber als ich das letzte Mal hier war, erzählte mir der echte Victor ein Geheimnis. Er erzählte mir, dass er in der Menschenwelt geübt hat, Butter zu widerstehen, und dass er jetzt sehr stolz darauf ist, dass er widerstehen kann. Diese Serviette ist mit Butter beschmiert. Nur der echte Victor wird ihr widerstehen können. Stellt euch dicht an die Gitterstäbe eurer Zellen. Ich werde die Serviette zu euch hineinstrecken. Wenn ihr widerstehen könnt, seid ihr der echte Victor. Wenn ihr nicht widerstehen könnt, seid ihr Schwindler.« Aus dem Augenwinkel sah sie, wie der Elefant, der ihr am nächsten stand, grinste. *Das ist auf jeden Fall schon mal nicht Victor*, dachte sie. Aber sie ging trotzdem zu ihm und hielt ihm die Serviette direkt unter die Nase. Er begegnete ihrem Blick. Unerschütterlich. »Ich glaube, du könntest Victor sein«, verkündete Hattie laut und ging zur nächsten Zelle weiter.

Dort machte sie dasselbe. Wieder zuckte der Elefant nicht mit der Wimper. Er blieb mit der Butter unter der Nase stehen, ohne zu murren. »Ich glaube, du könntest Victor sein«, verkündete Hattie und ging zur nächsten Zelle weiter.

So bewegte sie sich an der Reihe der Zellen entlang, und alle Elefanten widerstanden einer nach dem anderen der Butter, bis sie zu einem in der Mitte kam. Sie bot ihm die Serviette an, und seine Lippen kräuselten sich. Seine Augen wurden groß, als wäre er ein Kind, dem man eine Tüte seiner Lieblingssüßigkeiten hinhielt. Eine rosa Zunge schoss aus seinem Mund vor zu der Serviette. Sie rollte sich aus und wurde ganz lang, um jedes Stückchen einzufangen, das sie erwischen konnte. »Du bist nicht Victor«, verkündete Hattie, während sie die Serviette wegzog. Sie ging zur nächsten Zelle. Und zur übernächsten und zu der dahinter. Bis alle Elefanten es geschafft hatten, der Butter zu widerstehen, nur der eine in der Mitte nicht.

Er konnte ein bisschen Butter nicht widerstehen. Hätte

sie ihn gelassen, dann hätte er sie bis auf den letzten Krümel verputzt, bevor sie die Serviette den anderen anbot. Und dafür liebte sie ihn sehr.

Sie ging zur Mitte des Gangs zurück und stellte sich vor den Elefanten, der an der Serviette geleckt hatte. Sie sah die Wärme und die Freundlichkeit in seinen Augen und ihr tat vor lauter Liebe der ganze Körper weh.

»Hallo, Victor«, sagte sie.

Kapitel 29

»Hallo, Hattie. Hallo, Arthur.« Sosehr Victors Begrüßung sie tröstete, fragte sie sich doch, wie sie je daran hatte zweifeln können, dass dies der echte Victor war.

»Victor, ich habe mir solche Sorgen gemacht!« Sie streckte die Hand durch die Gitter und legte ihm die Hand auf den Rüssel. Es fühlte sich an, als befände sie sich in der Gegenwart des weisesten Freundes, den sie je haben würde.

»Was tust du denn wieder hier in Irgendwo-Nirgendwo? Du solltest doch in der Menschenwelt in Sicherheit sein.«

»Ich dachte, ich hätte dich im Kühlschrank gesehen, nur dass sich dann rausstellte, dass es einer der falschen Victors war.« Sie warf einen Blick auf die Elefanten in den anderen Zellen. Sie alle standen dicht am Gitter und versuchten zu hören, was gesprochen wurde. Sie senkte die Stimme. »Und dann, als ich hier war, fand ich heraus, was mit dir und den Wolken passiert war, da konnte ich nicht wieder zurückgehen.«

Victor schaute ihr tief in die Augen. »Das ist gefährlich«, sagte er, »aber ich würde nichts anderes von dir erwarten.« Er lächelte Arthur an. »Und was führt dich hierher?«

»Ich bin hergekommen, um sicherzugehen, dass es Hattie gut geht.«

Victor nickte. »Ihr zwei haltet zusammen.«

»Wir sind gekommen, um dich zu retten.« Hattie sah sich nach den Rissen um, die sich wie dicke Adern durch die Wände zogen, und ihr wurde zum ersten Mal etwas klar. »Aber das ist ein seltsames Gefängnis. Hier gibt es anscheinend keine Wächter.«

»Meistens braucht es auch keine. Sie kommen manchmal vorbei, doch sie bewahren die Schlüssel nicht hier auf, und die Gitterstäbe sind aus Lavastahl. Und du weißt, wie schwer das kaputt zu kriegen ist.«

»Kein Schlüssel hier?«, fragte Arthur. »Aber wie sollen wir dich dann herausholen?«

»Ich weiß es nicht so recht.«

»Was?« Darüber hatte Hattie nicht nachgedacht. Sie war davon ausgegangen, wenn sie bei Victor ankämen, würde er einen Ausweg wissen. Sie rüttelte an den Stäben. Natürlich waren sie überaus stabil. Es war Lavastahl.

»Wir könnten versuchen, das Schloss aufzubrechen.« Arthur starrte die Zellentür an. Dann schaute er zu Victor. »Ich schätze mal, das hast du schon versucht.«

»Ohne irgendein Werkzeug kann ich nichts ausrichten.«

»Du hast nicht zufällig eine Haarspange in deinen Taschen, oder, Hattie?«, fragte Arthur.

»Doch, natürlich.« Hattie grinste. Wer hatte nicht überall eine dabei?

Sie gab sie ihm, und er bog sie gerade, ging dann in die Hocke und versuchte, sie in das Schloss zu bekommen. Vor Hattie blitzte das Bild ihrer Mutter auf. *Siehst du?*, hätte sie am liebsten gesagt. *Alle diese Sachen in meinen Taschen sind am Ende doch nützlich.* Sie stellte sich vor, wie sie lächelte und dass ihre Mutter zurücklächelte, was komisch war, denn warum sollte ihre Mutter lächeln, wenn Hattie an so einem Ort war?

»Es rührt sich nicht.« Arthur stützte sich auf die Fersen, dann stöhnte er auf. »Nein!«

»Was ist passiert?«

»Ich habe gerade die Haarspange abgebrochen.«

»Das macht nichts, ich habe noch eine.« Sie steckte die Hand in die Tasche.

»Sie ist im Schloss abgebrochen. Sie steckt fest und ich bekomme sie nicht heraus.« Arthur sah aus, als würde er gleich anfangen zu weinen. »Jetzt können wir das Schloss nicht knacken. Ich bin so dumm.«

»Du bist nicht dumm.«

»Ich habe zu fest gedrückt. Mir hätte klar sein müssen, dass sie abbricht.«

»Du wolltest nur helfen.«

»Aber was sollen wir denn jetzt tun?«

Hattie wusste es nicht. Lavastahl. Kein Schlüssel. Ein blockiertes Schloss, das sie nicht knacken konnten. Hatties Blick wanderte an Victors massiger Gestalt auf und ab. Wie sollten sie so einen riesigen Elefanten herausbekommen? Warum konnte er nicht so klein sein wie beim ersten Mal, als sie ihn im Kühlschrank in ihrem Haus in Worcester gesehen hatte? Sie runzelte die Stirn. Was hatte ihn so klein gemacht?

»Victor«, fragte sie, »wie konntest du in meinem Kühlschrank so klein sein?«

»Das passiert mit Elefanten immer, wenn sie in eurer Menschenwelt sind. Wir gehören zu den wenigen Einwohnern von Irgendwo-Nirgendwo, die den Wechsel in die andere Welt überleben. Wir und die Ritterdrachen. Alle anderen – na ja, sagen wir mal, es ist nicht schön. Nicht einmal die menschlichen Einwohner von Irgendwo-Nirgendwo können rübergehen. Es ist viel einfacher für euch hierherzukommen. Auf Leute, die in der Menschenwelt geboren sind, hat das keine Auswirkungen.«

»Und warum schrumpfen Elefanten in der Menschenwelt?«

»Das weiß keiner.«

»Wenn wir dich also in die Menschenwelt bringen könnten, dann könntest du dich vielleicht zwischen den Gitterstäben durchquetschen.«

»Wenn das ginge.« Victor lächelte nachsichtig.

»Hattie«, sagte Arthur. »Denkst du, was ich denke?«

»Ich glaube, wir müssen Victor nach Hause mitnehmen.«

»Oder das Zuhause zu ihm bringen.« Arthur sah nachdenklich aus. »Schrumpfen Elefanten, weil sie in der Menschenwelt selbst sind, oder könnte es auch klappen, wenn du in etwas aus der Menschenwelt wärst?«

»Zum Beispiel in meiner Jacke.« Hattie spürte ein aufgeregtes Kribbeln und fing an, sie auszuziehen.

»Genau«, sagte Arthur. »Aber was sollen wir mit all den Sachen in deinen Taschen machen? Die passen nicht durch das Gitter.«

»Ich habe auch eine Tüte.« Hattie grinste und fischte sie heraus. Und dann begann sie, ihre Taschen zu leeren. Sie zog die Taschenlampe heraus, das Notizbuch und die Schnur. Sie zog eine Kette aus Sicherheitsnadeln hervor, die zu einer Schlaufe verbunden waren. Sie zog das Stethoskop heraus, den Druckbleistift und die Ersatz-Haarklammern. Sie zog viele andere Dinge heraus und noch mehr. Und die packte sie in die Tüte. Plötzlich fühlte sich die Jacke so leicht an. Vielleicht hatte ihre Mutter recht und sie hatte wirklich zu viele Sachen da drin. »Hier.« Sie steckte ihre Jacke durch die Gitterstäbe, damit Victor sie nehmen konnte. »Ich schätze mal, du musst sie einfach anziehen.«

Nur dass er sie natürlich nicht anziehen konnte. Ein ausgewachsener Elefant konnte keine Jacke in Kindergröße anziehen. »Na ja, leg sie dir um oder so«, fügte sie hinzu, und Victor hob die Jacke an und breitete sie über seinen Rücken. Er sah so albern damit aus, dass sie beinahe lachen musste.

»Sie steht dir«, sagte Arthur. Und während Hattie Victor in die Augen schaute, sah sie, wie sie vor Überraschung ganz groß wurden. Und dann waren seine Augen nicht mehr da, wo sie hinschaute. Sondern tiefer. Und dann noch tiefer, und dann leicht rechts. Und dann merkte sie, dass sein ganzer Körper schrumpfte. Victor wurde kleiner und kleiner, bis er die Größe eines Brauereipferds hatte.

»Es funktioniert!« Arthur sah aus, als würde er gleich anfangen zu kichern. »Ich hätte echt nicht gedacht, dass das klappt.«

Victor war jetzt so groß wie ein Rennpferd. Dann wie ein Esel. Dann … dann schien er aufzuhören.

»Kleiner. Du musst noch kleiner werden.«

»Es funktioniert nicht mehr.« Victor schlenkerte den Rüssel über seinen Rücken und zog Hatties Jacke fester um sich.

»Er schrumpft wieder!«, rief Arthur aufgeregt.

Aber nicht viel. Victor hatte bei der Größe eines Löwen aufgehört.

»Versuch, die Jacke noch mal fester zu ziehen!«, drängte ihn Hattie.

Victors Rüssel schob die Jacke herum, aber nichts passierte. Er ruckelte mit den Schultern. Er wackelte mit den Füßen. Aber er blieb genauso groß wie ein Löwe.

»Er ist immer noch zu groß.« Hattie spürte, wie sich eine Schwere auf sie legte. Es durfte einfach nicht sein, dass sie so weit gekommen waren und Victor dann nicht befreien konnten.

»Und wie wäre es noch mit meinem Pulli?« Arthur zog ihn aus und ließ ihn auf Victors Kopf fallen. In dem Käfig zappelte Victor herum, bis kaum noch ein Stück grauer Elefant sichtbar war, und plötzlich fielen die Kleidungsstücke herunter, als wäre ihr Inhalt verschwunden. Übrig blieb nur eine kleine, sich bewegende Beule, ungefähr so groß wie eine Maus.

Es hatte geklappt. Hattie strahlte Arthur an. »Hierher«, rief sie dem trippelnden Bündel zu. Es bewegte sich unsicher, verwirrt. »Folge meiner Stimme«, sagte Hattie.

Die Jacke und der Pulli stießen gegen einen der Gitterstäbe. »Autsch«, sagte eine Stimme irgendwo darunter.

»Nur ein bisschen weiter links«, wies ihn Hattie an. »Dann hebe ich dich heraus.« Sie streckte den Arm so weit in die Zelle, wie sie konnte, hob das Bündel an und den mausgroßen Elefanten darin gleich mit.

Und so zog sie Victor durch die Gitterstäbe.

Kapitel 30

Hattie stand langsam auf und hielt dabei den winzigen Victor in dem Kleiderpaket. Sie hob es an ihr Gesicht und küsste das Bündel. »Bekommst du genug Luft da drin?«, fragte sie und zog den Ärmel von Arthurs Pulli hoch, um hineinzuspähen. Dort in der Mitte eines Stoffnestes saß eine Miniaturversion von Victor, so klein, dass er aussah wie ein Spielzeug. »Alles in Ordnung?«, flüsterte sie.

»Ja.«

»Du siehst genauso aus wie an dem Tag, an dem ich dich im Kühlschrank entdeckt habe – nur ohne die Butter.«

»Gut gemacht, Hattie und Arthur. Das war eine geniale Idee.« Obwohl Victor so klein war, war seine Stimme trotzdem tief und grollend. »Was ist so lustig?«, fragte er, als Hattie und Arthur zu lachen anfingen.

»Nichts.« Hattie schaute Arthur mit hochgezogenen Augenbrauen an. Victors Stimme klang urkomisch, wenn sie aus so einem winzigen Wesen kam.

»Nein, nichts«, stimmte Arthur ihr zu und drehte sich weg, damit Victor ihn nicht lachen sah.

Als er sich umdrehte, beugte Hattie sich vor, um sich wieder zu beruhigen. Und als sie sich bewegte, verschob sich Arthurs Pulli und rutschte von Victors Kopf.

Plötzlich war es, als wäre ein großer, dicker Felsklotz in ihren Händen gelandet. Und mit jeder Sekunde wurde er größer.

»Nein!«, schrie Arthur auf, als sie zu wanken begann. Ihre Knie konnten sie nicht mehr tragen. Sie würde zusammenbrechen. Victor war schon so groß wie ein Löwe. Wenn sie ihn nicht fallen ließ, würde sie unter drei Tonnen Elefant zerdrückt werden.

»Zieh den Pulli wieder über mich!«, rief Victor.

Arthur sprang auf. Eilig zog er den Pulli über Victors wachsenden Kopf. »Ich habe ihn.« Er klammerte sich entsetzt daran fest.

Die Schmerzen in Hatties Armen hörten auf. Ihre Knie fühlten sich fester an. Das Bündel in ihren Armen schrumpfte so schnell, wie es sich aufgeblasen hatte. Bald war es wieder so klein wie vorhin, als sie Victor durch das Gitter geholfen hatte.

»Tu das nie wieder!«, warnte Victor mit von dem Pulli leicht gedämpfter Stimme.

»Es tut mir leid.«

»Wir müssen sehr vorsichtig sein. Und jetzt müssen wir überlegen, wie wir hier herauskommen.«

»Was ist mit den anderen Elefanten? Werden die es nicht jemandem erzählen?« Hattie warf einen Blick zurück auf den Gang. Keiner von ihnen hatte Alarm geschlagen, als sie Victor aus seiner Zelle holten, aber das hieß nicht, dass sie es nicht bald tun würden.

»Sie mögen Lord Mortimer kein bisschen mehr als wir.«

»Dann bringen wir dich zurück in die Tunnel.« Als Hattie losging, spürte sie, wie Victor zappelte. Dann hörte sie einen Laut, aber diesmal wurde er ganz von dem Pulli gedämpft, und sie verstand nicht, was Victor sagte. An der Tür, durch die sie in das Gefängnis gekommen waren, blieb sie stehen. »Hast du etwas gesagt?«

»Er versucht dir wahrscheinlich zu sagen, dass die Tür nicht aufgehen wird«, erklärte der Gefangene, mit dem Hattie anfangs gesprochen hatte, während sie spürte, dass Victor ganz still wurde. Der Gefangene lächelte sie an, als sie sich zu ihm umdrehte. »Victor zu schrumpfen war klug. Deine Eltern wären sehr stolz auf dich.«

»Was meinen Sie damit, dass die Tür nicht aufgehen wird?«

»Es ist ein Gefängnis. Herein kommt man leicht, hinaus schon schwerer. Eine schlaue Konstruktion – eine Tür, die nur in eine Richtung aufgeht.«

Hattie spürte, wie sich ihr die Nackenhaare aufstellten. »Also sitzen wir in der Falle?«

»Nicht ganz. Ihr müsst nur einen anderen Weg nach draußen finden.« Der Gefangene zeigte auf das Ende eines Korridors und eine große Holztür mit dicken Nieten kreuz und quer. »Da drüben ist eine Tür, aber die wird bewacht.«

Hatties Freude darüber, dass sie Victor durch die Gitterstäbe bekommen hatte, war schnell verschwunden. »Wissen Sie, wie man hinauskommt?«, fragte sie den schmuddeligen Mann.

Er wischte sich mit dem Handrücken über die Wange, um sich seinen fettigen Haarvorhang aus dem Gesicht zu streichen. »Ich glaube, ich wäre nicht mehr hier drin, wenn ich es wüsste.«

»Entschuldigung – ich meinte, wenn Sie hier draußen wären, wo wir stehen. Könnten Sie dann einen Weg aus dem Gefängnis finden?«

»Es ist eine Weile her, seit ich da draußen gestanden habe, aber ich glaube, ich hätte vielleicht eine Chance.«

»Wie lange sind Sie schon hier?«

»Elf Menschenjahre.«

»Wow – das ist so lange, wie wir auf der Welt sind«, sagte Arthur.

Der Gefangene lächelte wieder. »Und es fühlt sich auch so lange an.«

»Haben Sie etwas sehr Schlimmes getan?«, fragte Arthur.

»Manche Leute fanden das. Ich habe meinen Bruder geärgert. Pass auf, dass du das niemals tust«, sagte er und blinzelte Hattie zu.

»Kein Problem. Ich habe keinen Bruder. Und wie würden Sie hier herauskommen?«

»Na ja, angenommen, alles ist immer noch so wie damals, als sie mich hier reingesteckt haben, würde ich versuchen, den Wächter hier hereinzulocken, wenn ich könnte, und ihn dann einschließen.«

Hattie schaute zu der dicken Holztür am Ende des Korridors hinüber und stellte sich die Wächter auf der anderen Seite vor. Wenn der Gefangene das so sagte, klang es ganz leicht, aber sie war sicher, so einfach würde es nicht werden. In Irgendwo-Nirgendwo war nichts so einfach, wie es aussah. Sie wandte sich wieder dem Gefangenen zu. Er starrte ihre Halskette an.

»Würde es dir etwas ausmachen, mir die zu zeigen?«, fragte er.

Sie trat näher heran und hielt sie ihm durch die Gitterstäbe hin. Ihre Mutter hätte sie gewarnt, sie solle sich vor einem Fremden hüten, der ihren Schmuck sehen wollte. Sie hätte gesagt, er würde sie bestehlen wollen oder so etwas.

Aber sie machte sich keine Sorgen wegen dieses Mannes, auch wenn sie das vielleicht tun sollte.

Der Gefangene inspizierte den winzigen Stein an der Kette und drehte ihn, damit er ihn von allen Seiten betrachten konnte. »Die Kette ist sehr hübsch«, sagte er. »Hast du sie schon lange, Hattie?«

Zu hören, wie er ihren Namen sagte, erschütterte sie. Sie war überrascht, dass er ihn kannte, aber er hatte bestimmt gehört, wie die Elefanten sie Hattie nannten, als sie versucht hatte, herauszufinden, welcher von ihnen Victor war. Am meisten überraschte sie jedoch, dass er es so selbstverständlich sagte, als würde er Hallo zu jemandem sagen, den er sehr gut kannte.

»Ich habe sie, seit ich ein Baby war. Meine Mutter hat sie mir geschenkt.« In dem Bündel bewegte sich Victor.

»Das ist schön.« Der Gefangene sah traurig aus, obwohl er lächelte. »Und wo ist deine Mutter? Nicht hier? Nicht bei dir?«

»Sie ist zu Hause in Worcester.«

»Und geht es ihr gut?«

Was für eine seltsame Frage, dachte Hattie. »Ja, ich glaube schon.«

»Und ist sie glücklich?«

Hattie biss sich auf die Unterlippe und sah Arthur an. Sie wünschte, sie könnte in das Bündel schauen, um zu sehen, was Victor von dieser Frage hielt. Sie wollte keinem Fremden von der Düsternis ihrer Mutter erzählen, auch wenn der Fremde besorgt wirkte. Sie überlegte immer noch, was sie sagen sollte, als plötzlich etwas von der Größe eines Spatzen zwischen sie und den Gefangenen flog und sie von dem Gitter wegdrängte.

»Ich glaube, das reicht, Jasper.« Lady Violet setzte sich auf einen kleinen Sims direkt vor der Zelle. Ihre Stimme war streng, als würde sie jemanden warnen. Und wie hatte sie ihn genannt? Aber Hattie hatte keine Zeit, darüber nachzudenken, denn Lady Violet hatte ihren strengen Blick jetzt auf sie gerichtet. Sie sah aus, als erwartete sie eine Antwort, obwohl sie keine Frage gestellt hatte.

»Lady Violet, was tust du denn hier?«, fragte Hattie.

»Dasselbe könnte ich euch zwei fragen. Wenn ich mich recht erinnere, haben wir euch sicher und wohlbehalten in der Stadt zurückgelassen, mit der Anweisung, dort zu bleiben.«

»Wir mussten Victor helfen.« Arthur trat einen Schritt näher an Hattie heran. »Er ist da drin.« Ein leises Knurren war zu hören, als Hattie das Kleiderbündel hochhielt.

»Ich weiß. Genial.« Lady Violets Stimme wurde ein kleines bisschen weicher.

»Du hast zugesehen?«

»Ja.«

»Aber wie bist du hereingekommen«?

Lady Violets Blick wanderte nach oben. »Manchmal sind die Ritzen in alten Gebäuden sehr nützlich.«

»Bist du hergekommen, um Victor zu besuchen?«

Lady Violets Augen flackerten, als sie »Ja« sagte. *Irgendetwas an dieser Antwort stimmt nicht ganz*, dachte Hattie.

»Lady Violet, ich habe Hattie gerade nach ihrer Mutter gefragt«, sagte der Gefangene.

»Ich habe es gehört«, erwiderte sie mit ruhiger Stimme. »Ich bezweifle, dass Hattie jetzt über ihre Mutter nachdenken möchte.«

Der Gefangene nickte. *Was ist das für eine merkwürdige Beziehung, die er mit Lady Violet hat?*, überlegte Hattie. Irgendetwas passte hier nicht zusammen. Aber es gab noch etwas viel Merkwürdigeres, das sie herausfinden musste. »Sind Sie Lord Jasper?«, fragte Hattie.

Der Gefangene faltete nervös die Hände. »Ja. Ja, der bin ich.«

»Und Sie kennen Lady Violet?«

»Wir sind alte Freunde.« Lady Violets Schuppen leuchteten in einem herrlichen Aquamarinblau, aber ihre Augen waren stahlhart. So angespannt hatte Hattie sie noch nie gesehen.

»Und Lord Mortimer hat Sie in dieses Gefängnis geworfen?«

»Ja.«

»Weil Sie jemanden aus der Menschenwelt geheiratet haben.« Hattie erinnerte sich, was die Bank ihr einmal erzählt hatte.

»Das stimmt.«

Plötzlich war über ihnen ein lärmendes Durcheinander zu hören. Etwas kam kreischend auf sie zugeflitzt. »Hattie, Arthur«, schrie Sir Gideon gellend. »Er ist NICHT euer Vater!«

Kapitel 31

Sir Gideons Schuppen leuchteten in einem so tiefen und intensiven Scharlachrot, dass er aussah, als würde er gleich Feuer fangen.

»Nein!« Er schoss zwischen Hattie und Arthur. »Nein!« Er flatterte vor Lord Jaspers Gesicht. »Das dürfte nicht passieren!«, rief er. »Ihr dürftet nicht hier sein! Ihr müsstet in der Stadt sein, wo wir euch zurückgelassen haben! Und du hättest es ihnen nicht sagen dürfen. Wie konntest du das zulassen?«, klagte er Lady Violet schrill an.

»Ich habe es ihnen nicht gesagt.«

»Warum sind sie dann hier?«

»Um Victor zu retten.«

»Warum sind sie dann nicht bei ihm?« Sir Gideon flog die Reihe der Zellen entlang und blieb mitten in der Luft stehen. »Wo ist Victor?«

Hattie streckte das Bündel in ihren Armen vor.

Sir Gideon ignorierte sie. Seine Schuppen wurden purpurrot und seine Augen quollen hervor. »Also wissen sie es nicht?«, ächzte er.

»Nein.«

»Aber …«

»Was wissen wir nicht?«, fragte Hattie.

Sir Gideon und Lady Violet starrten einander an. Der Gefangene stand still da. Das einzige Geräusch kam von hinter Hattie. Sie war so abgelenkt von dem Gefangenen gewesen, dass sie die falschen Victors vergessen hatte. »Nimbus«, hörte sie einen von ihnen murmeln, und unter ihrer Jacke zappelte Victor.

Nimbus – hatte nicht Lady Serena gedacht, Arthur sei Nimbus, als sie ihn aus seinem Haus in Manchester hergebracht hatte? Und war nicht Lord Mortimer fuchsteufelswild gewesen, als er herausfand, dass er es nicht war?

»Nimbus«, rief einer der Elefanten.

»Was wissen wir nicht?«, fragte Hattie. »Und was meintest du, als du gesagt hast: ›Er ist nicht euer Vater‹?«

»Ich …« Sir Gideons Wangen blähten sich auf wie Luftballons.

»Er hat gelogen.« Der Gefangene sah sie mit seinen edelsteinartigen Augen fest an. »Er wollte dich beschützen, aber du musst es wissen. Ich bin dein Vater.«

Hattie spürte, wie sich ihre Augenbrauen zusammenzogen. Ihr Vater war tot. Das hatte ihre Mutter ihr viele Male erzählt. »Seien Sie nicht albern«, sagte sie.

»Es ist wahr.«

»Mein Vater ist gestorben, als ich ein Baby war.«

»Das wollten wir dich glauben lassen.«

»Nimbus«, murmelte einer der Elefanten.

»Es stimmt, Hattie.« Lady Violet sagte das mit solcher Wärme und Überzeugung, dass Hattie zum ersten Mal das Gefühl hatte, dies sei vielleicht kein Trick.

»Aber ich wohne in einem kleinen Haus in Worcester.«

»Marcia hält große Stücke auf Worcestershire-Soße. Sie

hat Worcester vorgeschlagen, als wir überlegten, wo wir deine Mutter vor Lord Mortimer verstecken könnten«, sagte Lady Violet. »Sie war schwanger, und er wäre nicht nett mit jemandem umgegangen, der vielleicht der rechtmäßige Erbe von Irgendwo-Nirgendwo ist.«

»Nimbus«, murmelten die Elefanten wieder.

»Weiß es meine Mutter? Warum hat sie mir das nicht erzählt? Warum hat sie behauptet ...« Hattie stockte. Sie sah Lord Jasper an, brachte es aber nicht über sich, »du« zu sagen. »Warum hat sie behauptet, mein Dad sei tot?«

»Sie hat dich nicht belogen. Sie glaubt es wirklich. Nach deiner Geburt haben wir ihr etwas gegeben, damit sie alles vergisst«, sagte Lady Violet.

»Du kennst meine Mutter?«

»Ich habe sie seit elf Menschenjahren nicht mehr gesehen. Ich habe es nicht gewagt, damit sie dich nicht in Gefahr bringt, indem sie womöglich zurückzukommen versucht.«

In Hatties Kopf drehte sich alles. Sie sahen sie alle an, aber sie wollte ihren Blick nicht erwidern. Vor allem wollte sie Lord Jasper nicht ansehen, den Mann, der vielleicht ihr Vater war oder auch nicht, der vielleicht tot war oder auch nicht, der vielleicht irgendwas für sie war oder auch nicht. Vielleicht oder auch nicht. Vielleicht oder auch nicht. Nicht. Alles war einfacher, wenn es nicht so war.

Sie versuchte, tief Luft zu holen, wie es ihre Mutter gesagt hätte, aber die Luft wollte nicht richtig hereinkommen. Es war, als wären ihre Lungenflügel nach dieser Neuigkeit kleiner geworden. Als wüssten sie auch nicht, wem sie glauben sollten.

Sie starrte das Bündel in ihrer Hand an. Es gab nur zwei Einwohner von Irgendwo-Nirgendwo, denen sie völlig vertraute: Lady Violet und Victor. Lady Violet sagte all die Sachen, die ihren Kopf ganz wirr machten, aber Victor? Was würde er sagen? Sie hob das Bündel vor ihr Gesicht und zog den Ärmel von Arthurs Pulli gerade weit genug hoch, dass sie hineinspähen konnte. Aus dem Nest aus Kleidern spähte eine winzige Version von Victor zu ihr heraus. Seine Augen waren so ernst, dass er eigentlich gar nichts sagen musste. Sie wusste es schon. »Es ist wahr.«

Arthur hustete. »Aber Sir Gideon hat uns beide gerufen, als er hereinkam«, sagte er. »Nicht nur Hattie.«

»Ja.« Lady Violet wartete ab, bis die Erkenntnis einsickerte.

»Sie sagen, ich bin Ihr Sohn.« Arthur schien nicht solche Schwierigkeiten wie Hattie zu haben, Lord Jasper in die Augen zu schauen.

»Ja.«

»Aber wenn Sie sagen, dass Sie Hatties Vater sind, dann heißt das …« Arthur drehte sich langsam zu Hattie um. »Wollen Sie damit sagen, dass Hattie meine Schwester ist?«

»Ja.«

»Aber ich habe schon Eltern und ich habe keine Schwester.«

»Nimbus, Nimbus«, riefen die Elefanten im Chor.

»Ich weiß, es ist schwer zu glauben, aber es ist wahr.« Lady Violet flog herab und schwebte zwischen Hattie und Arthur. Sie schoss einen wütenden Blick auf Sir Gideon ab. »So wollte ich es euch eigentlich nicht sagen.«

»Und wer sind dann meine Eltern in Manchester?«

»Zwei liebe Menschen«, antwortete Lady Violet mit künstlicher Fröhlichkeit. »Der Zeitwurm wollte euch sehen, als ihr geboren wart. Sie bohrte ein Loch, aber sie musste husten. Eine Weile hat sie dich auf dem Stück zwischen Irgendwo-

Nirgendwo und der Menschenwelt verloren. Und sie war so durcheinander, als sie versuchte, ihren Fehler zu korrigieren, dass sie dich aus Versehen nach Manchester geschickt hat. Diese reizenden Menschen haben dich gefunden – und wir konnten dich ja schlecht wieder zurückfordern. Also haben wir sie dich adoptieren lassen.«

»Ich bin adoptiert?«

»Das war lieb von ihnen, oder?«

»Wir haben entschieden, dass Marcias Fehler vielleicht auch etwas Gutes sein könnte. Wir dachten, es wäre besser, euch beide aufzuteilen«, sagte der Gefangene. Oder war er Lord Jasper? Oder war er ihr Vater? Hattie wünschte sich, alle würden aufhören zu reden. Sie konnte nicht klar denken. In Irgendwo-Nirgendwo war sie sich ihrer Sache immer sicher gewesen. Sie hatte Entscheidungen auf der Grundlage von Bauchgefühlen getroffen, abhängig davon, dass es sich einfach richtig anfühlte. Aber jetzt war das alles weg. Sie fühlte sich bei gar nichts mehr sicher. Und vor allem nicht wegen Arthur.

»Also ist Hatties Mum meine Mum?«, fragte Arthur.

»Stella, ja.« Lord Jaspers Stimme klang zärtlich.

»Nimbus, Nimbus.« Die Elefanten sagten es immer wieder. Dieses Wort. Sie drückten es in Hatties Kopf, obwohl sie doch über so viele andere Dinge nachdenken musste.

»Warum sagen sie das die ganze Zeit?«, blaffte sie.

»Weil Nimbus Lord Jaspers Erbe ist. Der wahre Erbe. Und auf den warten die Einwohner von Irgendwo-Nirgendwo.«

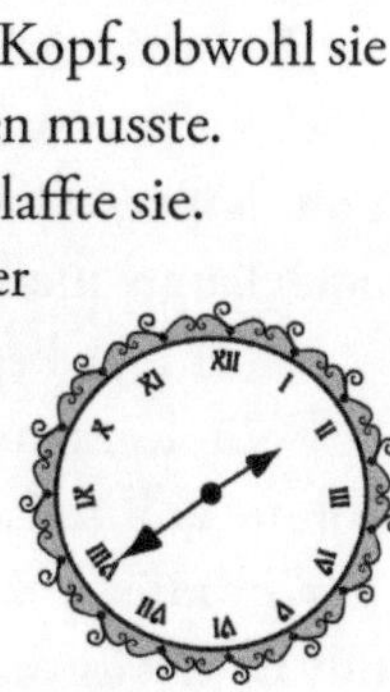

Kapitel 32

Nimbus. Lord Jaspers Erbe. Der Erbe von Irgendwo-Nirgendwo. Hattie verstand es nicht. Sie schloss die Augen, dachte, alles wäre vielleicht klarer, wenn sie sie wieder öffnete, dass dann vielleicht alles anders wäre. Aber als sie es tat, hatte sich nichts verändert, abgesehen davon, dass Sir Gideon noch verärgerter aussah. »Wo ist Victor? Was ist mit ihm passiert?«, wollte er wissen.

Hattie streckte wieder das Bündel in ihren Armen vor, sie war froh, dass sie an etwas anderes denken konnte als an Lord Jasper und ob er ihr Vater war oder nicht. »Er ist hier drin. Wir haben ihn geschrumpft, damit wir ihn aus der Zelle holen konnten.«

Sir Gideon blinzelte angestrengt.

»Es ist eine lange Geschichte. Wir erzählen sie dir später.«

»Und jetzt müsst ihr aus diesem Gefängnis heraus«, sagte Lord Jasper. »Die Wächter werden euch entdecken, wenn ihr noch länger hierbleibt.«

»Aber …«, begann Hattie.

»Wir können dich nicht hierlassen«, sagte Arthur, als könnte er ihre Gedanken lesen.

»Ihr müsst. Wichtig ist, Victor hier herauszubringen, damit Lord Mortimer ihn nicht zum Festessen machen kann.«

»Lord Jasper hat recht«, sagte Lady Violet. »Aber wie sollen wir das anstellen?«

»Wir locken die Wächter hier herein, dann schleichen wir an ihnen vorbei.«

»Das ist leichter gesagt als getan.« Arthur sah sich gründlich um. »Hier gibt es kein Versteck.«

Hattie folgte seinem Blick. Er hatte recht. Das Gefängnis bestand aus einem einzigen Gang mit einer Reihe von Zellen an beiden Seiten. Die einzige Möglichkeit wäre, wenn sie sich als abblätternde Farbe tarnten. Und das war natürlich lächerlich.

»Ihr könntet euch hinter einem Elefanten verstecken«, kam eine Stimme aus einer der Zellen.

»Wenn wir Victor wieder normal groß machen, werfen sie ihn nur zurück in seine Zelle.«

»Ich meine nicht Victor. Ich meine einen von uns.«

Lady Violet, Sir Gideon und Lord Jasper tauschten Blicke. Hattie sah, dass sie die Idee interessant fanden. *Aber sie machen sich Sorgen*, dachte sie. *Sie wissen nicht, ob sie diesem Elefanten vertrauen können.*

Hattie und Arthur gingen zu der Zelle, aus der die Stimme kam. Der Elefant darin neigte den Kopf und schlängelte zum Gruß den Rüssel nach oben.

»Warum solltest du das tun?«, fragte Arthur. »Es ist noch nicht sehr lange her, da hast du so getan, als wärst du Victor, um uns auszutricksen.« Er klang misstrauisch, auch wenn Victor gesagt hatte, dass die anderen Elefanten Lord Mortimer nicht mochten. *Dadurch klingt er unabhängig und stark*, dachte Hattie. Es war, als wäre er durch das, was sie gerade erfahren hatten, selbstbewusster geworden, während sie am liebsten davongelaufen wäre, irgendwohin, wo sie sich hinsetzen und darüber nachdenken konnte, was gerade passiert war. Aber das würde sie nicht tun können.

»Lord Mortimer hat uns gezwungen, euch auszutricksen, wir hatten keine andere Wahl. Aber jetzt, wo Nimbus hier ist, gibt es Hoffnung.«

Sie legen eine Menge Wert auf Nimbus, dachte Hattie. *Auf meinen Bruder. Ihn so zu nennen fühlte sich so seltsam an.*

»Ihr würdet den Wächtern sagen, dass wir hier sind.«

»Das könnten wir auch jetzt tun, wenn wir wollten.« Die Falten um die Augen des Elefanten vertieften sich. Er erinnerte sie so sehr an Victor, dass sie das Bündel fester an ihre Brust drückte.

»Das stimmt«, sagte Lord Jasper in seiner Zelle. »Jeder einzelne der Elefanten hätte Alarm schlagen können, wenn er gewollt hätte.«

»Vertrau uns«, sagte der Elefant.

In dem Bündel zappelte es. »Lass uns Victor fragen.« Hattie zupfte gerade so viel an Arthurs Pulli, dass sie ihn sehen konnte. »Sollen wir ihnen vertrauen?«, fragte sie.

In seinem Kleidernest legte sich Victors Gesicht in Falten, als er lächelte. »Du und Arthur habt ihnen den ersten Grund zur Hoffnung gegeben, seit Lord Mortimer anfing, über sie zu herrschen.«

»Wenn Victor ihnen vertraut, sollten wir das auch tun, glaube ich«, sagte sie zu den anderen und steckte den Ärmel von Arthurs Pulli wieder sorgfältig fest.

»Benutz mein Hemd.« Arthur fing an, die Knöpfe zu öffnen, bevor irgendwer Zeit hatte, seine Meinung zu ändern. Er reichte dem Elefanten das Hemd durch die Gitterstäbe. Anfangs sah es lächerlich aus – ein ausgewachsener Elefant mit einem Jungenhemd auf dem Rücken, wie ein Sattel.

Doch dann flackerten seine Augen vor Überraschung. Und als sein Körper zu schrumpfen begann, hob er den Rüssel. »Für Irgendwo-Nirgendwo«, erklärte er feierlich.

»Für Irgendwo-Nirgendwo. Für Nimbus.« Die anderen Elefanten hoben ihre Rüssel ebenfalls, während er zuerst so groß wurde wie ein Zebra, dann wie ein Löwe. »Brauchst du noch etwas?« Arthur zog sich das T-Shirt über den Kopf und zwängte es durch das Gitter. Der Elefant wurde so groß wie ein Labrador und dann wie eine Bulldogge. Dann fielen Arthurs Kleider auf den Boden und flitzten auf die Gitterstäbe zu.

»Hör auf zu zappeln, das kitzelt«, lachte Arthur, als er das Bündel durch das Gitter zog. Er hob das T-Shirt auf und zog es wieder über den Kopf, während der Elefant zu wachsen begann.

»Achtung!« Hattie sprang aus dem Weg, als der Elefant so groß wie eine Bulldogge wurde, dann wie ein Labrador und dann wie ein Löwe. Und Arthur schaffte es gerade, aus dem Weg zu gehen, als der Elefant wieder Elefantengröße annahm.

»Kommt hinter mich.« Der Elefant winkte Hattie und Arthur mit dem Rüssel zu sich. »Wir trompeten, und wenn die Wächter hereinkommen, bewege ich mich so, dass ich euch immer vor ihnen abschirme. Sobald ihr die Chance habt, schlüpft ihr zur Tür hinaus. Schließt sie, aber macht euch keine Gedanken, wie ihr sie verbarrikadieren könntet, das übernehmen Sir Gideon und ich.« Er zögerte. »Du wirst doch die Barrikade organisieren, oder, Sir Gideon?«, fragte der Elefant nach, als Sir Gideon nicht antwortete.

»Natürlich. Ist nicht nötig, das noch mal zu sagen.« Sir Gideon machte ein finsteres Gesicht. Er wandte sich an Hattie und Arthur. »Ich habe draußen eine Plattform gesehen. Wartet dort auf uns. Und diesmal wartet ihr wirklich. Lauft nicht wieder weg wie in der Stadt.«

Der Elefant stellte sich so, dass sein Körper den gesamten Gang verdeckte. »Trompetet!«, befahl er den anderen Elefanten. »Trompetet, um Irgendwo-Nirgendwo zu retten. Trompetet, um Nimbus zu retten.« Er hob den Rüssel zur Decke und begann zu trompeten. Und in dem Moment, als der erste Ton erklang, stimmten die anderen ein, sodass es sich anhörte wie die lauteste Blaskapelle der Welt. In dem Bündel in ihren Händen fühlte Hattie ein Zittern. Victor trompetete ebenfalls.

Die Gefängnistür wurde aufgerissen und zwei verwirrte Wächter des Reiches stürmten herein. »Was ist hier los? Warum bist du hier draußen?«, schrie einer von ihnen den Elefanten an, der im Weg stand. Er zögerte und runzelte die Stirn, als versuchte er herauszufinden, ob das Victor war oder nicht.

»Ihr habt meine Zellentür offen gelassen«, sagte der Elefant. Er schob sich langsam zur Seite, um die Wächter vorbeizulassen, damit sie die Zelle inspizieren konnten. Und als sich die Wächter bewegten, bewegten sich Hattie und Arthur mit ihnen und benutzten die korpulente Masse des Elefanten als Deckung.

»Das würde ich nie tun. Ich bin immer sehr vorsichtig.« Der Wächter schlug empört mit seinem Stab in einen Strohhaufen.

»Aber du hast es getan, also dachte ich, ich vertrete mir mal die Beine. Nur sind dann die anderen neidisch geworden und haben beschlossen, es euch zu verraten.« Der Elefant machte eine abfällige Kopfbewegung zu den anderen Elefanten, die immer noch in ihren Zellen waren, und schob sich ein Stück weiter herum. Noch ein Schritt, und dabei trat er Hattie fast auf den Zeh. »Sie wollten mir den Spaß verderben«, sagte er. Und da fingen die Elefanten wieder an. Ein brüllender, donnernder Missklang erfüllte das Gefängnis, sodass sich die Wächter schnell die Ohren zuhielten.

»Jetzt!« Arthur zog Hattie am Ärmel, und sie setzten sich in Bewegung, als der Elefant die Wärter vollends von der Tür abschirmte. Es waren nur ein paar Schritte für sie zum Eingang, nur an Lord Jaspers Zelle vorbei. Als sie vorbeischlüpften, waren seine Augen scharf, und er konzentrierte sich auf ihre Gesichter, als wollte er sich jede Linie und jedes Haar einprägen. Er hob die Hand und deutete auf Hatties Kette. Dann flüsterte er lautlos etwas. Erst als sie aus der Tür waren, wurde ihr klar, was es gewesen war.

»Das verlorene Siegel.«

Kapitel 33

Als sie die Tür hinter sich schlossen, konnten sie immer noch den Triumphchor der Elefanten hören, der sich jetzt mit dem Stampfrhythmus der Elefanten draußen mischte. »Wir haben es geschafft.« Hattie grinste Arthur an und hob das Kleiderbündel an ihren Mund. »Wir sind draußen«, flüsterte sie Victor zu und musste fast würgen, als ihr der rote Staub in die Kehle geriet. Bei einem kurzen Blick über die Schulter sah sie die Außenseite des Gefängnisses zum ersten Mal. Es war ein langes, niedriges Gebäude, ein Ort, an dem man eher Dinge lagerte, als Leute einsperrte. Die Mauern waren fensterlos, trist erdbraun gestrichen, und die Farbe blätterte draußen genauso ab wie drinnen. Man konnte sich nicht vorstellen, dass jemand elf Jahre an diesem stickigen Ort festsaß. Bei dem Gedanken schauderte sie.

»Sir Gideon sagte, wir sollen an der Plattform auf ihn warten. Siehst du eine?«, unterbrach Arthur ihre Gedanken. Er schaute das Tal entlang und blinzelte in dem wirbelnden Staub.

Hattie zog ihren Jackenkragen hoch, um sich zu schützen, und folgte seinem Blick. Da waren ein paar Gestalten, blasse Umrisse, aber die tanzenden roten Schwaden machten es schwierig zu erkennen, was sie da sah.

»Vielleicht ist es das.« Arthur deutete auf etwas in der Mitte zwischen der Stelle, wo sie standen, und der Staubwand, wo vermutlich die stampfenden Elefanten standen. In den wirbelnden Staubschwaden stellte sie sich die Victor-Doppelgänger vor, dick mit rotem Staub bedeckt, wie sie ernst mit den Füßen stampften, ohne sich von der Stelle zu bewegen.

Das, was Arthur anschaute, sah aus wie ein hoher Hügel oder vielleicht wie eine sehr, sehr große Bühne mitten in einem Park, wenn man durch einen staubigen Himmel daraufschaute. »Das ist das Einzige, was zu der Beschreibung passt«, sagte er.

Er fing an zu rennen und Hattie folgte ihm und schirmte die Augen mit der Hand vor dem Staub ab. Je näher sie kamen, desto klarer war das Gebilde zu sehen. Es wirkte völlig fehl am Platz, eine riesige Holzplattform, die größer war als Hatties ganzes Haus und einfach so mitten in der Landschaft stand. In der Mitte, direkt vor einer hohen Holzwand, erhob sich eine große Vorrichtung, die aussah wie eine Mischung aus Flaschenzug und Trapez. Darauf war quer eine dicke Metallstange mit einem spitzen Ende. Gerade, als Hattie sich überlegte, wer das wohl dort aufgebaut hatte, blieb Arthur stehen. »Da ist ein komischer Graben voll mit rotem Staub.« Er schaute einen Abhang hinunter, so tief, dass nur der Kopf eines erwachsenen Mannes über den Rand geschaut hätte. »Aber es gibt eine Brücke. Sollen wir?« Er trat auf die Planke, die sich über den Graben erstreckte.

Hattie folgte Arthur auf die seltsame Plattform und ging auf ihre Mitte zu. Sie setzte sich neben ihm unter die Metallstange, um auf Sir Gideon und Lady Violet zu warten, und legte das Bündel mit Victor darin auf ihren Schoß und die

Tüte mit allen Sachen aus ihren Taschen neben sich. Die Vorrichtung kringelte sich über ihnen, als wollte sie ihr Gespräch belauschen. Und jetzt, als sie genauer hinschaute, erkannte sie, dass die Stange an einem Ende ein Rad mit einem Griff hatte, der aussah wie eine Kurbel. »Was glaubst du, was das ist?«, fragte sie mit einem Blick nach oben.

»Ich weiß nicht. So etwas habe ich noch nie im Leben gesehen.« Aber obwohl er über das komische Gerät über ihnen sprach, sah Arthur sie an. Und er sah sie mit einem eigenartigen Blick an, als sähe er ihr Gesicht zum ersten Mal und versuchte, sich über etwas klar zu werden. Sie wünschte sich, er würde damit aufhören.

»Schau.« Sie zeigte zu den dunklen Wolken über den Drei Vulkanen hinauf. »Da drüben regnet es. Wer hätte gedacht, dass unser Plan funktioniert?« Sie versuchte sich an einem schwachen Lächeln.

Er wandte den Blick ab, aber nur kurz. Dann starrte er sie wieder an.

»Die Wolken sind so dunkel, sie sehen wütend aus, weil sie ausgetrickst wurden«, versuchte sie, ihn noch einmal abzulenken.

Er stimmte ihr zu, schaute aber nicht weg. »Hattie«, sagte er.

»Ja.«

»Wir sollten darüber reden, was gerade passiert ist.«

»Sollten wir?«

»Ja, wir sollten.«

»Aber ich weiß nicht, was ich sagen soll.«

»Wir könnten darüber reden, dass du meine Schwester bist.«

»Das behaupten sie nur.«

»Aber sie haben recht. In dir drin weißt du das. Du siehst nur nicht aus, als würdest du dich darüber freuen.«

»Ich bin verwirrt. Und ich bin noch verwirrter, weil du das anscheinend alles normal findest. Du benimmst dich, als hättest du es immer gewusst.«

»Weil ich glaube, dass es so ist. Irgendwie ergibt das alles hier Sinn.« Er legte die Hand an seine Brust.

»Tja, für mich nicht. Meine Mum und ich, wir sind wir. Und wir sind richtig so. Nur wir zwei.« Hattie hielt sich die Hände vors Gesicht.

»Pass auf Victor auf.« Arthur nahm ihr das Bündel vom Schoß und legte es zwischen sie. »Du willst mich anscheinend nicht als Bruder«, sagte er.

Hattie versuchte zu lächeln. »Es liegt nicht an dir, es ist … es ist einfach alles. Und Mum, was wird Mum denken?« Sie zögerte; sie wusste nicht, wie sie es sagen sollte. »Warum hat sie mir das alles nicht gesagt? Warum hat sie gelogen?«

»Vielleicht erinnert sie sich nicht«, antwortete Arthur. »Lady Violet hat doch gesagt, man hätte ihr etwas gegeben, das ihr beim Vergessen geholfen hat. Und falls sie gelogen hat, dann nur, um dich zu beschützen.«

»Aber ich war doch die ganze Zeit diejenige, die *sie* beschützt hat.« Hattie schaute weg, damit Arthur nicht sah, wie ihr die Tränen kamen. »Die Regenwolken werden sogar noch dunkler«, sagte sie noch einmal zur Ablenkung. Um sich zu trösten, fasste sie an ihre Halskette. Während sie den Stein zwischen den Fingern rollte, erinnerte sie sich, was eben passiert war, als sie das Gefängnis verließen. »Hast du gesehen, was …« Sie unterbrach sich und überlegte, welche Wörter sie benutzen sollte. Lord Jasper – so würde sie ihn erst einmal nennen, beschloss sie. »Hast du gesehen, was Lord Jasper uns heimlich zugeflüstert hat, als wir gegangen sind?«, fragte sie.

»Nein.«

»Ich bin mir sicher, er wollte mir sagen, das hier sei das Verlorene Siegel.«

»Ehrlich?« Arthur beugte sich herüber, um die Kette zu mustern. »Das sieht nicht so wirklich wie ein Siegel aus.«

»Aber dachte Lady Serena nicht, dass das Stück Metall, das sie gefunden hatte, das Verlorene Siegel war?«

»Das hier?« Arthur zog das Metalldreieck aus seiner Tasche.

»Lass mal sehen.« Hattie drehte es in der Hand. Jetzt, wo sie es genau betrachtete, erkannte sie, wie schön es war. Jede Feder im Kamm des Kakadus, jede Falte am Rüssel des Elefanten, jede Schuppe auf dem Rücken des Schuppentiers war sorgfältig dargestellt. Nur das Schuppentier war nicht ganz perfekt. In seinem Gesicht war ein Loch. Ein Loch, wo eigentlich sein Auge gewesen wäre. Sie hob die Hand und berührte den winzigen Stein an ihrem Hals. Konnte das sein? Sie öffnete den Verschluss und betrachtete den glitzernden Edelstein. Er sah aus, als hätte er die richtige Größe. Fast schon ängstlich hielt sie die beiden aneinander. Sie sprangen zusammen und das Dreieck veränderte seine Form. Es bildete einen Stern, genau in dem Moment, als sie sah, wie das Bündel, in dem Victor eingewickelt war, zu zittern anfing.

Dann tauchte hinter der Holzwand eine lange, knochige Hand auf. Lord Mortimers Lachen zerriss die Luft. »Meins!«, sagte er und riss ihr den Stern aus den Händen.

Kapitel 34

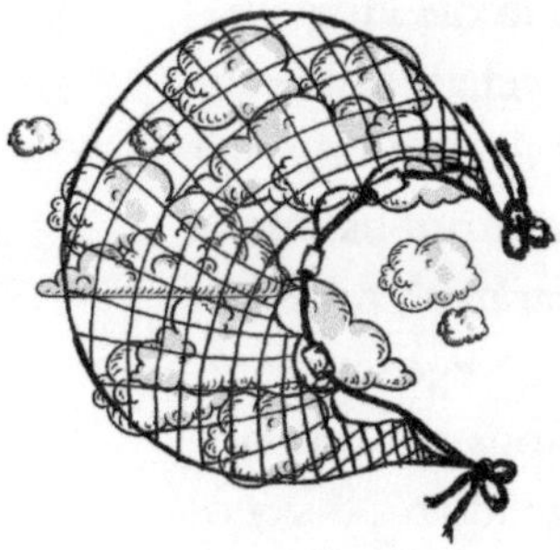

»Wie leicht ihr beide mir alles macht. Ein Kakadu hat mir erzählt, ich könnte euch vielleicht hier finden, ich habe kaum gewagt, es zu glauben. Aber hier seid ihr.« Lord Mortimer hielt den Stern schadenfroh hoch in die Luft, wo sie ihn nicht erreichen konnten. »Zuerst bekomme ich Regen, und dann schenkt ihr mir noch das hier. Anscheinend mag mich jemand sehr.« Während er das Metallstück drehte, um es zu inspizieren, kam ein dummköpfiger Wächter des Reiches grinsend hinter der Holzwand hervor und stellte sich neben ihn. »Lady Serena war nicht so dumm, wie ich dachte. Sie hatte das Verlorene Siegel gefunden – na ja, einen Teil davon.« Lord Mortimer warf hämisch lachend den Kopf zurück. »Sie tut mir fast leid. Aber nicht genug, um mich zu entschuldigen.« Er brüllte vor Lachen, als hätte er gerade einen großartigen Witz erzählt.

Arthur rappelte sich hoch. »Das gehört uns!« Er streckte die Hand aus, als erwartete er, dass Lord Mortimer es ihm wiedergab.

»Sehr lustig.« Lord Mortimer zeigte die Spitzen seiner dolchartigen Zähne. »Du bist sehr lustig und sehr nützlich, lieber … Neffe.« Er neigte den Kopf zur Seite und strich sich mit der Hand über die Wange, sodass sie das Brandmal sehen konnten, das seinen kleinen Finger knotig wirken ließ. »Ja, Neffe. Das war ein rührender kleiner Austausch, den ich da mithören konnte.«

Hattie fühlte sich, als wäre ihr Herz eingefroren. Wie hatte sie zulassen können, dass er das Siegel in die Finger bekam? Er hatte recht, er hatte es sehr leicht gehabt. Aber die Person, die es ihm leicht gemacht hatte, war sie, nicht Arthur.

Lord Mortimer ließ den Stern über ihrem Kopf baumeln. »Sehr hübsch, nicht wahr? Und er wird sogar noch hübscher aussehen, wenn ich ihn mit dem Rest des Siegels vereine. Dann muss ich mich nicht mehr mit Nimbus herumschlagen und wer der rechtmäßige Erbe von Irgendwo-Nirgendwo ist.« Er tippte sich mit zwei seiner dünnen Finger an die Wange. »Und wer von euch beiden ist es wohl, frage ich mich? Was hat das Buch des Reiches als euren Test vorgesehen? Ob es wohl testet, wie ihr kämpft – wie ein wahrer Anführer? Oder wie ihr einen lästigen, überemotionalen Wurm behandelt? Ach, ich habe ja ganz vergessen: Das ist jetzt nicht mehr wichtig, denn ich habe ja das hier.« Er schloss die Faust um den Stern.

»Wo ist der Unterschied?«, fragte Hattie.

»Damit kann ich das Buch des Reiches umschreiben. Und wenn ich das ändern kann, sind Tests nicht mehr wichtig. Nimbus ist der, den ich dazu ernenne. Und ich ernenne mich selbst. Sogar die Wolken werden mir gehorchen müssen.« Ein schlangenhaftes Lächeln kroch über sein Gesicht. »Und wenn die Wolken nach meiner Pfeife tanzen, brauche ich auch diesen dummen Wurm nicht mehr, damit er mehr für mich sammelt. Ich kann Marcia endlich bestrafen, wie ich will. Dann weiß sie wenigstens, warum sie heult.«

»Sie ist unsere Freundin.« Hattie hasste ihn mit jeder Faser ihres Körpers.

»Euer Freund zu sein hat bisher noch keinem geholfen, oder?«

»Das ist nicht fair!« Aber Hatties Blick huschte zu dem Kleiderbündel mit Victor darunter. Er war ihr Freund, und sie hatte ihm keinen sonderlich guten Dienst erwiesen, wenn sie es nur geschafft hatte, ihn schon wieder in Gefahr zu bringen. Vielleicht hatte Lord Mortimer recht.

»Schau nicht so empört, liebe Nichte. Das macht alles nur schlimmer.« Lord Mortimer trat einen großen Schritt auf sie zu. »Und wo schaust du denn so nervös hin?« Er beugte sich hinunter und riss die Kleider weg. Ein winziger grauer Elefant saß schutzlos auf der Plattform.

»Was ist das?« Lord Mortimer runzelte die Stirn. »Das ist kein Baby.« Dann machte er einen Schritt rückwärts, als Victor zu wachsen begann. Erst war er so groß wie ein Kaninchen, dann so groß wie ein Fuchs, dann so groß wie ein Hirsch. Und während Victor auf die Größe eines Pferdes anwuchs, begann Lord Mortimer zu lachen. Als Victor wieder er selbst war, bog sich Lord Mortimer derart vor Lachen, dass man sich nicht mehr vorstellen konnte, er würde je wieder damit aufhören.

»Ach, das wird ja immer besser«, rief Lord Mortimer begeistert. »Ihr habt mir auch Victor gebracht. Die Wächter sollten ihn für das Festbankett herbringen, und wir dachten, er würde sich wehren. Aber jetzt ist er ganz ohne Aufstand hier. Ich nehme nicht an, ihr habt auch Wacholderbeeren mitgebracht? Das wäre perfekt. Dann könnten wir sofort mit den Vorbereitungen beginnen.« Er machte eine übertriebene Schnörkelbewegung mit der Hand über seinem Kopf.

Hatties Augen folgten seiner Geste. Plötzlich war ihr klar, was das über ihr für eine Vorrichtung war. Sie saßen unter einem riesigen Bratspieß – die perfekte Größe, um einen Elefanten zu grillen.

»Wenn du mich umbringst, wirst du es den Rest deines Lebens bereuen.« Victor drehte sich zu Lord Mortimer um, aber er tat es unbeholfen. Seine Beine hatten sich noch nicht an die richtige Größe gewöhnt.

»Nicht so sehr, wie du es bereuen wirst.« Lord Mortimer schnippte mit seinen dünnen Fingern und der Wächter des Reiches senkte seinen Stock zu Victors Bauch.

»Und ich verspreche, es überhaupt nicht zu bereuen«, sagte der Wächter grob. »Ich hätte mir fast alle Finger gebrochen, als du uns bei den Höhlen auf die Jagd nach dem Verlorenen Siegel geschickt hast.«

Lord Mortimer schnalzte mit der Zunge. »Die Wächter des Reiches vergeben nicht so leicht«, sagte er. »Das ist eine Charakterschwäche, die ich bewundere.« Er wandte sich an den Wächter. »Ich glaube, wir kümmern uns erst um den Elefanten und dann um die Kinder.«

»Mit Vergnügen.« Der Wächter ließ seine mächtigen Schultern kreisen, war bereit zum Zuschlagen.

Das konnte alles nicht wahr sein. Hattie sah sich nach einem Fluchtweg um, aber sie waren von dem Graben mit dem roten Staub umgeben. Der einzige Weg zurück führte über die Bohlenbrücke. Die war jedoch zu schmal, um einen drei Tonnen schweren Elefanten leicht auszuhalten. Und Lord Mortimer und der Wächter standen im Weg.

»Dieser Stab kann mir vielleicht wehtun, aber er wird mich nicht umbringen«, sagte Victor würdevoll. »Die Wächter können diejenigen nicht unterdrücken, die an die Freiheit von Irgendwo-Nirgendwo glauben.«

»Du hast recht, der Stab ist vielleicht nicht das beste Hilfsmittel.« Der Wächter ließ seine Waffe fallen und zog etwas aus einem Futteral an seiner Seite. Metall blitzte auf und Hattie hörte Arthur nach Luft schnappen. Der Wächter hielt ein Messer in der Hand.

Hattie sah Arthur an. Er hatte vor Entsetzen die Augen weit aufgerissen. Dann bemerkte sie, wie sich etwas darin veränderte. Dachte er dasselbe wie sie? Sie schauten beide gleichzeitig auf die herumliegende Jacke und den Pulli. Sie beugte sich zu der Jacke hinunter, während Arthur nach dem Pulli griff. Sie schleuderten sie gleichzeitig auf Victors Rücken.

Victor zuckte zusammen, als wäre er geschlagen worden, dann wurde sein Gesichtsausdruck ruhig und heiter, weil ihm klar wurde, was passierte. Er schrumpfte auf die Größe eines Eisbären, dann auf die eines Rhinozerosses, dann auf die eines Gepards. Bald war er nur noch so groß wie eine Katze und dann wie ein Turmfalke. Dann wurde er unsichtbar, abgesehen von einem winzig kleinen Höcker unter dem Kleiderhaufen.

Aber statt verwirrt dreinzublicken, grinste der Wächter nur. »Danke. Das macht es nur leichter, ihm die Kehle durchzuschneiden.« Er stand über dem Bündel und die Klinge zeigte auf die Mitte des Stoffhaufens.

»Nein, warte.« Lord Mortimer hielt seine Hand fest. »Ich will ein Elefantenfestmahl, keinen Snack. Lass ihn für den Moment in Ruhe. Töte ihn nach den Kindern.«

»Mit Vergnügen.« Der Wächter hob sein Messer und drehte sich zu Hattie und Arthur um. Zu seinen Füßen hörte Hattie in dem Kleiderbündel ein Geräusch. Victor versuchte, ihnen etwas zu sagen, aber seine Stimme klang so gedämpft, dass sie keine Ahnung hatte, was er sagte.

Das Messer des Wächters schnitt durch die Luft. »Wen zuerst?«, fragte er.

Lord Mortimer leckte sich die blassen Lippen. »Hattie Brown«, sagte er, und Hattie spürte, wie ihr das Blut in den Adern gefror.

Lord Mortimer schnippte den Metallstern in seine andere Hand. »Nein, vielleicht doch zuerst Arthur Hadley-Bennett. So kann Hattie Brown sehen, welche Konsequenzen ihre Einmischung hat. Vielleicht verschone ich sie sogar lange genug, dass sie an der Prozession teilnehmen kann, wenn wir ihren gebratenen Freund zum Palast bringen. Darauf freue ich mich fast genauso wie auf mein Elefantenfestmahl.« Ein grausames Lächeln erblühte auf seinem Gesicht.

Mit klopfendem Herzen musterte Hattie den Wächter. Es nützte nichts, gegen ihn zu kämpfen. Seine Fäuste könnten sie mit einem Schlag zerquetschen. Und selbst wenn sie und Arthur sich gleichzeitig auf ihn stürzten, könnte er sie mit seinen breiten Schultern abschütteln wie Fliegen. Es sah aus, als hätte das Glück sie verlassen. Sogar das Tageslicht schien dunkler zu werden, um sich der Stimmung der bevorstehenden Ereignisse anzupassen. Und das alles war ihre Schuld. Wenn sie nicht gewesen wäre, würde Victor nicht auf der Speisekarte eines Festessens stehen und Arthur müsste sich nicht gegen einen messerschwingenden Schlägertypen wehren. Sie waren in dieser Lage, weil sie ihr helfen wollten. Und was hatte sie selbst für sie getan? Nichts, nur alles schlimmer gemacht – was bedeutete, dass sie es jetzt besser machen musste.

Hattie holte tief Luft. Sie würde vielleicht sterben, aber sie würde nicht herumstehen und nichts tun, während der Wächter Arthur umbrachte. Wenn sie ihn ablenken konnte, bekam Arthur vielleicht die Chance zu fliehen.

»Nein, das tust du nicht!« Sie sprang vor den Wächter hin, erst auf einen Fuß, dann auf den anderen, sodass er ihr ausweichen musste. »Hau ab!«, schrie sie Arthur zu.

»Ich kann dich nicht im Stich lassen!«

»Du musst!«

»Nein!«

Der Wächter passte sich ihren Bewegungen an. Als würde er mit ihr tanzen. Nur dass es ein gefährlicher Tanz war. Sein Messer hätte ihr beinahe den Haarschopf abrasiert. Also sprang sie, damit er mehr tanzen musste. Sie tanzte mit ihm von der Bohlenbrücke weg. Sie tanzte mit ihm weg von Lord Mortimer. Und sie tanzte mit ihm näher an die Kante der Plattform. »Lass sie dafür arbeiten«, sagte Lord Mortimer hämisch. »Es macht Spaß, ihr dabei zuzusehen, wie sie sich verausgabt.« Er folgte ihnen, beugte sich näher heran und warf jedes Mal, wenn das Messer in die Nähe ihres Gesichts kam, den Stern in die Luft und fing ihn wieder auf.

Hattie warf einen Blick auf Arthur. Sah er, was sie vorhatte? Hatte er bemerkt, dass sie den Wächter immer näher an die Kante führte? Würde er verstehen, was sie gleich sagen würde? Würde er wissen, was zu tun war, wenn sie »Jetzt!« rief?

Und Arthur wusste, was sie meinte. Er rannte mit voller Wucht gegen den Wächter und brauchte ihn aus dem Gleichgewicht. Einen Moment lang drehte der sich im Kreis und sein Umhang wickelte sich um seinen Bauch. Das Messer blitzte auf, als es ihm aus der Hand flog. Und während sich der Wächter drehte, desorientiert und verwirrt, rannte Arthur ein zweites Mal in ihn hinein. Der Wächter kippte von der Plattform in eine Wolke aus rotem Staub.

Aber Hattie konnte nicht abwarten, um zu sehen, was dann passierte. Sie musste sich um Lord Mortimer kümmern. Alles war so schnell geschehen, dass er immer noch den Metallstern von einer Hand in die andere warf. »Der gehört mir«, rief sie, als sie ihn aus der Luft fing und ihn mit der Schulter anstieß und aus dem Gleichgewicht brachte.

»Nein!«, schrie er, als sie ihn noch einmal rammte. Er sah ihr in die Augen und ruderte mit den Armen. Und gerade als er zur Seite fiel, streckte er die Hand aus. Er zog das Bündel mit Victor darin an seine Brust und sie stürzten gemeinsam in den Graben.

Kapitel 35

Eine Wolke aus rotem Staub stieg aus dem Graben auf, als Lord Mortimer hineinfiel. Langsam legte er sich wieder, und man konnte Lord Mortimers Spinnenfinger erkennen, die das Bündel hoch in die Luft hielten. Danach erschien Lord Mortimers Gesicht, dick mit Staub bedeckt. Zuerst blinzelte er. Dann, als er Hattie sah, machte ein triumphierendes Grinsen seine rote Maske rissig.

»Ich habe ihn«, höhnte er. »Elefantensnack oder Elefantenfestmahl – so oder so gehört er mir.«

»Und ich habe das Verlorene Siegel.« Hattie umfasste den Stern fester. Sie versuchte, ihre Stimme so hämisch wie die von Lord Mortimer klingen zu lassen, aber sie wusste, dass er sie durchschauen würde. Er würde wissen, dass sie Victor niemals für ein Stück Metall opfern würde.

»Nein, Hattie, du hast das Verlorene Siegel nicht. Du hast nur ein Stück davon. Ich habe den Rest. Du hast nur den Teil, den mein lästiger Bruder aus dem Palast geschafft hat, bevor ich eine bessere Unterbringung für ihn fand. Aber ohne das ganze Siegel ist das Stück nutzlos. Also kannst du es mir auch gleich geben.« Er streckte die Hand aus. »Sei ein braves Mädchen«, schnurrte er, doch er kam nicht auf sie zu.

In dem sich langsam wieder legenden Staub konnte er sich nur schwer bewegen.

Hatties Blut fing an zu kochen. Braves Mädchen? Dieser böse Mann wollte, dass sie ein »braves Mädchen« war und ihm gab, was er wollte? »Nein. Geben Sie mir Victor.« Sie packte den Stern fester.

»Du scheinst vergessen zu haben, dass du nicht einfach Dinge verlangen kannst und sie dann bekommst. Hat Stella dir das nicht beigebracht? Ach du liebe Zeit, ich vergesse meine Manieren. Stella. Wie geht es ihr?«

»Halten Sie meine Mutter da raus.«

»Warum? Sie und ich kennen uns schon viele Jahre, und ich habe sie so lange nicht gesehen. Natürlich möchte ich wissen, wie es mit ihr weitergegangen ist.« Lord Mortimer verdrehte das Bündel mit Victor darin in seiner Hand. »Ich muss zugeben, wir waren keine besonders guten Freunde, was ein echter Jammer ist, wenn man genauer darüber nachdenkt. Sie hat mir so einen großen Gefallen getan. Ohne sie wäre ich hier nie der Herrscher geworden. Vielleicht sollte ich sie besuchen – oder einen Freund hinschicken. Ich glaube, sie lebt in Worcester.«

»Nein.«

»Mag sie keinen Besuch?«

»Ich habe gesagt: Halten Sie sie heraus.«

»Und ich sagte, ich würde gern eine alte Bekannte wiedersehen. Jetzt gib mir das Siegel.«

»Nein.«

»Dann fange ich besser an zu planen, welche Freunde ich bitten werde, deine Mutter von mir zu grüßen. Oder ich könnte ihr Blumen schicken. Was mag sie noch mal? Wäre Tödlicher Nachtschatten passend? In der Spucke des Wissenswurms wachsen welche. Die haben es in sich.«

»Hattie, pass auf!«, rief Arthur.

Hattie sah nach unten. An der Kante der Plattform tauchte eine dicke, fette Hand auf. Sie griff nach ihren Knöcheln. Sie packte sie.

»Nein!« Arthur warf sich vor Hatties Füße und hielt die Hand auf dem Holzboden fest. Dann schlug er fest mit der Faust darauf.

»Autsch!« Das Gesicht des Wächters des Reiches starrte ihn über den Rand der Grube finster an. »Das hat wehgetan.«

»Das sollte es auch.« Arthur schnappte sich den Stab des Wächters von der Stelle, wo er ihn abgelegt hatte, als der Mann das Messer zog. Er richtete das Ende auf die Brust des Wächters.

Lord Mortimer warf dem Wächter einen zornigen Blick zu, dann zuckte er mit den Schultern. »Eigentlich ist es egal«, sagte er. »Denn ich habe immer noch das hier.« Er hielt das Bündel knapp außerhalb von Hatties Reichweite. »Und bald wird die nächste Drachenstaffel auftauchen, und sobald sie sehen, was hier los ist, werden sie kommen und helfen. Also kannst du mir das auch genauso gut gleich geben. Du willst doch nicht, dass das Ganze hier unschön wird, oder?«

Es hatte eine Zeit gegeben, als die Vorstellung, dass Drachen kamen, Hattie gefallen hätte. Sie hätte darauf vertraut, dass die Drachen auf ihrer Seite waren. Aber jetzt war sie sich nicht mehr sicher. Sir Willow-Wood hatte nicht versucht, Victor zu retten, als er die Chance dazu hatte. Und wenn er keinem Mitbewohner von Irgendwo-Nirgendwo helfen wollte, warum sollte er dann ihr helfen? Hattie blickte zum Himmel auf, in die Richtung, aus der die Drachen kommen würden. Sie waren nirgendwo zu sehen, aber der Himmel wurde dunkler. Die Wolken, die über den Drei Vulkanen gehangen hatten, bewegten sich. Es wirkte fast, als kämen sie herüber, um zu sehen, was hier los war.

»Also gib mir das Siegel, bevor die Drachen kommen«, knurrte Lord Mortimer.

Hattie warf einen Blick zu den Wolken hinauf, um zu prüfen, ob sie recht hatte. Sie kamen eindeutig auf sie zu. »Nein«, entgegnete sie.

»Du bist wirklich ermüdend, weißt du das?« Lord Mortimer seufzte. »Also gut, mir ist langweilig. Beschleunigen wir das ein bisschen. Siehst du das?« Er hielt das Bündel mit Victor darin hoch. »Und das?« Er zeigte nach unten. »Staub«, sagte er. »Staub, der so dicht ist, dass er mir bis zu den Knien reicht. Jetzt stell dir vor, was mit einem sehr kleinen Elefanten passieren würde, wenn er sich in diesem Staub wiederfände. Stell dir vor, wie schnell er völlig damit bedeckt wäre. Stell dir vor, wie er keine Luft mehr bekäme. Und dann …« Lord Mortimer verdrehte die Augen, bis sie nur noch das Weiße mit den rosa Adern sehen konnte. »Ach, herrje.« Langsam senkte er Victor zu dem Staub ab. »Gib mir das Siegel«, knurrte er.

»Nein.« Hattie schaute zu den Wolken auf. Sie waren fast da. Und als sie den Blick wieder senkte, sah sie Lady Violet und Sir Gideon ungefähr zwanzig Meter entfernt schweben. Als Hattie Lady Violet ansah, schüttelte die Drachin den Kopf, um sie zu warnen, nichts zu sagen.

»Sagst du immer noch Nein?«, höhnte Lord Mortimer. Der Boden des Bündels berührte jetzt fast die obere Staubschicht. »Und weiter nach unten.« Er senkte das Bündel noch tiefer. »Du tauschst besser jetzt oder es wird ziemlich hart für Victor.«

In der Ferne schien das Donnern der Elefantenfüße lauter zu werden. Hattie versuchte nachzudenken. Was würde Victor tun, wenn Lord Mortimer sie über dem erstickenden Staub baumeln lassen würde? Sie zweifelte nicht daran, dass er sie retten und dann hinterher versuchen würde, das Siegel zurückzubekommen.

»Letzte Chance.« Ein Husten kam aus dem Bündel und Lord Mortimer lachte in sich hinein.

»Ich mach's.«

»Braves Mädchen.« Lord Mortimer hielt das Bündel hoch genug, damit das Husten aufhörte.

»Geben Sie ihn mir!«

Lord Mortimer schüttelte den Kopf. »Glaubst du, ich bin von gestern? Erst gibst du mir das Siegel.« Als er sie zögern sah, hielt er Victor wieder tiefer.

»Okay.« Hattie kniete sich hin und streckte den Metallstern aus, während Lord Mortimer ihr Victor reichte. Sie packten beide gleichzeitig zu, aber keiner ließ los.

»Geben Sie mir Victor!«, sagte Hattie.

»Erst, wenn du mir das Siegel gibst, liebe Nichte.« Lord Mortimer nickte zu Arthur hinüber. »Ich sage dir was. Wenn dein Bruder den Stab zur anderen Seite der Grube wirft, kannst du deinen Elefanten haben.«

»Wieso sollte ich Ihnen vertrauen?«

»Und wieso sollte ich dir vertrauen, wenn er den Stab hat? Lass ihn fallen, und ihr bekommt Victor.«

»Das könnte ein Trick sein, Hattie«, warnte Arthur.

Sie wusste, Arthur hatte vielleicht recht, aber was sollte sie sonst tun? Sie spürte, wie stark Lord Mortimer war. Er musste nur darauf warten, bis sie müde wurde, und konnte sich dann beides schnappen. So hatte sie eine kleine Chance, dass er tun würde, was er versprochen hatte. Und selbst wenn nicht, saßen er und der Wächter immer noch in dem Graben in der Falle.

»Tu es, Arthur.«

»Aber, Hattie …«

»Tu es!«

Arthur machte ein paar widerstrebende Schritte zurück. Er holte aus und schleuderte den Stab wie einen Speer. Er flog über den Graben und landete mit einem dumpfen Aufprall auf der anderen Seite.

»Jetzt geben Sie mir Victor«, verlangte Hattie.

»Natürlich, liebe Nichte. Abgemacht ist abgemacht. Ich sagte, ich würde dir diesen lästigen Elefanten geben, und das werde ich tun. Fertig? Loslassen auf drei. Eins, zwei, drei.« Er ließ Victor im selben Moment los wie sie den Stern und sie fiel mit dem Bündel auf dem Schoß nach hinten. *Er hat sein Versprechen wirklich gehalten*, dachte sie erstaunt. *Er hat mir Victor tatsächlich gegeben.*

Und dann sah sie Lord Mortimers schadenfrohes Gesicht. »Oje, oje, oje. Anfängerfehler«, trumpfte er auf. »Du glaubst, du hättest uns hier drin in der Falle, aber du hättest weiterdenken sollen. Wenn jemand den Befehl gibt, einen Bratspieß für Elefanten zu bauen, um den es einen Staubgraben gibt, damit der Elefant nicht entkommen kann, weiß dieser Jemand wohl auch, wie man aus dem Graben wieder herauskommt.« Lord Mortimers Finger tasteten nach der Unterseite der Plattform. Er zog ein Seil heraus, das um die Kante verlief. Auf der anderen Seite der Plattform, gegenüber von da, wo Lord Mortimer stand, fiel die Seite der Planke, die Hattie und Arthur als Brücke benutzt hatten, herunter und bildete eine Rampe.

»Ganz einfach«, sagte Lord Mortimer grinsend. »Lasst euch das eine Lehre sein, liebe Nichte und lieber Neffe. Man sollte immer einen Fluchtweg planen.«

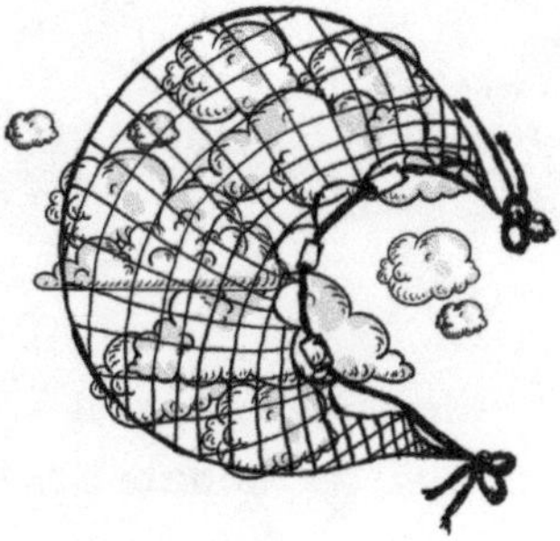

Kapitel 36

Hattie wurde schlecht. Wie hatte sie nur so dumm sein können? Als er ihr so einfach gab, was sie wollte, hätte klar sein müssen, dass es ihm egal war. Also hatten sie jetzt ihretwegen keinen Weg mehr von der Plattform herunter. Und sie konnten sich nicht einmal verteidigen, denn sie hatte Arthur dazu gebracht, den Stab wegzuwerfen. Sie sah zu Sir Gideon und Lady Violet hinüber. Ihre Gesichter waren wie versteinert. *Sie wissen, was das heißt*, dachte sie.

»Schau nicht so bestürzt, Hattie Brown.« Lord Mortimer sprach mit künstlich mitleidiger Stimme. »Ich konnte mich nicht darauf verlassen, dass sich jemand selbst aus dem Graben ziehen kann, falls er hineinfällt, also habe ich das hier bauen lassen. Nur dass ich nicht davon ausging, dass ich derjenige sein würde. Aber das zeigt euch nur den Sinn guter Planung. Man weiß nie, wer davon profitieren wird.« Ein selbstgefälliges Grinsen breitete sich auf seinem Gesicht aus. »Seht es einfach als eine neue Lebenserfahrung an. Nur dass die jetzt sehr kurz vor dem Ende eures Lebens kam.« Lord Mortimer wollte höhnisch einen Schritt auf sie zu machen und blickte verwirrt nach unten. Er hatte sich nicht bewegt.

»Gib mir einen Schubs!«, befahl er dem Wächter.

»Ja, Lord Mortimer.« Aber der Staub hatte sich genauso

um den Wächter gelegt wie um Lord Mortimer. Seine Füße bewegten sich, als wären das unter ihm Kleber, kein Staub. »In dem Staub ist das schwierig«, ächzte er.

»Beeil dich!«, knurrte Lord Mortimer.

»Ja, Lord Mortimer, ich komme.« Und das tat er. Sehr, sehr langsam.

So langsam, dass die Wolken vielleicht doch noch rechtzeitig hier sind, dachte Hattie. Sie schaute zu den Drei Vulkanen hinüber. Ihre Gipfel lagen völlig frei, und zum ersten Mal konnte sie die Krater sehen, wie drei gezackte Kronen am anderen Ende des Tals. Einen Moment lang staunte sie, wie Ehrfurcht gebietend sie waren. Sie hatte noch nie vorher einen Vulkan gesehen. Aber jetzt waren hier drei. Drei herrliche Gipfel, die sich majestätisch aus der Ebene erhoben und in den Himmel stachen. Der Boden um sie herum war so flach, dass sie noch überwältigender wirkten. Ihre steilen Hänge zeichneten sich scharf ab und die Ränder ihrer Krater sahen aus wie Zähne in hungrigen Mäulern. Und es schien, als wäre jede einzelne Wolke, die vorher die Kämme der Vulkane bedeckt hatte, in Bewegung. Und sie bewegten sich auf Hattie zu.

Hattie legte das Bündel mit Victor darin vorsichtig ab, dann ging sie zu Arthur zurück. Sie bewegte ihre Hand und sah, wie er seine ebenfalls schloss und wieder öffnete. *Er weiß, was wir zu tun haben*, dachte sie. *Er versteht es.*

Mit festem Blick schaute sie in den Himmel hinter Lord Mortimer. Die Wolkenbank kam näher. Der Himmel verdunkelte sich. Als sie über die Reihe der Elefanten zog, hörte das ferne Trommeln auf. Alle Elefanten hoben den Rüssel und beobachteten die Wolken über ihnen.

»Was ist passiert?«, fragte Lord Mortimer, als das Stampfen aufhörte. Er drehte sich unbeholfen und schaute zu den Wolken hinauf. »Ah, deine Freunde, Hattie Brown. Sie schauen sich wirklich immer gern an, was ihr zwei im Schilde führt. Aber ich fürchte, diesmal werden sie enttäuscht sein.«

Beeilt euch, versuchte Hattie die Wolken in Gedanken anzutreiben. *Bitte beeilt euch!* Aber die Wolken schienen es nicht im Geringsten eilig zu haben. Sie blieben bei ihrem eigenen, stetigen Tempo.

Lord Mortimer zerrte seinen Fuß hoch und machte noch einen Schritt. »Arthur, Hattie, wart ihr schon mal bei einem Festbankett?«, fragte er. »Ach nein, ich kann an euren Gesichtern ablesen, dass ihr nicht viele davon in Manchester und Worcester habt.« Er zog mühevoll seinen anderen Fuß hoch.

Die Wolken waren jetzt fast da. *Schneller*, drängte Hattie stumm. *Er darf nicht zur Rampe gelangen, bevor ihr hier seid.*

»Ihr wart vielleicht noch nie bei einem Festbankett«, fuhr Lord Mortimer fort. »Aber als euer guter Onkel werde ich dafür sorgen, dass ihr an einem teilnehmt. Ihr werdet meine ganz besonderen Gäste sein. Und ihr werdet etwas ganz Besonderes zu essen bekommen …« Er lächelte wölfisch. »Ihr werdet Elefant zu essen bekommen. Das wird das Letzte auf euren Lippen sein, bevor ihr sterbt.« Er tippte sich an seine eigenen Lippen, vergnügt über seine eigene Grausamkeit.

Die Wolken waren jetzt so nahe. Schon fast da. Nur noch ein klein wenig länger, und der Himmel über ihnen würde eine einzige dunkle Decke sein. *Bitte beeilt euch!*, flehte Hattie stumm. *Wir haben keine Zeit zu warten.*

»Seid ihr beiden nicht dankbar?«, fuhr Lord Mortimer fort. »Ich versuche, so viele Erfahrungen wie möglich in den Rest eures kurzen Lebens zu packen.«

Der Rand der ersten Wolke war über ihnen. Dann kam die nächste. Hatties Finger kribbelten erwartungsvoll. Nur noch ein paar mehr, und es würde reichen. Sie packte Arthurs Hand und riss ihre Arme gemeinsam hoch in den Himmel. Die Wolken über ihnen zitterten. Ein Knistern erfüllte die Luft, dann begann ein Wolkenbruch. Es strömte und rauschte nur so auf sie herab. Die dicken Tropfen durchnässten ihre Kleider bis auf die Haut. Und sie flossen in die Grube, in der Lord Mortimer und der Wächter standen.

Die Regentropfen setzten sich kurz auf den roten Staub, dann verschwanden sie. Innerhalb von Augenblicken wurde er zu suppigem Matsch.

Ja!, dachte Hattie. Der Matsch würde Lord Mortimer und den Wächter einschließen. Sie und Arthur könnten mit Victor entkommen, bevor irgendwer sie befreien konnte. Triumphierend wandte sie sich zu Lord Mortimer um.

»Netter Versuch, aber ich glaube, du hast es uns gerade ein bisschen leichter gemacht.« Lord Mortimer grinste, als er seinen ersten richtigen Schritt seit einer ganzen Weile machte.

Kapitel 37

Ein kalter Schauer lief Hattie den Rücken hinunter. Statt schwerer hatte sie es Lord Mortimer gerade leichter gemacht. Wie konnte sie ihren Freunden das antun? Und wie konnte sie das Irgendwo-Nirgendwo antun?

Sie ließ Arthurs Hand los. Als der Regen aufhörte, blickte sie zu Sir Gideon und Lady Violet hinüber. Alle Farbe war aus ihren Schuppen gewichen.

Sie konnte ihnen nicht in die Augen sehen, deshalb schaute sie wieder in die Grube. Es würde nicht lange dauern, bis Lord Mortimer und der Wächter die Rampe erreicht hatten. Der suppige Matsch machte das Vorwärtskommen zwar vielleicht ein bisschen schwierig, aber viel einfacher, als der dichte Staub es gewesen war. Sie hatte etwas zustande gebracht, das aussah wie flüssiger Ton. Wenn sie es doch nur wie Ton fest werden lassen könnte!

Wie härten die Leute Ton zu Hause aus?, überlegte sie. Sie war sich sicher, dass sie einmal in einem Buch davon gelesen hatte. Natürlich hatten sie ihn mit Feuer gebacken. Feuer – als ihr der Gedanke kam, musste sie fast lächeln.

»Sir Gideon, Lady Violet, ihr müsst Feuer in die Grube spucken.«

»Wer?« Lord Mortimer reckte den Hals und sah mit zusammengekniffenen Augen zu den Drachen hinüber. »Sir Gideon, ich hätte wissen müssen, dass du etwas damit zu tun hast«, sagte er. »Sir Willow-Wood hat mich oft gewarnt, dass ich dir nicht trauen soll.«

Sir Gideons Schuppen blitzten scharlachrot.

»Ihr müsst Feuer spucken!«, rief Hattie erneut.

Die Drachen schüttelten die Köpfe. »Wir können nicht.«

»Ihr müsst!«

»Das ist gegen den Kodex der Ritterdrachen.«

»Aber ihr müsst!«

»Hast du mir nicht zugehört? Es widerspricht unserem Kodex«, knurrte Sir Gideon.

»Es ist unsere einzige Chance.«

»Hast du ihm nicht zugehört?«, höhnte Lord Mortimer. »Es widerspricht ihrem Kodex.« Er ging auf die Rampe zu.

»Bitte!«

Die Augen der Drachen waren wild, sie starrten sie ungläubig an. »Wir können nicht, hör auf damit!« Sir Gideons Schuppen pulsierten grau, dann lila.

»Ach, herrje«, sagte Lord Mortimer und machte noch einen Schritt.

Daraufhin flog Lady Violet von Sir Gideon weg und schwebte dicht vor Lord Mortimer.

»Geh von Seiner Lordschaft weg!« Der Wächter versuchte, sie mit wedelnden Händen zu verscheuchen.

»Wir dürfen kein Feuer spucken, es sei denn zur Verteidigung des Reiches. Aber genau darum geht es jetzt.« Lady Violet breitete ihre Flügel so weit aus, wie sie konnte, und Sir Gideon schrie. Die Schuppen auf ihre Brust blinkten gelb, orangefarben und golden. Und mit einem Kreischen, das die Wolken über ihnen auseinanderstieben ließ, öffnete sie den Mund, und ein Strahl wütendes Feuer schoss in den Graben.

»Hey«, sagte der Wächter, als er versuchte, seinen Fuß zu bewegen, und feststellte, dass er feststeckte.

»Mach weiter, Lady Violet!«, rief Hattie.

Die Feuersäule aus Lady Violets Mund hörte nicht auf.

Ein Pfeiler aus Flammen.

Ein rot glühender Strahl.

Ein blutroter, sengender Strom.

Zehn Sekunden.

Dreißig Sekunden.

Eine Minute.

Bis ihre Flügel schlaff wurden und sie erschöpft zu Boden sank.

»Danke. Ich werde das nie vergessen«, sagte Hattie.

»Ich auch nicht«, erklärte Lord Mortimer. »Weshalb es ein Jammer für dich ist, dass es nicht richtig funktioniert hat.«

Er zerrte seinen Fuß aus dem Ton und drehte und wand sich, als er versuchte voranzukommen. Hattie spürte, wie ihr der Atem stockte. Die ausgehärtete Kruste über dem Graben bekam Risse. Und darunter war der Matsch nicht ganz fest. Lord Mortimer war nicht völlig gefangen.

»Mehr! Wir brauchen mehr!«, rief Hattie aus. Lady Violet hob den Kopf gerade weit genug, um Hattie anzusehen. Ihre Augen waren leer. Sie konnte nicht mehr. Hattie schluckte mühsam. Ihre einzige Hoffnung war Sir Gideon.

»Schau, wozu du sie gebracht hast!«, schrie der wütende Drache, der jetzt vor Hattie schwebte.

»Sir Gideon, du musst sie aufhalten.«

»Nein!«

»Du musst.«

»Nein!«

»Du bist unsere einzige Hoffnung.«

»Hast du mich nicht verstanden? Es ist gegen den Kodex der Ritterdrachen.«

»Aber Lady Violet hat es auch gemacht.«

»Sir Gideon, vielleicht bist du doch nicht so schlecht, wie Sir Willow-Wood sagt.« Lord Mortimer schaffte einen erneuten Schritt. »Ich mag dich beinahe.«

Sir Gideons Augen blitzten vor Empörung.

»Du bist unsere einzige Hoffnung!«, rief Hattie. »Tu es für deine Freunde.«

»Wenn du eine Freundin wärst, würdest du mich nicht darum bitten.«

»Wenn du ein Freund wärst, müsste ich dich nicht bitten.«

»Nein!«

»Sir Gideon, ich weiß, dass du der nobelste und mutigste der Ritterdrachen bist. Und ich habe gesehen, zu welcher Freundschaft du fähig bist.«

Sir Gideon schüttelte den Kopf.

»Hattie hat recht, Gideon«, sagte Lady Violet mit schwacher Stimme. »Du bist ein wahrer Ritterdrache. Du bist ein Ritterdrache, der weiß, was Ehre ist. Und du weißt, was du zu tun hast.«

»Hör nicht auf sie«, höhnte Lord Mortimer. »Sie hat ihren Platz in der Gilde umsonst geopfert. Sie versucht nur, dich ebenfalls in Schwierigkeiten zu bringen.«

Sir Gideon atmete schneller.

»Du wirst auf der Verliererseite stehen«, knurrte Lord Mortimer.

»Dann bin ich ja in guter Gesellschaft.« Sir Gideon starrte Lord Mortimer kühl an und blickte dann zu Lady Violet.

Seine Augen füllten sich mit Tränen. Seine Flügel zitterten, aber er bewegte sich. Er flog zu dem Graben und schwebte direkt über dem Bereich, wo die Rampe war. Dann breitete er die Flügel aus, und die Schuppen auf seiner Brust leuchteten, als wären sie rot glühende Kohlen. Er öffnete den Mund und spie FEUER.

Kapitel 38

Der Feuerstrahl aus Sir Gideons Mund hörte gar nicht mehr auf. Er strömte in die Grube. Eine tanzende, sengende Feuersäule. Eine lodernde, glühende Kraft, die durch den Matsch fuhr und ihn bis ins Innerste austrocknete. Und darüber flog majestätisch Sir Gideon. Er war der nobelste aller Ritterdrachen, auch wenn das das Letzte war, was er als Mitglied der Gilde tun würde.

»Nein!«, schrie Lord Mortimer auf und zappelte und wand sich, um den Flammen auszuweichen. Und wie er da zappelte, fiel ihm der Metallstern des Verlorenen Siegels aus der Hand auf den Matsch. »Nein!«, schrie Lord Mortimer noch einmal, als es durch die dünne Kruste brach und zu sinken begann. Er tauchte die Hand in den Matsch, um den Stern wieder herauszuholen, aber der Matsch um ihn herum wurde fester. Lord Mortimer drehte sich in die andere Richtung, aber es nützte nichts. Er war erstarrt, von dem Matsch nach vorn gebeugt, die rechte Hand auf der Suche nach dem Stern gefangen.

Lord Mortimer quollen fast die Augen aus dem Kopf. »Ich rupfe dir jede einzelne Schuppe vom Leib«, drohte er Sir Gideon. »Ich durchbohre dein Herz mit deinem eigenen

Schwert. Ich überziehe dich mit Lavastahl.« Er wandte sich an den Wächter. »Hilf mir!«, befahl er. Aber beide Beine des Wächters steckten fest, sodass er nur von der Hüfte aufwärts schwanken und mit seinem Messer hilflos in Richtung Sir Gideon stechen konnte.

»Du kannst aufhören, Sir Gideon«, rief Hattie. »Die können nirgends mehr hin.«

Der Strahl aus Sir Gideons Mund schrumpfte zu einem Flämmchen und verschwand dann ganz. Die feurigen Blitze auf seiner Brust und an seinem Bauch nahmen die Farbe von Asche an. Er hob den Kopf und stieß ein leises Stöhnen aus, dann flog er weg und brach auf dem Boden neben Lady Violet zusammen. *Ich habe sie kaputt gemacht,* dachte Hattie. *Ich habe meine Freunde kaputt gemacht.*

Sie sah zu den Wolken auf. Jetzt, wo das Feuer aufgehört hatte, kamen sie zurück. »Danke«, formte sie lautlos mit den Lippen. »Danke, dass ihr geholfen habt, uns zu retten.«

»Wir haben es geschafft«, sagte Arthur. »Wir haben sie aufgehalten.«

Hattie schlang die Arme um ihn. »Ja«, sagte sie, und dann hörte sie ein Ächzen von irgendwo in der Nähe ihrer Füße. Sie eilte zu dem Bündel aus Kleidern und zog an dem Gewirr aus Ärmeln, bis sie Victor in der Mitte versteckt fand wie ein Spielzeug in einem Überraschungsei.

»Hallo, Hattie. Hallo, Arthur«, sagte Victor. Und er fing vor ihren Augen an zu wachsen. Zuerst war er so groß wie eine Wasserratte, dann wie ein Baummarder, dann wie ein Leopard, ein Rhinozeros, bis er am Ende wieder die richtige Größe hatte. Elefantengröße. Victorgröße. Die Größe, die genau richtig war, dass Hattie die Arme um ihn legen konnte. Und das tat sie.

Und als sie ihren genau richtig elefantengroßen Victor umarmte, spürte sie seinen starken Herzschlag, der sie wieder ruhig machte.

»Wir müssen gehen, Hattie. Wir sind noch nicht außer Gefahr«, sagte Victor.

»Aber wie? Sie haben die Brücke weggenommen.«

»Aber ihr beide habt die perfekte Oberfläche zum Stehen geschaffen – und wenn sie mein Gewicht nicht aushält, können wir mich immer noch wieder klein machen.« Er lächelte und ging zu dem Ende der Plattform, das am weitesten von Lord Mortimer und dem Wächter entfernt war.

»Wagt es ja nicht, uns hierzulassen!«, knurrte Lord Mortimer und wedelte mit der Hand, die nicht im Schlamm feststeckte. »Befreit mich und ich bestrafe euch nicht so hart. Vielleicht verschone ich sogar euer Leben.«

Victor ignorierte ihn. Mit hocherhobenem Kopf senkte er langsam das Bein und prüfte die Oberfläche. »Sie hält«, sagte er und nickte Hattie und Arthur zu, damit sie ihm folgten.

»Ich weiß, wo Stella wohnt«, rief Lord Mortimer. »Befreit mich und sie ist in Sicherheit. Andernfalls werdet ihr es bis zu eurem Todestag bereuen, mich hiergelassen zu haben.«

Hattie blieb stehen. Sie konnte nicht zulassen, dass er ihrer Mutter etwas tat.

»Ignorier ihn, Hattie«, sagte Victor, als sie zögerte. »Er will dir Angst machen. Aber du weißt, dass er sein Wort nicht hält.«

»Oh, ich werde mein Wort sehr wohl halten«, beharrte Lord Mortimer. »Wenn ihr mich nicht befreit, wird Stella nie in Sicherheit sein.«

Es war, als hätte eine Hand nach Hatties Kehle gegriffen.

Sie konnte kaum noch atmen. Wie konnte er es wagen, ihrer Mutter zu drohen? Sie wandte sich Lord Mortimer zu, aber Victor schnappte sich sie und Arthur. Er warf sie auf seinen Rücken und trug sie über den fest gewordenen Matsch.

»Wir werden nie zulassen, dass er ihr wehtut«, flüsterte er, als er Hattie weiter weg von dem Graben absetzte. »Doch jetzt im Moment musst du Lord Mortimers Drohungen vergessen und dich darauf konzentrieren, zu Marcia zu kommen, damit ihr in die Menschenwelt zurückkönnt.«

Hattie nickte und hoffte, er konnte die Tränen nicht sehen, die sie zu unterdrücken versuchte. Und während sie das tat, spürte sie, wie etwas ihre Haarspitzen streifte. Ein Kakadu flog zu Victor und dann schnell wieder weg – so schnell, dass Hattie kaum Zeit hatte, sich zu fragen, ob er auf ihrer Seite war oder nicht, bevor er auch schon wieder verschwunden war.

»Sir Gideon, Lady Violet, ihr habt mir das Leben gerettet. Ich stehe tief in eurer Schuld.« Victor näherte sich den Drachen, die immer noch am Boden lagen, und warf einen Blick zurück auf Lord Mortimer und den Wächter, die in ihrer Falle saßen und wütende Drohungen riefen.

»Es war mir eine Ehre zu helfen.« Lady Violet bewegte ihren Hals, als wollte sie ausprobieren, ob er noch funktionierte. Zögernd begannen ihre Flügel, sich wieder zu bewegen. Sie stand vom Boden auf und langsam kam wieder Farbe in ihre Schuppen. Sie leuchteten in einem strahlenden Aquamarinblau.

»Ihr habt beide mehr geopfert, als ich je hätte erbitten oder erwarten können.«

»Ich habe es für uns alle getan. Für Irgendwo-Nirgendwo.«

»Das liegt daran, dass du eine der großartigsten Drachinnen bist, die je gelebt haben.« Victor lächelte sie an, dann blickte er auf den winzigen Drachen vor seinen Füßen hinab. Er war eingerollt wie ein Baby in einer Liege. »Und du, Sir Gideon: Ich werde nie vergessen, was du für mich getan hast.«

»Lass mich in Ruhe.«

»Ich kann nicht. Es wird sich herumsprechen. Die restlichen Wächter des Reiches werden bald hier sein. Sie werden Lord Mortimer retten und dich bestrafen, falls sie dich finden.«

»Das spielt keine Rolle. Ich bin am Ende.«

»Komm, wir müssen weg.« Victor beugte sich nach unten und hob Sir Gideon sanft hoch. »Wir müssen schnell verschwinden.«

»Ich habe nichts mehr, wofür es sich zu leben lohnt. Lasst mich hier.«

»Ich verlasse keinen Freund – schon gar nicht, wenn er so viel für mich geopfert hat.« Victor hob Sir Gideon und Lady Violet vorsichtig auf seinen Nacken, und sobald alle auf seinem Rücken saßen, rannte er durch das rostrote Tal auf die Elefanten zu. Als er näher kam, drehten sie sich um. Sie blieben schweigend stehen. Dann hoben sie alle ihre Rüssel.

»Schau, Victor«, sagte Hattie. »Sie salutieren dir.«

»Nein, Hattie«, erwiderte Victor. »Das ist nicht für mich. Das ist für Sir Gideon und für Lady Violet. Es ist für dich und Arthur. Es ist für euch alle und dafür, was ihr gerade getan habt. Ihr habt ihnen etwas gegeben, das sie sehr lange nicht mehr hatten. Ihr habt ihnen Hoffnung gegeben.«

Kapitel 39

Die Reihen der Elefanten teilten sich, als Victor zwischen ihnen hindurchrannte. Hattie klammerte sich fest und zog den Kopf ein, während sie durch das Tal beschleunigten. Bald lag die Gegend um das Gefängnis, wo Hattie es hatte regnen lassen, weit hinter ihnen. Der Boden wechselte von Matsch zu Staub. Er wirbelte unter Victors Füßen auf und die Hügel um das Tal verschwanden. Als sich die Landschaft vor ihnen öffnete, bog Victor ab und galoppierte auf eine Erhöhung in der Ferne zu. Er rannte von den Wolken weg, die gekommen waren, um ihr zu helfen. Weg von dort, wo Lord Mortimer feststeckte. Und weg von dem Mann, von dem alle behaupteten, er sei ihr Vater. Der Mann, den sie vielleicht nicht zurücklassen sollten. Der Mann, der sie so verwirrt hatte, dass es am einfachsten war, überhaupt nicht über ihn nachzudenken.

Nur dass sie, wenn sie nicht an ihn dachte, an ihre Mutter dachte, und dann packte sie das Grauen von Lord Mortimers Drohung. Würde er wirklich jemanden nach Worcester schicken, um sie zu suchen? Und was würde dieser Jemand tun? Hattie klammerte sich noch fester an Victor. Sie versuchte, sämtliche schlimmen Gedanken aus ihrem Kopf zu verscheuchen.

Vor ihr gingen Sir Gideon und Lady Violet hinter Victors Ohren in Deckung. Lady Violets Schuppen waren immer noch aquamarinblau, aber Sir Gideon war geistergrau, und die Farbe spielte ihr einen Streich, denn sie dachte beinahe, sie könne in ihn hineinschauen. Und wenn sie es gekonnt hätte, dann hätte sie ein gebrochenes Herz gesehen.

Was würde meine Mutter mir sagen, wenn sie hier wäre?, dachte Hattie. Sie würde ihr sagen, sie solle aufhören, sich Sorgen wegen Lord Mortimers Drohungen zu machen und wegen etwas, das vielleicht gar nicht passierte. Sie würde ihr sagen, sie solle sich stattdessen Gedanken darüber machen, was im Moment passierte. Vor allem würde sie ihr sagen, sie solle sich auf ihren leidenden Freund konzentrieren. Und das würde Hattie tun.

»Sir Gideon, geht es dir gut?«, fragte Hattie.

Er schaute sich nicht um und schwieg.

»Es tut mir leid.«

Er sah sie immer noch nicht an.

»Du hast Victor gerettet. Du hast Arthur gerettet. Du hast mich gerettet. Ich möchte dir danken. Du bist der tapferste und nobelste von allen Ritterdrachen.«

Diesmal hob Sir Gideon den Kopf und schaute in die Ferne. »Ich bin kein Ritterdrache mehr«, sagte er mit einer Stimme, die leer klang.

»Aber sie werden es verstehen. Wie Lady Violet sagte, du hast zur Verteidigung des Reiches Feuer gespuckt.«

»Du hast der Gilde Ehre gemacht, keine Schande«, pflichtete ihr Arthur bei.

»Sie werden es nicht so sehen. Sir Willow-Wood wird das nicht zulassen. Er wird Spaß daran haben, mich zu verbannen.«

»Die anderen werden dich unterstützen. Ich habe gesehen, wie sie sich deinetwegen Sir Willow-Wood widersetzt haben.«

Sir Gideon schüttelte den Kopf.

»Aber ich habe sie in der Gilde gesehen«, sagte Hattie. »Sie haben ihm widersprochen, damit du die Drachen überzeugen konntest, die Wolken zu den Vulkanen zu bringen. Sie werden nicht zulassen, dass er dich verbannt.«

»Sie werden keine Wahl haben. Lord Mortimer hat das Siegel. Er wird schon bald aus dem Schlamm herauskommen. Er wird das Buch des Reiches ändern können, und dann werden sich nicht einmal mehr die, die mich verteidigen wollen, in der Lage fühlen, sich ihm zu widersetzen.«

»Also kann Lord Mortimer, obwohl wir entkommen sind, das Siegel benutzen, um sich selbst zum einzigen wahren Erben von Irgendwo-Nirgendwo zu machen.« Hatties Herz schlug schneller.

»Ja, alles, was wir getan haben, war umsonst«, sagte Sir Gideon mit dumpfer Stimme. »Alle Opfer waren vergeblich.«

»Nein, Sir Gideon, wir sind noch nicht besiegt. Wenn wir Lord Mortimer davon abhalten können, das Siegel zu benutzen, gibt es immer noch Hoffnung«, sagte Lady Violet.

»Gideon. So heiße ich jetzt.«

»Für mich wirst du immer Sir Gideon sein.«

»Haltet euch fest!«, rief Victor zu ihnen herauf. »Der Zeitwurm …« Und bevor er noch mehr sagen konnte, überfiel sie der Geruch.

Es war kein normaler Geruch.

Es war der Gestank eines Abflussrohrs, das tausend Jahre nicht sauber gemacht worden war.

Es war der Gestank von hundert faulen Eiern in der Mittagssonne.

Es war der Gestank unter den Achseln eines Monsters.

Es war der Gestank einer Million alter Socken.

Es war der Gestank aus dem Schnabel eines Adlers.

Es war der Gestank eines abgestandenen Tümpels.

Es war der Gestank von Fisch-Innereien.

Es war der Gestank von ranzigem Käse.

Es war all das und noch viel mehr.

Und als Hattie merkte, wie ihr schwummrig wurde, zupfte sie Borsten von Victors Rücken und steckte sie sich in die Nasenlöcher, genau wie Sir Gideon es ihr damals gezeigt hatte, damit sie vom Bohren des Zeitwurms nicht ohnmächtig wurde. Dann zupfte sie noch welche aus und reichte sie Arthur.

Während Victor weitergaloppierte, klammerte sich Hattie noch fester an seinen Nacken, bis er schließlich dort anhielt, wo sich der lila gefleckte Körper des Zeitwurms in den Himmel emporreckte.

»Marcia«, rief Victor.

Diese streckte den Rücken, was einen Strudel von Wellen über ihren Gummikörper schickte. Sie legte den Kopf schief, als sei sie sich nicht sicher, ob sie etwas gehört hatte oder nicht.

»Marcia!«, rief Victor noch einmal.

»Kann das sein?« Der Zeitwurm drehte den Hals und spähte über eine fleischige Schulter nach unten. Als ihr klar wurde, was sie da sah, fing sie an zu schwanken. »Victor!«, rief sie, bevor sie flach auf den Bauch fiel. »Oh«, sagte sie. »Oh, oh, oh«, und die Wellen kräuselten ihren Körper. »Lord Mortimer hat dich nicht gegessen.« Ihre riesigen Augen blinzelten Victor langsam an, während er sich hinkniete, um seine Passagiere herunterzulassen. »Ich bin so glücklich.« Zwei dicke Tränen bildeten sich und sie fing an zu weinen.

»Marcia, wir müssen Hattie und Arthur so schnell wie möglich wieder in die Menschenwelt schicken«, erklärte Victor.

Sie schniefte und eine Schnodderblase platzte in ihrem Nasenloch. »Deshalb bin ich hergekommen, um zu bohren«, sagte sie, und ihr Doppelkinn schwang hin und her wie ein Pendel. »Einer der Kakadus ist aufgetaucht und hat gemeint, das sei vielleicht eine gute Idee. Ich habe ein Loch nach Worcester geöffnet. Es tut mir leid, Arthur. Ich hatte keine Zeit, nach Manchester zu bohren. Selbst das Loch, das ich gebohrt habe, ist vielleicht nicht sehr gut.« Sie schniefte. »Es könnte sein, dass ihr zwischen hier und der Menschenwelt irgendwo stecken bleibt. Mich würde es nicht überraschen. Ja, wahrscheinlich bleibt ihr für immer dort stecken.«

»Worcester ist gut«, sagte Victor freundlich.

Der Zeitwurm begann, sich selbst hochzuziehen, und hielt dann bebend inne. Ihre trüben Augen wurden noch größer. »Sir Gideon, Lady Violet, was ist passiert?«

»Nur noch Gideon und Violet.«

Die puddingartige Gestalt des Zeitwurms fing wieder an zu wackeln. »Das verstehe ich nicht.«

»Wir haben Feuer gespuckt, als wir Victor gerettet haben.«

»Aber …« Marcias Augen füllten sich wieder, und eine funkelnde Träne kullerte über ihre Wange. »Aber das heißt … Du meine Güte. Du meine Güte.«

»Dass wir keine …«, begann Sir Gideon, dann verstummte er.

Hattie ging zu ihm und Lady Violet. »Das heißt, ihr zwei seid die nobelsten und mutigsten Drachen in der ganzen Gilde. Und wenn die Gilde euch rauswirft, hat sie euch nicht verdient. Alle in Irgendwo-Nirgendwo müssten euch danken, dass ihr euch gegen Lord Mortimer gestellt habt.«

»Danke, Hattie.« Lady Violet neigte den Kopf.

»Ich meine es ernst. Ich werde euch das nie vergessen. Ihr seid meine Freunde.«

»Wir müssen uns beeilen, Marcia«, sagte Victor. »Wir müssen Hattie und Arthur so schnell wie möglich zurückbringen. Wir müssen sie eine Weile von Lord Mortimer fernhalten. Und wir …« Er unterbrach sich. Hattie hatte ihn noch nie so besorgt gesehen.

»Und wir müssen meine Mutter wegbringen, bevor Lord Mortimer jemanden schickt, um ihr wehzutun«, beendete Hattie seinen Satz. So, sie hatte es gesagt. Sie hatte gesagt, was Victor nicht laut auszusprechen wagte, für den Fall, dass es ihr zu sehr wehtat. Hattie konnte nicht glauben, dass ihre Stimme so stark geklungen hatte. In ihrem Inneren fühlte sich alles rissig an. »Das denkst du doch, oder?«, fragte sie ihn.

»Ja, aber es kann sein, dass es nicht passiert. Wenn wir herausbekommen, was wir tun müssen, um Lord Mortimer aufzuhalten, kann er deiner Mutter nichts mehr tun.« Victor versuchte zu lächeln.

»Was ist mit mir?«, fragte Arthur. »Ich kann hierbleiben und euch helfen, während Hattie nach Worcester geht.«

»Du musst auch gehen«, antwortete Victor. »Hilf Hattie, eure Mutter zu retten.«

Hattie drehte sich der Magen um. Victor hatte »eure Mutter« gesagt, nicht »ihre Mutter«.

Arthur nickte und warf ihre einen Blick zu. Es war nicht klar, ob er genauso verblüfft von Victors Wortwahl war wie sie.

»Wenn wir Mum außer Gefahr gebracht haben, kommst du uns holen, ja?« sagte Hattie. »Wir müssen helfen, Irgendwo-Nirgendwo zu retten.«

»Natürlich.«

»Wir werden es retten, nicht wahr?«, sagte Arthur.

Die Falten auf Victors Stirn wurden tiefer und er sah bekümmert aus. »Ich weiß es nicht. Ich weiß nur, wenn es irgendjemand kann, dann ihr beide. Aber das heißt nicht, dass ihr hierbleiben solltet. Wir müssen eure Mutter aus Worcester wegbringen. Es ist Zeit, Marcia«, rief er.

Der Zeitwurm schniefte und drehte ihnen den Rücken zu.

»Victor.« Hattie streckte die Arme nach oben, um ihn fest zu drücken. »Ich bin so froh, dass du in Sicherheit bist.« Sie konnte nicht glauben, dass sie so wenig Zeit mit ihm gehabt hatte.

»Geh, Hattie. Geh zurück nach Worcester. Bring deine Mutter vor Lord Mortimer in Sicherheit. Aber wir werden euch bald holen kommen. Die Zeit läuft in eurem Reich anders ab. Wir müssen schnell handeln – bevor Lord Mortimer das Siegel benutzen kann, um Irgendwo-Nirgendwo für immer zu schaden.« Und als er das sagte, sah Hattie aus dem Augenwinkel etwas in Richtung der Drei Vulkane. Am Horizont war ein heller Streifen, ein Funkeln von Farben, das nur eines bedeuten konnte: Die Drachen flogen wieder.

»Schnell, Marcia! Bevor sie uns sehen!« Victors Stimme war drängend.

Der Zeitwurm bewegte sich und gab den Blick auf einen Fleck aus flackerndem Licht frei.

»Es ist doch ungefährlich, oder?«, fragte Hattie, die daran dachte, was der Zeitwurm übers Steckenbleiben gesagt hatte.

Marcia fing einen Tropfen Spucke ab, der von ihrer Lippe hing. »Ich glaube schon«, schniefte sie.

»Sie hat noch nie jemanden verloren. Das Schlimmste, was passiert ist, war, dass jemand mal am falschen Ort herauskam.« Victor lächelte leicht. »Ihr müsst jetzt los.«

Der falsche Ort? Hat nicht Lady Violet gesagt, so sei Arthur in Manchester gelandet?, dachte Hattie.

Aber Arthur schien das nicht zu stören. »Nach Worcester«, sagte er und hielt Hattie die Hand hin. »Komm.« Er trat durch das flackernde Licht.

»Aber was sollen wir meiner Mutter sagen?«, rief Hattie, die das Gefühl hatte, ihre Augen würden ihr in den Hinterkopf gedrückt.

»Nichts außer …« Aber Victors Worte verblassten, während Hatties Knie drohten, sich in die andere Richtung durchzubiegen. Und dann fühlte sich ihr Bauchnabel an, als würde er sich entknoten. Und das Ende des Satzes ging für immer verloren, als sie vor ihrem Haus in Worcester voll auf dem Hinterteil landete.

Kapitel 40

Hattie hielt die Augen geschlossen und den Kopf gesenkt, bis es schien, als hätte die Welt vielleicht aufgehört, sich zu drehen. Vorsichtig öffnete sie die Augen. Sie saß auf dem Gras vor dem Haus gegenüber von ihrem eigenen und neben ihr saß Arthur.

Sie sah ihre Beine an, die vor ihr ausgestreckt waren, als wäre sie eine Puppe, die jemand als Witz in diesen Garten gesetzt hatte. Dann schaute sie verstohlen zu Arthur hinüber. Ihr Bruder. Stimmte das wirklich? Oder war es etwas, das ihr in Irgendwo-Nirgendwo wahr vorgekommen war, aber jetzt, wo sie wieder zu Hause waren, war alles wieder normal? Vielleicht war sie jetzt wieder mit ihrer Mutter allein, wie es immer gewesen war. Genau so, wie sie sich wohlfühlte. Und vielleicht drohte Lord Mortimer in Wirklichkeit gar nicht, ihrer Mutter Tödlichen Nachtschatten zu schicken, der mit der Spucke des Wissenswurms vergiftet war. *Bitte lass das nicht wahr sein*, dachte sie. *Bitte.*

»Das war ja was, oder?« Arthur klang benommen. Er hatte sich keine Zeit gelassen, um anzukommen, bevor er versuchte, etwas zu sagen.

»Ja.« Ihre eigene Stimme klang nicht viel besser.

»Diese Sache mit Lord Jasper und deiner Mum und was Lady Violet gesagt hat.«

»Ja.« Sie wusste nicht, was sie sonst sagen sollte.

»Das war echt seltsam.«

»Ja.« Sie wollte nicht darüber reden. Sie wollte nur, dass ihre Beine wieder stabil wurden, damit sie über die Straße und ins Haus rennen konnte. Und wenn sie drin war, würde sie sich überlegen, wie sie ihre Mutter vor Lord Mortimer in Sicherheit bringen konnte. *Wenigstens ist meine Mutter nicht da*, dachte sie. Victor hatte recht, die Zeit lief hier wirklich anders ab als in Irgendwo-Nirgendwo, und ihre Mutter war sicher immer noch bei der Arbeit im Supermarkt, was hieß, sie war nicht in Gefahr, und Hattie und Arthur hatten ein bisschen Zeit, um sich einen Plan auszudenken.

»Sie haben also gesagt, du seist meine Schwester«, unterbrach Arthur ihre Gedanken.

»Ja.«

»Ich habe mir immer eine Schwester gewünscht.« Arthur klang so fröhlich. Irgendwie nahm er das alles in seinem eigenen Tempo hin, als wäre es ganz einfach, es zu akzeptieren. Aber sie musste über so vieles nachdenken. Ihre Mutter und wie sie sie aus Worcester wegbringen könnte. Ihr Vater lebte und saß im Gefängnis. Sir Gideon und Lady Violet wurden wahrscheinlich aus der Gilde der Ritterdrachen geworfen. Außerdem konnte es gut sein, dass Lord Mortimer inzwischen befreit und hinter Victor und den anderen her war. Wie konnte Arthur alles so leicht nehmen? Er war Nimbus. Er sollte sich mehr Sorgen als alle anderen darüber machen, was passierte.

»Das ist dein Haus, oder?« Arthur deutete hinüber.

»Ja.«

»Wird deine Mum zu Hause sein?«

Hattie spürte, wie ihr Hals trocken wurde. »Nein, sie ist bei der Arbeit.«

»Also sollen wir reingehen?«

Hattie blieb eine Weile stumm sitzen. Sie fühlte sich in die Enge getrieben.

»Du willst nicht, dass ich sie kennenlerne, oder?«

Hattie starrte auf ihre Füße. Wenn sie aufstand, würden sie wahrscheinlich anfangen zu rennen, damit sie nicht antworten musste. Er hatte recht. In vielerlei Hinsicht wollte sie nicht, dass sie sich kennenlernten. Hattie und ihre Mutter, sie hatten es doch immer gut gehabt, so wie es war, oder? Nur sie beide wurstelten sich gemeinsam durch.

»Ich glaube, ich verstehe das«, sagte Arthur. »Aber du bist meine Schwester, und sie ist …«

»Das wissen wir nicht sicher«, unterbrach ihn Hattie, bevor er noch mehr sagen konnte.

»Ich glaube schon. Wie willst du sonst erklären, was passiert ist?«

Hattie schlug ihre Füße zusammen.

»Hast du bemerkt, wie oft ich wusste, was du denkst?«, sprach Arthur weiter. »Zum Beispiel, als ich den Wächter in die Grube geschubst habe und du Lord Mortimer. Und als wir uns an den Händen gehalten haben, damit die Wolken regnen. Hast du darüber nachgedacht, warum das passiert ist? Das liegt daran, dass wir miteinander verbunden sind, Hattie, ob es dir passt oder nicht.«

»Natürlich passt es mir.« Hattie versuchte, so zu klingen, als meinte sie es auch so. »Du bist mein einziger Freund außerhalb von Irgendwo-Nirgendwo. Ich hätte nichts von alledem, was ich gemacht habe, allein tun können. Es ist nur …«

»Alles andere?«

Hattie nickte. Ihre Gedanken fühlten sich kratzig an, als sie durch ihr Gehirn schossen. »Und für dich ist das alles anscheinend völlig okay.«

»Tief in mir drin habe ich das Gefühl, ich hätte das alles schon immer gewusst.«

»Das liegt daran, dass du Nimbus bist.«

»Warum sagst du das?«

»Du bist es. Du bist der Junge. Jungen sind immer die Erben. Das hat mir Sir Gideon gesagt, als ich ihn das erste Mal getroffen habe. Und Lady Serena war von Anfang an überzeugt, du wärst Nimbus. Jetzt stellt sich heraus, sie hatte recht. Wenn ich nicht einen winzigen Teil des Verlorenen Siegels um den Hals gehabt hätte, würde keiner daran zweifeln.«

»Aber der einzige Grund, warum Lady Serena dachte, ich sei Nimbus, war, weil sie einen Teil des Verlorenen Siegels gefunden hatte. Wenn sie deine Kette als Erstes gesehen und bemerkt hätte, was der Anhänger ist, hätte sie geglaubt, du wärst Nimbus. Wir könnten beide Nimbus sein, siehst du das nicht? Es kommt darauf an, was im Buch des Reiches steht.«

Hattie fühlte, wie ihr Nacken kribbelte. Es wurde kompliziert. Arthur musste Nimbus sein, oder nicht? Da war sie sich sicher gewesen. Und sie hatte gedacht, er sei sich auch sicher. Als sie die Hundertsten Kinder aus dem Lager gerettet hatten, hatte er ihnen erzählt, er sei es. Aber jetzt, wo er ihr das so erklärte, war sie sich nicht mehr so sicher. Vielleicht hatte er das nur gesagt, damit sie ihm gehorchten. Natürlich hatte er recht, den wahren Erben enthüllte das Buch des Reiches. Das hatte sie schon so oft gehört. Warum hatte sie nie verstanden, was das hieß? Jeder von ihnen konnte Nimbus sein. Sie schloss die Augen wieder. Er hatte vielleicht recht, aber das machte nichts klarer. Jetzt wollte sie noch dringender allein sein.

»Hattie.«

Sie kniff weiter die Augen zu und ignorierte ihn.

»Hattie.« Er stieß sie an. »Da schaut uns jemand an.«

Und dann hörte sie die Stimme ihrer Mutter: »Hattie, was um alles in der Welt tust du denn da?«

Kapitel 41

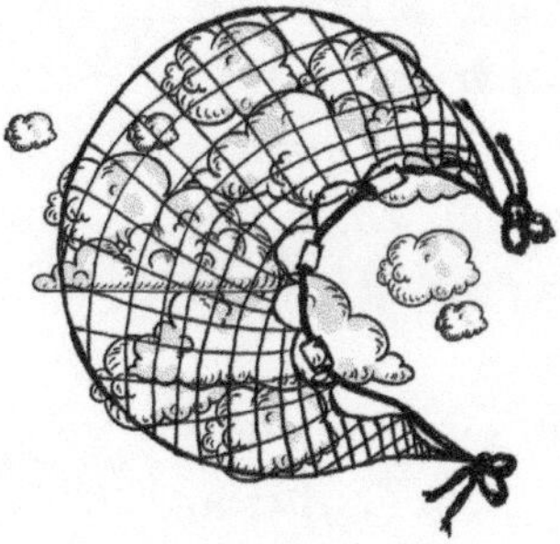

Hattie rappelte sich eilig hoch. Ihre Beine waren gerade stark genug, um ihr Gewicht zu tragen. Neben ihr stand Arthur ebenfalls ungeschickt auf und wischte sich das Gras von der Hose. Er hielt den Kopf gesenkt, aber Hattie merkte, dass er versuchte, ihre Mutter durch die Locken anzusehen, die ihm über die Augen fielen. Er nahm jede Einzelheit der Frau in sich auf, die mit verwirrtem Blick vor ihnen stand.

»Du bist von der Arbeit zurück.« Hattie beschloss, so zu tun, als wäre alles vollkommen normal. Sie war froh, dass ihre Mutter viel klarer wirkte als beim letzten Mal, als sie sie gesehen hatte. Arthur würde sie nicht in ihrem schlimmsten Zustand kennenlernen. Dann fühlte sie sich schuldig, weil sie erleichtert war. Vielleicht war die Düsternis nicht, was sie immer gedacht hatte. Sie hatte sich vorgestellt, sie käme von dem, was in ihrer Mutter war, aber vielleicht kam sie auch daher, was ihr passiert war.

»Ich habe mein Handy vergessen«, erklärte ihre Mutter. »Aber was tust du auf Mrs Nevilles Rasen? Und was ist das für komisches rotes Zeug in deinem Gesicht? Und warum sind deine Haare so? Und wer ist das?«

»Ähmmm.«

»Ich bin Arthur.« Arthur trat vom Rasen auf den Bürgersteig; er wirkte viel gefasster, als Hattie sich fühlte. »Ich habe Mrs Neville gerade etwas geliefert, da bin ich ausgerutscht. Und Hattie kam, um mir zu helfen, nur ist sie auch ausgerutscht.«

»Aber …« Hatties Mum unterbrach sich und warf Hattie einen ungläubigen Blick zu. Dann schlich sich ein Lächeln auf ihr Gesicht. »Möchtest du vielleicht hereinkommen?«; fragte sie Arthur. »Du bist merkwürdig nass für einen trockenen Tag. Und ihr könnt euch beide sauber machen. Geht das rote Zeug wieder ab?«

Oh nein, dachte Hattie, *sie glaubt, da ist vielleicht etwas zwischen uns.* Hattie hätte am liebsten laut Nein geschrien, aber sie wusste nicht, wie sie das dann erklären sollte. Also sagte sie stattdessen gar nichts.

»Komm rein«, sagte ihre Mutter noch einmal.

»Aber …«

»Hattie, wo bleiben deine Manieren?« Die Stimme ihrer Mutter war scharf.

Sie hat keine Ahnung, dachte Hattie. *Wir wollen sie doch nur beschützen. Aber wie sollen wir das tun, ohne ihr Angst zu machen?* Warum hatten sie und Arthur nicht sofort, nachdem sie aus Irgendwo-Nirgendwo zurück waren, darüber gesprochen, wie sie ihre Mutter von Lord Mortimer fortbringen sollten? Warum hatten sie zuerst über andere Dinge geredet?

»Ich glaube, das ist okay, solange wir nicht den Kühlschrank aufmachen«, flüsterte Arthur.

Hattie nickte. Wahrscheinlich würde es gut gehen. »Okay«, sagte sie zu ihrer Mutter.

»Wo wohnst du, Arthur? Ich habe dich hier in der Gegend

noch nie gesehen«, sagte ihre Mutter, während sie die Haustür öffnete und zurücktrat, um ihn vorbeizulassen. Die Erinnerung daran, wie der Zeitwurm sich nach Manchester durchgebohrt hatte, direkt nachdem sie gemeinsam die Hundertsten Kinder gerettet hatten, blitzte in Hatties Kopf auf. Und ein Bild von Arthurs Haus dort. Es hatte keine Haustür, die quietschte wie dieses hier. Und der Teppich war nicht abgewetzt und fleckig wie der, auf den Arthur jetzt trat.

»Manchester«, erzählte er ihr mit breitem Grinsen. So, wie ein Gast lächelt, der jemandem gefallen möchte. Oder jemand, der gerade erfahren hat, dass man vielleicht ein sehr enger Verwandter ist. Und als er so breit grinste, wurde Hattie bewusst, wo sie das schon mal gesehen hatte. Es war das gleiche Grinsen, mit dem der Gefangene sie angesehen hatte, nachdem sie Victor geschrumpft hatte, um ihn aus seiner Zelle zu befreien.

In den Augen ihrer Mutter flackerte etwas. *Hat sie dieses Lächeln auch wiedererkannt?*, fragte sich Hattie, während sie die Haustür schloss.

»Manchester?« Hatties Mutter war verdutzt.

Sie gingen in die Küche durch und Hattie wäre beinahe auf ihr Handy getreten. Es war genau dort, wo sie es hatte fallen lassen, als der falsche Victor sie durch den Kühlschrank zog. Sie hob es auf und tippte auf den Bildschirm. Arthurs Nachricht war noch da – *Aber Victor ist hier!* Was für ein Glück, dass er bemerkt hatte, dass vielleicht etwas nicht stimmte. Sie runzelte die Stirn, als sie daran dachte, wie anders alles hätte ausgehen können, wenn er nicht gekommen wäre, um ihr zu helfen. Sie strich mit dem Daumen über den Bildschirm.

»Ich wusste nicht, dass es hier in der Nähe eine Manchesterstraße gibt«, sagte ihre Mutter gerade, als Hattie das Handy in die Tasche steckte.

»Nein, Manchester. Die Stadt.«

Einen Moment lang sah Hatties Mutter noch verwirrter aus. »Das ist weit weg«, sagte sie nach einer Weile.

»Ich bin mit ein paar Freunden hergekommen, nur mussten sie plötzlich zurück, und ich bin hier irgendwie hängen geblieben.« Zum ersten Mal wirkte Arthur unsicher. *Er weiß, das klingt nicht überzeugend*, dachte Hattie.

»Also habe ich gesagt, wir helfen ihm, nach Hause zu kommen. Ich habe gesagt, wir würden ihn fahren«, fügte Hattie schnell hinzu. Wenn ihre Mutter nach Manchester fuhr, war sie wenigstens weg von dort, wo Lord Mortimer nach ihr suchen würde.

Arthur nickte. »Wenn das in Ordnung ist.« Als er Hatties Mutter anlächelte, wünschte sie sich, er würde damit aufhören. Sie wussten nicht, wie gefährlich alles, was sie an Lord Jasper erinnerte, sein könnte.

»Den ganzen Weg bis nach Manchester?«

»Du würdest auch wollen, dass mich jemand begleitet, wenn ich in einer fremden Stadt wäre.«

Ihre Mutter sah immer noch verwirrt aus. »Aber ich muss arbeiten, und wir haben kein Auto.«

»Wir könnten mit dem Zug fahren. Du willst doch nicht, dass Arthur ganz allein fährt, oder?«

»Ich weiß nicht recht. Lasst uns einen Saft trinken und darüber reden.« Ihre Mutter ging zum Kühlschrank und Hattie und Arthur wurde im selben Moment dasselbe klar. Mit ihrem gemeinsamen Luftschnappen hätten sie die Luft aus der Küche saugen können.

»Ich habe keinen Durst«, sagte Hattie.

»Ich will keinen Saft!«, rief Arthur aus.

Und sie stürzten beide vor und versuchten, die Hand abzuwehren, die sich bereits nach dem Griff der Kühlschranktür ausstreckte.

»Oh.« Hatties Mutter blieb stehen. »Das war …« Sie sah sie beide unsicher an. »Das war merkwürdig.«

»Entschuldigung, ich mag keinen Saft«, sagte Arthur. »Ich nehme einfach Wasser.«

Mit ratlosem Blick ging Hatties Mutter vom Kühlschrank weg.

»Ich hole dir eins.« Hattie nahm ein Glas aus dem Schrank und ging zum Wasserhahn. Ihr platzte fast der Kopf vor lauter Grübeln, was hätte passieren können, wenn ihre Mutter die Kühlschranktür geöffnet hätte. Und ihr Herz hämmerte immer noch, als sie Arthur das Glas gab. Aber als er es nahm, wurde sie plötzlich ganz ruhig. Es war etwas passiert, von dem sie nie gedacht hätte, dass es passieren würde. Als Arthur zum Kühlschrank gerannt war, hatte sich alles verändert. Zum ersten Mal in ihrem Leben war sie nicht mehr die Einzige auf der Welt, die ihre Mutter beschützen wollte.

»Kann Arthur zu Hause anrufen?«, fragte Hattie.

»Ja, da drin.« Hatties Mutter deutete aufs Wohnzimmer.

»Danke. Das ist sehr nett.« Als Arthur zur Tür ging, warf er einen Blick zum Fenster. »Hast du bemerkt, dass der Wind aufgehört hat?«, fragte er.

»Man könnte fast meinen, jemand hätte etwas getan, damit er aufhört.« Hattie widerstand dem Drang zu zwinkern.

»Wer auch immer das war, er hat ein dickes Lob verdient«,

sagte Arthur und verschwand mit einem erneuten gefährlichen Lächeln.

»Ich mag Arthur.« Hatties Mutter schloss lächelnd die Tür. »Ich habe ein gutes Gefühl bei ihm.«

Hattie nahm die Hand ihrer Mutter. »Ich auch. Wenn ich einen Bruder hätte, dann würde ich mir wünschen, er wäre genauso wie er«, sagte sie.

Ihre Finger hatten gerade angefangen, sich um die ihrer Mutter zu schließen, da fingen sie an zu pochen. Sie fühlten sich an, als würden sie brennen. Hattie ließ los. Ihre Fingerspitzen und die weichen Stellen an den Rändern ihrer Handfläche leuchteten rot. Sie starrte ihre Hand an und Angst kroch in ihr hoch. Der Teil ihrer Hand, der das Buch im Überall-Büro berührt hatte, fühlte sich an, als stünde er in Flammen.

Sie drehte ihre Hand, um die andere Seite zu untersuchen, da hörte sie etwas hinter sich. Einen Aufprall. Ein Poltern. Etwas passierte im Kühlschrank. Hattie wirbelte herum. Sie musste etwas tun, bevor ihre Mutter nachsehen ging. Aber bevor sie sich rühren konnte, ging die Kühlschranktür auf. Der Joghurt fiel heraus. Der Butterteller fiel heraus. Dann fiel das Fach, auf dem sie gestanden hatten, heraus.

Und ein ausgewachsenes Schuppentier purzelte auf den Küchenboden.

Einige Dankeschöns

Ein großes Dankeschön an alle, die geholfen haben, Hattie Brown ins Leben zu holen. An das ganze Team des Piper Verlags, an diejenigen, von denen ich weiß, genauso wie an diejenigen hinter den Kulissen und vor allem an Karin Pauluth, die eine so aufmerksame und gewissenhafte Lektorin ist. An Karen Gerwig, die meine Wörter genommen und in wunderschönes Deutsch verwandelt hat. An die wunderbare Silvia Molteni – ich hätte mir keine bessere Agentin wünschen können. An meine Familie – Mum, Dad, Joy, Hugh, Gemma und Ben – für eure unerschütterliche Unterstützung und Liebe. Und schließlich an Michael, weil du mir den Raum zum Schreiben gegeben hast, weil du ein so aufmerksamer Leser bist und weil du mich und Hattie immer anfeuerst.